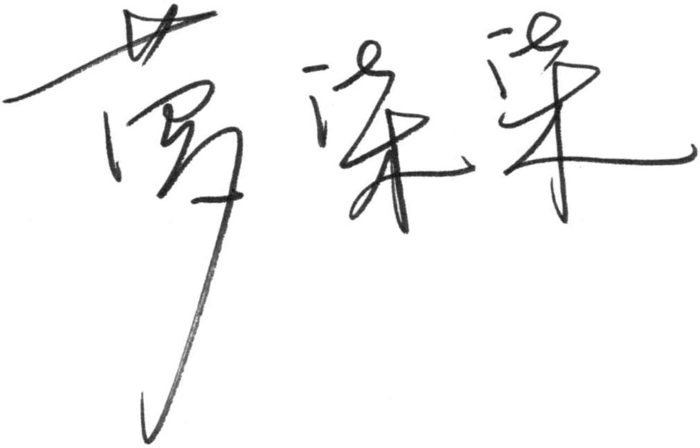

千寻文化
Qianxun-Culture
—图书·影视—

将军请上座

JIANGJUN
QING SHANGZUO

萝柒柒 著

百花洲文艺出版社
BAIHUAZHOU LITERATURE AND ART PRESS

图书在版编目（CIP）数据

将军请上座 / 萝柒柒著. --南昌 : 百花洲文艺出版社, 2019.9

ISBN 978-7-5500-3353-5

Ⅰ. ①将… Ⅱ. ①萝… Ⅲ. ①长篇小说-中国-当代 Ⅳ. ①I247.5

中国版本图书馆CIP数据核字（2019）第171253号

将军请上座

萝柒柒 著

责任编辑　郝玮刚　张兆磊

特约编辑　眸　眸

封面设计　小茜设计 Miniqian

出版发行　百花洲文艺出版社

社　　址　南昌市红谷滩新区世贸路898号博能中心A座20楼

邮　　编　330038

经　　销　全国新华书店

印　　刷　长沙鸿发印务实业有限公司

开　　本　880mm × 1230mm　1/32　印张　10

版　　次　2019 年 9 月第 1 版第 1 次印刷

字　　数　260千字

书　　号　ISBN 978-7-5500-3353-5

定　　价　39.80元

赣版权登字： 05-2019-213

网址 http://www.bhzwy.com

目录

目录

楔子

乡间荒野，乱石丛生。数百个匈奴刺客正拿着明晃晃的大刀架在一名华衣女子的脖子上，而该名女子，正是当朝女皇。

说时迟，那时快，一个男子从天而降，一袭白衣飘然，手中一把折扇翻飞了几下。只听“唰唰唰”几声，数百个刺客尽数倒地抽搐。接着他一个凌波微步，精准地搂住了那名受困的女子。

漫天飞沙，二人在空中旋转旋转再旋转，一百八十度……三百六十度……两周半……

二人许是转得有些晕了，终于停下来对话。

“将军，此乃第一百零一次你救我于水火，朕……朕该如何报答你才好？”此时，正腾在半空中的女皇帝抬头望进了男子的眼睛，继而害羞地挪开了目光。

因为，她就快要被那双眼睛里蹿出的爱意灼烧了！

果然，男子的手稍稍一用力，将怀中的女子揽得更紧了。他道：“那便以身相许吧？”说罢他低头，与怀中人越靠越近，越靠越近……

眼看二人的唇瓣就要贴在一起，女皇帝忽然扭头，精准而熟练地躲开那个吻。她哭泣道：“不可！你我君臣有别，这要是被朝中那群大臣知晓了去，他们定会再次称你为祸国妖男，嘤嘤嘤……”

“哎呀……又没亲到！”

“老娘要按住他们俩的脑袋！”

梨园内，大家齐齐地倒吸一口凉气，有些脾气暴躁的姑娘甚至撸起了袖子，准备跳上戏台子，给两名伶人一人一拳。

幸而两个伶人早就从以往的一百回戏中练出一套矫健的身法，火速溜走，这才免于被揍。

方才那段缠绵悱恻、感人至深的爱情故事乃是当下京城里最火的戏，由话本排演而来。那话本子名为《白衣将军俏皇帝》，作者笔名游秉。无人见过此人真面目，也无人知他姓甚名谁，但他在落笔间轻重缓急拿捏得当，就是能够牵动全京城女子的少女心。

至于方才姑娘们为何大发雷霆，就连全程坐在我身旁、安静如小鸡的贴身小太监——六福子都忽然捶胸顿足。只因此故事现已连载到一百零一回，二人一百零一次要在戏台初吻，结果都戛然而止。

姑娘们那叫一个恨啊，恨男女主角总不能捅破那一层薄薄的窗户纸。

而我正相反，我倒是希望二人的那层窗户纸永不戳破。因为一旦男女主角相互确定心意，那话本离完结也不远了。

而我，希望《白衣将军俏皇帝》永不完结。

我很满意这一回俩人一如既往没亲上，心情自然大好，甚至找主演的伶人要个签名。

谁想我签名没要到，倒是遇上了瘟神。

过了半晌，本在戏院门口放风的六福子忽然跑到我跟前，一张小脸涨得通红："皇……皇……公子！不好了！"

"朕……我平日里是怎么教你的？凡事要淡定，问题不大。"

"我在门口看到雀七往后台来啦！"

"咻——"一阵风刮过，吹了伶人们一脸，待他们再回过神来一看，队里唯一的男粉丝凭空消失了。这速度，莫不就是那传说中如风一般的男子？

而另一边，我边爬狗洞边难过。想我堂堂大宴皇帝，还是前无古人的女皇帝，怎么就混到了这个地步呢？

唉，这就不得不说我那个命中宿敌了。

第一章 一言不合就刺杀

皇宫，在一处不为人所知的阴暗角落里，一个麻花辫造型的“姑娘”边跺脚边冲我抱怨：“皇上，别再沉迷虚幻了！像个爷们一样站起来反抗啊！”

这“姑娘”不是别人，正是我的贴身小太监六福子。

“唉，让你穿女装什么的也是无奈之举啊！昨日在梨园里看到了谁，你又不是不知道。那人理应在边关浴血奋战呢……他偏偏空降梨园！这说明什么？说明那人已经怀疑我了！”说到动情处，我举起小拳拳捶自己的胸口，“女装穿在你身，痛在我心啊！”

六福子将信将疑地瞄了瞄我。趁此空当，我眼明手快地抢过话本子，郑重地拍了拍他的肩膀：“放心，等朕有朝一日翻了身，定会好好提拔你！”

我一路鬼鬼祟祟地进了寝殿，才敢把腰间那本《白衣将军俏皇帝》最新出炉的一话给掏出来。望着这本薄薄的小册子，我的鼻子忽然一酸。六福子方才说的那句，可真真是扎了我的心。

“像个爷们一样，站起来反抗啊！”

此话指的是我要反抗昨日在梨园里忽然出现的那个雀七所效忠的主子，同时也是这大宴的镇国将军，名唤燕尘。

不仅六福子能看出我被燕尘压得死死的，吃大宴皇粮的每一个大小官吏也能看出来。而如今将军在上、皇帝在下的局面，也绝非一朝一夕造就的。

首先，皇帝这个位置，我本就是拒绝的。七年前，我的老爹一命呜呼，举国哀痛，其中最为哀痛的自然是大宴唯一的皇族子嗣——本公主我。此举引来当时的史官落下浓墨重彩的一笔：长公主李扶摇当真是举世孝女啊！

然而事实是，我哭得撕心裂肺，有一大半是因为不想当皇帝。

那一年，镇国老将军燕霜烈先于老爹离世，朝中再无能上阵杀敌、保家卫国的将领，又恰逢大宴国内多地旱灾，流民遍地，国力衰弱，可谓是内忧外患。

而那一年的我，只是个年仅十二岁、弱小可怜又无助的女孩。我虽在朝臣们以死相逼的氛围中接下了这个重担，但七年之后，我依旧不会治国，不懂权术，是废人。

其次，燕尘与我的差距，在我们一起穿开裆裤时就有所体现。不错，如今被我视作豺狼虎豹的燕将军同我居然还是青梅竹马，只能说，命运这玩意儿真的很会搞事情。据我们俩共同的奶娘说，当初燕尘断奶断得比我早，燕尘人生中开口蹦出的第一个字是“诺”，而我开口蹦出的第一个字是“去”；燕尘抓阄时抓的是一支狼毫笔，而我抓的则是我爹刚狩猎来的野猪腿。

燕尘连在断奶、人生初开口、抓阄……这种鸡毛蒜皮的事情上都全方位碾压了我。

长大后，优秀的燕尘自然完美地继承了其父燕霜烈的衣钵，扛起了新一代镇国将军的大旗。这些年，平完匈奴战契丹，战完契丹定南疆……他征战不带停，百姓的呼声也不带停，民众支持率与朝中话语权早就甩开我这个毫无存在感的皇帝十八条街。

综上所述，我钟爱《白衣将军俏皇帝》，只因这话本子里的女皇帝活出了我梦想中的模样。

至于我为何追个话本子也要战战兢兢、乔装打扮，时不时还要钻狗洞，原因很简单。你想想，万一被燕尘知道了我沉迷的话本子的男女主角恰巧是男将军和女皇帝，他肯定会以为我整日在幻想着和他谈个职场恋爱呢！然后他会在朝堂上公然嘲讽我，让老臣们对我唯一的良好评价“这娃是笨，但至少根正苗红”也不复存在……光是想想，我就觉得有点可怕呢。

所以，像个爷们一样站起来反抗什么的……且不说我的性别为女，就如今燕尘在朝中的地位来讲，反抗是不可能的，就只有追追主角和自己身份相近的话本子才能勉强维持做女皇的快乐了。

思及此，我紧紧地抱住了怀里的小册子，有更新，人生就还有奔头！

我翻开扉页。

“皇上，喜报！”

门外一声通报，吓得我一个激灵。

“何事？”我沉声道。

“燕将军提前凯旋！”

…………

我火速将话本子塞到了枕头下面。

“已经到寝宫了！正求见皇上您呢！”

我摔了一个狗吃屎。

古话有云：说曹操，曹操到。可这燕尘真是绝了，比曹操还技高一筹，我不过在脑袋里那么一想，人就到跟前了。

此时，正值四月天，我寝殿前头种的一圈儿茶花都抽了芽，牙白色的花骨朵儿在风中战栗，时不时还被微风拂下一片花瓣来。

我不禁感叹，这茶花真是随主人，都怕燕尘怕得要命。

此时的燕尘正抬头赏花，他一身银晃晃的盔甲，身后的红披风随风晃荡着，形成好看的波浪形状。他一双杏眼明澈透亮，看起来人畜无害。我思忖着，静态的燕尘倒也勉强算是一个安静的美男子，也难怪前去提亲的京中贵胄们曾差点把将军府的门槛踏破。直到燕尘一句“是打仗不好玩吗，为什么要谈恋爱”的疯言疯语才将一众白富美的粉红泡泡戳破。她们这才幡然醒悟，这是正常人吗？不，这位爷可是在战场上七进七出的玉面修罗。

话说回来，京中一些深闺小姐之所以对燕尘抱有不切实际的幻想，十有八九是还没亲眼见过燕尘本人。像我，别说幻想，近他身三米内就腿软好吗？

是了，他的腰间时常别着两把武器，左一根狼牙棒，右一把流星锤。如此装备，任谁看了都要腿软的……于是，前脚听小太监通传而摔了个狗吃屎的我，再次摔了个狗啃泥。

天旋地转间，我甚至听到了膝盖骨碎裂的声音。

我搞出这么大动静，燕尘终于不赏花了，转身过来虚扶我："皇上，为何对末将行此大礼？"

…………

这是燕尘时隔两个月后见着我说的第一句话，语气好像有哪里不对！

作为一个时常需要看臣子脸色做事的皇帝，我揣度语气的技能已经登峰造极，燕尘语气里的微妙变化自然也逃不过我的耳朵。于是，我带着些疑惑抬眼看他，却只见他脸上挂着三百六十度无死角的标准微笑……我实在说不上哪里怪。

我只好强行回道："喀喀，燕将军此行平定了梁国那群宵小之徒，保我大宴江山，朕自然要谢谢将军。"

"这是末将的职责所在，皇上谬赞了。"他极为草率地抱了个拳，两只手还没碰上便懒洋洋地甩开了。

喂！这人对我的轻视已经如此明目张胆了？

其实早在燕尘此次出发前，就有人同我有意无意地说起过此番清水镇之役的重要性。梁国与我大宴素来敌对，两国交界处战火不断。而在那些交界处之中，有一地便是清水镇。此镇人丁稀少，又地处遥远山区，连请个大夫都要去镇外请。谁知，这点给了奸细可乘之机。那人模狗样的奸细在半道上截下了前去清水镇看诊的大夫，偷梁换柱混进了镇子。之后，他在那镇中的水源处散播了瘟疫，致使全镇人染病，包括驻守在那里的大宴士兵。

而梁国那边趁机连夜发起了攻击，势头不大，意在让我这个皇帝难堪。

燕尘算是临危受命。可如今，他不仅大胜归来，还及时安顿好了镇民。

我忽然有种很不祥的预感……

我试探道：“朕方才听人报说，燕将军是在前殿等朕，怎么就突然进寝宫了呢？”

燕尘指了指我宫里那群侍卫，道：“末将一时情急便闯了进来，他们恰巧也没拦我。”

…………

那可真是好巧好巧。这句话翻译一下便是：看到没？管你皇帝不皇帝哦，有兵权就是厉害哦，你的寝宫我想闯就闯。

一阵心寒后，我顺着他的话头问道：“那不知将军如此急着见朕，所为何事？”燕尘急得有些反常，重十斤的盔甲未卸，明晃晃的狼牙棒还没运回府上，再加上，此时此刻他的态度……他若是回答急着要逼宫，我也是信的。

谁知，他的回答比逼宫更狠。

他不咸不淡地卖了个关子：“自然是有话要当面问皇上。”

咱俩现在不就是面对面吗？

我欲开口让他给我一个痛快，谁知他这厮早准备好了后手。燕尘打断了我，义正词严道：“末将一路上没歇息，饥饿难当，已命御膳房备好接风晚宴，不如咱们吃完再说？”

我心头“咯噔”一声。

他受皇上跪拜，面圣走绿色通道，无须等待也就算了，连朕的御膳房都对他唯命是从了？

随着燕尘离开时，我颇为留恋地转身，瞅了一眼我的小寝宫、我的小软榻、我的话本子，还有刚卸完女装、悄悄走后门回来的六福子……

这一去，便是鸿门宴，我怕是要与你们永别了哟。

一场临时起意的接风宴，可但凡在京中的朝臣不仅到齐了，还早早整齐划一地排排坐在了席间，只因举办者为燕尘。

临踏进太和殿，我的脚有如灌了铅，怎么也迈不出那一步。

此时，一路紧随我的燕尘走至我跟前："皇上，您这样凌空抬着脚许久，可是京城最新的锻炼课程？"说完，他抬起手臂，猛地朝我肩膀上一拍，硬生生把我推进了门。

哦，力气大了不起啊？

宴席上，燕尘一言不发地吃着菜，面对上前来吹捧的朝臣也只是微微一笑。

而朕的大臣还是熟悉的配方，还是原来的味道。他们看出了燕尘低落的心情，便让我上前亲自敬酒。这燕尘也是绝了，原本无精打采的他见着我上前来，瞬间跟打了鸡血似的，和我碰杯都碰出了近似打铁的"咣当"声。这下，朝臣们愈加认定我是能拿来讨好燕尘的唯一人选，于是我敬了一杯又一杯……

眼瞧自己的朝臣一个个都胳膊肘往外拐，我很绝望，很想哭，但我告诉自己不能哭。因为我知道，在这种不良的风气下，仍有一人不被狼牙棒与流星锤所恐吓，会站出来为我说话。

那个人就是我的皇叔李藏。

单看这天家的姓，就知此人与我李家渊源颇深。据我爹说，咱们李家家风正，历代几乎只有一个配偶。虽然我至今认为，这和家风啥的关系不大，主要还是咱们李家代代沉迷追剧，无心梅开二度。

但抛开原因，一夫一妻也算是美谈。开国的太太太太上皇如此，太太太上皇如此，我爹亦如此。但其间，偏偏漏了个太太上皇，也就是我那位如今与朝事隔绝、整日待在宫中的水澜居养老的爷爷。

这位老人家是个传说。

他打破了李氏王朝承袭下来的一夫一妻制，因而有了我爹同我皇叔这对异母兄弟。当然，往日的风花雪月都已不再重要，重要的是，皇叔会替我挡刀。

果然，在我即将喝下第五杯酒时，端坐在侧席上的皇叔起身，道：“皇上还要坐镇宴席，醉了怕是有失形象。叔父我倒是无事可做，不如就由我代皇上敬燕将军一杯？”

“皇叔误会了，这酒并非燕尘强迫皇上喝的，而是皇上见我平安回京，喜不自禁罢了。”燕尘此番话回的是皇叔，看的却是我，还特意强调了“平安回京”四字。

我不解其意，昏昏沉沉间只记得片刻后，他皱了皱眉，继而接过了我手上的酒盏，一饮而尽。

之后，燕尘单方面宣布宴席结束，却没结束戏弄我。他吓退了六福子，扶着我退到了一旁的偏殿。

偏殿四面通风，夜风吹散了我的困意，却没吹散我的醉意。我扶着燕尘的寒铁盔甲，然后……响亮地干呕了一声。

…………

燕尘抬手，准备替我顺气。

我灵活一闪，拒绝道：“别，我的小胳膊、小腿可经不住你的一掌，哇——”不知为何，我们几杯酒下肚，恍若隔阂与猜忌也一同下了肚，说起话来也不端着了。

“不过四杯桃花酿你就醉成这样，这么多年了……你的酒量还是没长进。走吧，我扶你回寝宫。”燕尘叹了口气，起身准备扶我。

我跟着他走了两步，这短短两步，被我走出了扭秧歌的感觉。

再一看身边的燕尘，我惊了。

“燕尘……你怎么变成两个了？”

我一拍脑门。该死，方才喝的酒要上头了。

我的身体快脑袋一步，直直地向后栽去，却没有预想中的脑袋开花，倒是像撞上了棉花。恍惚间，我一瞅，便看到了燕尘的俊脸。哦，他接住了我。

接着我感到自己的双脚离了地，腾空而起……他就这么一路抱着我回了寝宫。

按理说，一路上茶花烂漫，月色皎皎，一对相抱的男女，自是一幅郎情妾意的美好画面。可这种浪漫放到我与燕尘身上，向来是行不通的。你想，一只羊羔被大灰狼抱着，羊羔会觉得浪漫吗？

我醉得厉害，直接在半道上昏睡了过去。

梦里我爹犹在。

那时，燕尘与我还不是这般互相防备、互相猜忌的关系。那时的燕尘，“玉面修罗”一词他只占了这“玉面”二字。他腰间挂的不是流星锤、狼牙棒，而是纸扇与香囊，身上穿的也不是密不透风的寒铁铠甲，而是飘逸的蜀锦白袍。

那一天，燕尘随他爹燕霜烈进宫赴宴。

小屁孩总是好奇长大的滋味，好比那时在我们那堆小孩儿里流行用酒盏喝白水。儿时的我凭着老爹的背景做了孩子王，为了树立威信，我决定做第一个敢喝真酒的真汉子，我也真的这么做了。在燕大将军的接风宴上，趁大人们不注意，我偷偷替自己斟了一杯酒。

结果是……当老爹提议我背首诗助个兴的时候，我已经醉到可以下台耍醉拳的程度。我晃晃悠悠地站起身来，脚下一个不稳，眼看就要向前栽去。

幸而大人们不常注意我，燕尘却总是注意着我。

他第一个发现了我的异常，也是第一个冲上高台将我扶住的。

他像只仓鼠似的将我扶到座位上，再将我案台上的尖锐酒盏、瓷盘啥的挪得老远，才放下心来和我说话：“李扶摇，你是不是傻啊？你怎么能真的喝酒啊？”

那时的燕尘甚少生气，他有一双能滴出水来的杏眼。他的眉毛一竖，便活像一只藏了大半年的坚果被人偷了的小松鼠，十分有趣。仔细而近距离地瞧见过一次他这副模样后，我便想再见几次……

于是接下来的一个月，我和他走着走着，便走起扭秧歌的步伐，装醉。

然后我微睁双目，偷瞧他担心的模样。

那个月，我用同样的招数戏耍了他十一次，也成功了十一次。不错，燕尘傻得可爱，被我骗了数次，每次却依旧一脸紧张地来扶我，然后问一句："李扶摇，你要不要紧？"

话说回来，那时候，晚宴上最好吃的一道菜绝对是那道皇家猪蹄。那叫一个外酥里糯！我啃，我啃，我啃啃啃……不对啊，我记得那个猪蹄的肉感没这么有弹性啊！

"李扶摇，你的脑袋要不要紧？"

嗬！猪蹄还会说小燕尘的台词呢！

我被这只奇异的猪蹄子惊醒，然后睁眼看到了燕尘痛苦的脸庞，以及……正被我咬着的他的胳膊！

他抽回胳膊，"啪啪啪"拍了拍我的枕头："睡这么硬的枕头是想硌死谁？"

我模仿着他的手法，也拍了拍枕头，本想证明我的枕头很软、很舒适。可当我拍到那本方方正正又硬硬的东西时，我立刻收回了手，并一屁股坐在了枕头上："朕就是喜欢睡硬的。"

等等……我是不是忽略了更严重的问题？

我与燕尘……正躺在一个被窝？！

他昨晚竟没回去，还同我睡了一宿？！

我后知后觉，脸唰地一下红过猪蹄，并弹开……唉，我不能弹得太远，我还要护着枕头底下的那本《白衣将军俏皇帝》呢。我只好正色道："朕与燕将军昨晚都贪杯了，醒来咱们又是一条好汉嘞！所以此事忘了就好，忘了就好。"

不知道是不是幻觉，在我这般撇清关系后，燕尘的脸上竟浮现出一丝失望。

嗯，这酒的后劲确实有些大。

皇上与将军同榻而眠，这传出去可不是什么正经的事。我微笑着敦促燕尘离开，谁想他丝毫不急，还慢条斯理地伸手，捞过我床榻上挂着的帷幔，轻轻摩挲："上头绣着的龙可真威武，这明黄色末将也很是喜欢。”

方才硬生生被吓醒的我脑袋还昏昏沉沉的，跟蒙了猪油似的，可仔细揣摩了燕尘的话后，我心头“咯噔”一下，瞬间清醒了。

那四杯桃花酿竟差点让我忘记了，昨日我与燕尘还剑拔弩张呢。

而他此时又提起这话头，摆明了想继续昨日的话题。

昨日，我满脑子希望燕尘给自己一个痛快，可如今答案就在眼前，我却又㞞了，不知是单纯因为“逼宫”二字，还是因为即将说出这句话的人是燕尘。

我紧闭着眼等了半天，却没等到我预想中的那两个字，反倒是手里被燕尘塞了什么东西。

当我睁开眼时，燕尘已经起身，坐在床边好整以暇地看着我。许是刚起床的缘故，燕尘一双杏眼蒙着雾气，还带了些毫无防备的迷离，我仿佛看见了儿时那个经常被人欺负的小燕尘。

眼下是什么桥段？

“皇上是否不愿看到我回来？”燕尘冷声说完，凌厉的目光扫过我的手，我立刻反应过来他塞给我的东西万分重要。

我低头一瞧，是一纸信笺。

我急急展开信一看，只见上面写着：刺杀燕尘，赏金三千两。

这居然是一封刺杀委托书！

燕尘位高权重，树大招风。本来单靠这寥寥几个字，他也怀疑不到我的头上来，坏就坏在这封刺杀函的纸张。浣花笺乃是极为珍贵的皇宫贡品宣纸，好巧不巧还是我最爱用的纸。

更巧的是，这字迹……唉！

我又愧疚又心虚地去看燕尘。

昨日他尚有意识时脱掉了盔甲和外袍，此时只剩下一件单薄的白色里衣。方才我没注意，现在有意去看，便发现了他里衣下透出的绷带。

我下意识伸手扯开他的领子，只见那伤口只是草草地包扎了几下，绷带旁甚至带着点血迹。想来是他连伤口都没处理就来见我了，所以他昨天逾规越矩，又是闯寝宫，又是差遣御厨，做出一副下一秒就逼宫的样子……都是故意的？意在不满我对他的怀疑？

了解完真相的我呆坐在床上好一会儿，直到燕尘冷哼一声离开，我都没将这句“不是我派人刺杀你的”说出口。

唉，像话本子里一样，在男女主误会之际，女主偏偏不说不说就不说……是不存在的。

我不解释，只因此事与我的确脱不了干系。

独爱用风骚的瘦金体写信的，还有那娘里娘气的笔迹……我绝不可能看错。

江浸月。

脆琵阁在这京中的烟花之地中最为独特，只因其顾客皆为女子。是了，这是一处男色之地。而江浸月在这脆琵阁中也最为独特，只因他一袭白衣胜雪，如画中仙，又因他五岁诵六甲，十岁观百家。

集美貌与才华于一身的美男子，试问这世间又有哪个女子不爱这一款呢？我自然也免不了俗。平日政事清闲时，我就会来找他聊聊天，嗑嗑瓜子。

今夜我前来，却是要质问他一件重要的事情。

但出乎我意料的是，我刚刚掏出那封信笺，还在酝酿着如何开口才能显得自己不那么气急败坏的时候，江浸月火速承认了。

“是我找的人。可是扶摇，我不后悔，更不想认错。”

江浸月一副一人做事一人当的模样，搞得我积了整整一天的怒火无处发泄。慌乱间，我只好使出自己“瞪谁谁心虚”的绝招，企图用眼神谴责他。

谁知，眼神谴责也失败了。

江浸月执起桌上的白瓷茶壶，替我斟了一杯茶，慢条斯理地道：“扶摇，你上次来找我的时候，我就说过，此次梁国一战，对他的意义非同小可。近日来，阁中的客人们嘴里说的，也都是他的好话，以往从未有这般密集，所以我便去找了江湖上的杀手……我看不得你身处危险之中。”他一番解释说得情真意切，说完还配合着含情脉脉的眼神攻击，双眼蒙了层雾气，跟受了气的小媳妇似的。

我赶紧捞过那杯茶，猛喝一口压压惊，也压压愧疚。

江浸月口中的“他”，指代的正是燕尘，也只有燕尘。那为啥“他”指的不是六福子，不是隔壁的张娘浪，也不是其他任何一个男子呢？只因为，我和江浸月谈论的人从来只有燕尘一个人。

江浸月是个卖艺不卖身的。他卖的艺也很独特，不是琴棋书画，而是替人答疑解惑。还记得我第一次因在燕尘那里吃了瘪而找上他时，他听懂了我以他人之事比喻当朝镇国将军，也没拆穿我的身份，而是同样用他人之事回答了我。后来，时间一长，他与我心照不宣地讨论国家大事，讨论燕尘。

所以，如今他行差踏错，也怪我当初吐槽得太狠。

我在反省吐槽力度的时候，江浸月也将这信笺怎么落到我手上的因果猜了个大概。

他气呼呼地问：“他竟然拿着这个当面质问了你？”

“是，这封信笺是燕尘亲自交到我手上的，他怀疑我派人去刺杀他。”我喘了一口气，后怕道，“你知不知道，因为你这一举动，我差点脑袋不保？”这句话用了夸张的修辞手法，然而江浸月似乎当真了。

“扶摇，你有没有伤到？要不要紧？”江浸月对我上看下看，左看右看，生怕我有一个刀疤，那担惊受怕的样子似曾相识。

江浸月与燕尘一样，生了一副顶好顶好的皮囊。但与燕尘不同的是，江浸月有一双能纳远山的丹凤眼，自带锐气。平日里，他不苟言笑，顶着一张冰块脸，看着清清淡淡，可但凡脸上露出丁点儿染着烟火气的各色表情，这份锐便会“噌”地一下变成魅。

譬如现在他蹙眉担忧的模样。

对着这样一张脸，我气消了大半。

唉，其实今早刚认出他的字迹时，我是很生气的。我气他越矩，我向他吐槽燕尘，他开导我、安慰我，仅限于这一方小红阁中。

可他把手伸到了红阁之外，就过分了。

可后来我再仔细想想，他这不也没行刺成功不是？更关键的是，他居然选了京城里街边小广告上的杀手甲，被捉到后分分钟出卖客户，甚至把客户亲手写的书信直接给你看的那种，毫无职业素养。

这种聪明中带着些许笨拙的感觉是怎么回事儿？有点萌呢！

此时，江浸月坦诚的模样，更是让我认定他只是个单纯的聪明人，又有何大罪呢？

虽然我在心中原谅了他，但狠话还是要放一放的：“我还没弱到要你请刺客去杀他的地步，况且，你杀了他又能如何？以我现在的实力，能独当一面吗？”

“下不为例。”

眼瞧教育得差不多了，我话锋一转：“不说这个了，我这次又叫人给你做了一件衣服。”

我从包裹里掏出一件衣服，乃是一件月白色的蜀锦外衣，袖口上还绣着一朵白色的茶花。比起高额的赏钱，江浸月向来更喜欢我送他一些别的。加之，大宴国库并不充盈，我也就每次只带一两件我喜爱的物品送给他，有时是浣花笺这类文雅的玩意儿，更多的时候是衣物、饰品。

江浸月执起那只绣了茶花的袖子，又低头看了看他身上穿的那件衣服袖口上一模一样的白茶花，喃喃道：“扶摇，为何你送我的每一件衣服上都绣着白茶花呢？”

“因为你就像一朵白茶花啊！”我随口胡扯道。

“哦，原来我是白茶花啊！”

“这样我就可以赏风赏月赏你了啊！”

江浸月羞涩地笑了。

望着那张三百六十度无死角的美丽脸庞，我暗自感叹：这可真真是一个很容易讨好、光长智商没长心眼的当代完美男青年啊！

通常我出宫的时间一半给了梨园，一半给了江浸月，而我留在宫外的时间总是转瞬即逝。此番我草草送完衣服，质问完话后，便火急火燎地和在外头放风的六福子手牵手回了宫。

我没看到的是——

江浸月半倚在窗口，冲着前脚踏出脆琵阁的我挥了挥手后便铺纸研墨，写了一封信笺交给了他的小厮。

而那平日里模样普通的小厮竟是脚下无声，轻功了得，捎带着信笺飞檐离开，遁入了夜色之中。

悉数历史上每个朝代的皇帝，皆有与自己关系尤为密切的朝臣。例如爱财的皇帝与户部尚书走得尤为近；爱探案推理的皇帝便与刑部、大理寺的官员亲如兄弟；而像我这样热爱看话本子的，自然与御史大夫走得近。御史大夫乃是负责审查举国上下文化出版物的官员，通俗些说，就是个带薪看话本子的。

约莫是职业病的缘故，御史大夫一家都爱表演。而在这其中，属他儿子傅天南最是集傅家的爱表演血脉之大成。但这并不妨碍他成为我最好的朋友，毕竟他是现今唯一一个在人前人后都唤我名字，而非“皇上”的人，同时也是最以真心待我的人。

傅天南他老爹最近有心让儿子接自己的班，把全国各地的审查工作全交给了他。于是，他这一年时常在外东奔西跑，人影子都很难见着。

但幸好这几天他难得在京城，于是我赶忙奔进傅宅，找他倾诉那场鸿门宴后的小心思。他以各种极其夸张的表情听完我的一番诉苦后……很成功地理解错了重点。

“噢，我的天哪，所以你与燕尘睡了一晚上？！”

我白了他一眼：“我可是过得胆战心惊。”

"啧啧啧，孤男寡女共处一室！你说还会发生些啥？"

我喝了杯茶水压压惊："我怕他把我给砍了。"

"小摇摇，你是不是不识字？确定是砍，不是掀？掀起你的衣角来，等生米煮成熟饭了，再掀起你的盖头来……噢，罗曼蒂克！"

我犀利的眼神看过去，他终于收起了戏："喏，燕尘哥哥吧，的确是印堂泛血光。可他砍谁也不会砍你啊！他不是喜欢你来着吗？"

"噗——"我朝天喷出一口茶。

"你说啥？喜欢我？"

"对啊，喜欢你。"傅天南很认真地眨巴眨巴眼睛，一口咬定。

他光说还不够，还愣是要举例证明。

傅天南比我和燕尘小了整整三岁。儿时的我和燕尘在四处作妖的时候，傅天南还是个鼻子上挂着鼻涕泡的小屁孩。燕尘曾经替我上门催稿一事他依稀记得，却因为记忆太淡说得磕磕巴巴的。

可经他这么一提，我倒是记起了全部。

我从小就最爱看话本子。那时候，有个名叫萝卜酱汤的作者因为话本观看人数少得可怜，讲到一半突然就没了下文，粉丝去梨园里抗议了半个时辰也没人理会。

除了我。

不错，我就是那作者少得可怜的粉丝里的一员。不同的是，我有燕尘罩着。

上午我刚向燕尘抱怨此事，下午燕尘便不见了。

第二日，我急急忙忙赶去燕府一问，才知道他居然找上梨园的主人，软磨硬泡要来了那个作者的住址，接着拎起小包包上门要话本的结局去了。要说那个作者也是够"奇葩"，约莫是话本子连载到一半被腰斩，受了心理创伤，居然躲到一处深山老林找灵感去了。

所以燕尘为了让我看一个结局，跋了山，涉了水。

其实那作者一早就把那话本子的结局写好了，可生怕流传出去被世人笑话，便怎么也不肯把她亲手写的那个结局给燕尘。燕尘再次软磨硬泡，终于得来了临摹的准许。

于是，燕尘在深山老林里待了五天没合眼，硬生生用惊人的速度替我抄写了一份结局。

那时，我在燕府门口见着燕尘时，他哪里还有燕家小公子的半分模样？

他浑身上下没一处是白的，衣服破破烂烂，小脸上沾满了泥土，还有那肿得老高的“销魂”的左眼。哦，我的老天，蚊子，你怎么舍得对这么可爱的小燕尘下嘴？

总之，当时燕尘以极其“销魂”的形象出现，然后小手挥得老高，在那儿冲我喊：“扶摇，你的结局。”

“不，是你的结局。”我回他。

后来，我貌似是和燕尘一起在他家庭院里的茶花树下读完了话本的结局。那话本子有没有烂尾我记不得了，我唯一记得的只有燕尘“销魂”的左眼，与我终于如愿以偿读完结局后，燕尘站在茶花树下冲我笑得牙不见眼。

“当时燕尘哥哥眼睛肿的程度……真是刷新了我对蚊子的认知呢！”傅天南忽然发出大笑，把我从回忆里拉了出来。

没想到这些在我儿时看来稀松平常的事情，现在回想起来好像还真有点甜蜜哦。

“反正燕尘哥哥当时真的挺拼的，这不是喜欢，是啥？”傅天南强调道。

他说得好有道理，我居然无言……不，我有言以对。

第一，傅天南毕竟还小，比我小了整整三岁的他怎么会明白，孩提时的一些朦胧好感是不经锤的。岁月是小锤，对权力的渴望则是一锤定音的锤，什么青梅竹马、两小无猜，都给你砸得粉碎。

第二，我与燕尘之间曾发生过一件事情，足以全盘抹杀他喜欢我的这种可能性。而那件事情只有天知地知，燕尘知我知。

我琢磨了半天是否要让傅天南成为知情的第三人，但最终还是选择了闭嘴。

毕竟做人要厚道，不能打击他的积极性！

我与傅天南打了照面后，燕尘回京途中遇上刺客一事一夜之间传遍了京城。

我感叹傅天南的大嘴巴的同时，竟然还怀揣着一丝丝庆幸，幸好他没把我和燕尘盖棉被睡觉的事情散播出去不是？

但麻烦也没少。

这不，第二天我上早朝，十个大臣中有九个提议让我去探望近日在府上卧床养伤的燕尘，剩下的一个则是告知我哪地的名医治疗刀伤最棒。

我的大臣在赶皇帝上架一事上，最为得心应手。

下了朝，六福子和我一人背了一个都快比我们人都大的包袱出发了。而那满满当当的包袱里，装的自然是治疗各类跌打扭伤的金创药。

临近将军府，六福子也不知道从哪里看来的进口话本子，说里面描述了一种神仙，爱好爬烟囱给人送礼物，还说这样送药能给将军惊喜，便提议效仿。

我也不知哪根筋抽了，还真采纳了他的建设性提议，一路做手势，让燕尘府上的男女老少统统别出声，就这么一路扛着药包来到了燕尘所住的别院，准备给燕尘一个所谓的惊喜。

第二章

凤尾山庄双人游

燕尘府上的侍卫很特别，因为他们主子叫燕尘，他们便自行组成了一支将军府亲卫队，名唤“燕家军”。再来，他们按照进入府中的先后顺序给自己取名叫“鹫一”“雕二”“鸿三”……以此类推，上次空降梨园把我吓得够呛的雀七便是“燕家军”的一员。

此次送我上天的还是他。在得知我的来意后，雀七用轻功将我送上了屋顶。

燕尘的卧房自然是没有烟囱的，我只能退而求其次，准备表演个从天而降。于是，雀七在我腰间绑了根细绳，以便一会儿放我下去。万事俱备，我扒开瓦片，先探个脑袋进去……万万没想到撞上了燕尘沐浴！

只见那浴桶摆在了他屋中的偏房里，从我这个角度看去，正好将他的背影全数收进眼里。

我一时看呆了。

啧啧，燕尘那惹火的身材……实在让我不得不承认，他的蜕变很成功啊！

看那壮硕而带点光泽的背肌，看那古铜色而带点力量的小胳膊，还有那线条完美的腰肌，以及八块腹肌……我不自觉把脑袋往前伸了一些……

“待了半天，还跳不跳？”

“谁？！”

雀七和燕尘几乎同时出声道。

更坏的是，雀七听到底下顶头上司出了声，立刻麻溜地放下绳子，放绳速度快得我都在空中打旋了。

于是，从天而降的感人戏码分分钟变成了我跟只乌龟似的张开四肢摔在了地上，背着的各色膏药散了一地，砸了我一身。

我身残志坚地支起身子时，燕尘已经取了外袍披上，倚在浴桶旁好整以暇地看着我。这种看神经病的眼神于我而言早已是家常便饭，真正冲击到我小心脏的……是他那张碧绿碧绿的脸。

“将军这是……”要想生活过得去，脸上就得带点绿？

“边关风吹日晒，末将在护肤。”

护肤？

我只知道江浸月喜爱伴着精油、花瓣沐浴，这也是人家的职业需求。可谁能想到，咱们燕大将军也有一颗爱美的心？这不，此时他脸上涂满了绿色的海藻泥，就露出一双眼睛和一个嘴巴……

“将军的护肤技巧很是独特呢！”

燕尘的嘴角抽了抽。

但观摩他的护肤技巧不是我此行的目的。

我憋住爆笑的冲动，将那些散落一地的膏药聚拢，然后在那药堆前半跪了下去：“将军，朕冤枉啊！”

燕尘瞥见了那堆药，脸色果然缓和了不少，眼神也从犀利变成了柔和。

我乘胜追击道：“将军那日质问朕刺杀一事，真不是朕所为啊！将军在外为朕保家卫国，朕怎么可能当那种背地里捅刀子的小人呢？”我狠狠地掐自己的手腕，以求泫然欲泣、悔恨无比的效果。

许是整日受了傅天南的熏陶，我的演技也越发精进了，燕尘倚着浴桶、插着腰看完我的精彩表演后，竟反倒向我道起歉来：“不不不，那日是末将唐突了。皇上又怎么舍得派人刺杀我呢？此事啊，就此翻篇。”

就这么简单？来之前我还担心过万一燕尘不依不饶，铁了心追问下去，我和江浸月的脑袋岂不是不保了！

如今看来，倒是我以小人之心度君……

“不过遇刺一事吧，的确给我留下了不小的心理创伤……”燕尘话锋一转，还配合着做了个西子捧心的姿势，在旁人眼里或许是铁汉柔情，放在我眼里……我怎么嗅到了一丝做作、一丝狡诈的味道?

“方才末将属下来报，说是在陇南发现了上次那个瘟疫案的梁国奸细的踪影。”

清水镇瘟疫事件的后续我也知道一些，多亏了燕尘那批属下机智，及时封了城，那奸细没能逃出大宴，如今寻到他的具体位置……

“真是天佑我大宴！”我开心地叫出声。

“按理说，我应该即刻出发，可是吧……”

“可是什么？”

“可是此行末将心里慌得很，需要皇上陪同才能好起来。”

铁汉燕尘顶着一张绿脸，对我卖起萌来……我打了个寒战。

我万万没想到，燕尘给我出的是道送命题。

三天前，我想着陇南风光无限好，陪燕尘走一遭不仅能让这事儿就此过去，从而保住我背后的男人江浸月，还能亲手擒拿梁国奸细。这本是一桩稳赚不赔的生意，可当我跟随燕尘一路风餐露宿，还要时时面对狼牙棒和流星锤，好不容易在陇南一客栈下了榻……结果入睡前，燕尘才神神秘秘地告诉我，自上次清水镇出了事，他安插在陇南的眼线来报，他们在巡夜时，瞧见了可疑男子遁入了一处十分恐怖的地方！他们不敢前去核实，只好将此艰巨的任务上交给了老大燕尘，而那处地方就是凤尾山庄。

凤尾山庄是什么地方？一处披着山庄外衣的黑市！一处从门童到庄主都深不可测的龙潭虎穴！正经来说则是，凤尾山庄在江湖上毁誉参半，多年蝉联江湖最神秘组织的第一名。但这山庄出名靠的不是庄中人的武功，也不是暗器，更不是秘籍，而是靠卖东西。不错，那地方专门售卖些稀奇古怪的东西。比如五毒教教主其实怕狗的信息啦，再比如，当年东方教主练功时用的宝器啦，甚至是武功高强的江湖高手……总之一句话，只有你想不到的，没有凤尾山庄卖不了的。

而那些东西，会在每月中旬于凤尾山庄内公开拍卖，价高者得，江湖人称“鬼市”。而参加鬼市，也是外人唯一能够接近凤尾山庄的时机。

临出发的前一夜，眼瞧街上的更夫都绕了三圈了，我的眼睛依旧瞪得像铜铃，毫无睡意。究其原因，对凤尾山庄的害怕占了七成，至于剩下的三成……我艰难地翻了个身，然后听到了腰间盘“嘎嘣嘎嘣”的声音。

是了，我正在睡地铺！

鬼市开市在即，房源吃紧，我和燕尘只好将就着挤在一间房里。傍晚，他要来了第二套被褥在地上铺好，我正准备夸他呢，结果他对我做了个“请”的手势：“我记得前几日皇上说过，您喜欢睡硬的，那么末将自当让出这地铺，让皇上好好享用。”

小人、浑蛋、无耻！

可我老爹从小就教育我，做皇帝最重要的呢，就是君无戏言。谁让我那时想不通，垫了本《白衣将军俏皇帝》在枕头下面呢？

眼下我睡不着，只好就地打滚，结果愣是把燕尘给滚醒了。

彼时，他穿了件黑色的里衣，半倚在床边，趁着我发愣的间隙捉住了我的手腕，再稍稍一用力，将我拉到了他身侧。

“还是上来睡吧。”他道。

燕尘嘴上温柔，但手下依旧掌控不好力度。我被拽得一个踉跄，几乎是蹦上床的，但既然上了床，那就没下去的道理。我顺势占据了靠里侧的有利位置。

我正欣喜燕尘总算是良心发现了，谁想我躺了半天，他竟没有丝毫要下床的意思……我以大眼瞪他，他则眨巴着一双杏眼回瞪我。

“皇上再不闭眼，可就要天亮了。”燕尘轻声道，说完还颇为自然地将手臂往我肩膀上一搭，替我掖了掖被角。

这是什么神一般的暧昧气氛？！

我触电似的一个鲤鱼打挺，双手护胸："将军！请你把持住啊！"

"末将只是想提前体验一下夫妇的感觉。"燕尘轻咳一声，一身正气道，"难道皇上忘了那凤尾山庄的规矩？"

经他这么一提点，理亏的反倒换成了我。

这就要说到凤尾山庄的又一个不同寻常之处了，也不知道是不是那凤尾山庄的庄主特别爱吃"狗粮"。总之，他在山庄成立之初就立下了个铁规矩：进入山庄交易的人必须是一对儿，性别倒是不限，只要你们能花式秀恩爱，让审核员相信你们是一对儿就行。

有了昨晚的演练，第二日来到凤尾山庄审核资格，我自然是胸有成竹的。我稍稍回忆了一下昨晚燕尘的动作，依葫芦画瓢地将手臂搭在了他的肩膀上，再回头朝二位审查员一笑："怎么样？我们恩爱不恩爱？"

传说中如同石狮子一样驻守在凤尾山庄的第一道关卡，负责审核顾客情侣资质的乃是两名中年女子，且一看就是在情场纵横多年的大娘。不过我觉得甚好，只有眼光毒辣的她们才配得上我的倾情演出。

此时，她们打量了我一眼，然后发出了雷鸣般的……笑声："姑娘，身高不够，就别硬来啊！你这模样像极了咱们山庄上个月卖出的那只猴子！"

我好气！

我没想到，昨夜燕尘那让我心头小鹿差点撞晕的小动作，在旁人眼里居然只是耍猴戏。那到底怎样的尺度才能让她们相信我同燕尘是一对眷侣啊？这根本就是在为难单身了十九年、实战经验为负数的本女皇。

眼瞧那两名大娘露出了怀疑的目光……我灵机一动，学起了《白衣将军俏皇帝》里看来的招数，将手搭在了燕尘腰间，准备与他旋转个几周半。

然而燕尘并不打算配合，一个侧身抢去了我的主导地位，将我放在他腰间的手攥在了他手心。我则因他心血来潮的反攻，脚下一个不稳，整个人向后倒去。

而此时燕尘也没闲着，他顺着我倒下的方向，像捞一条鱼似的把我捞进了怀里。这套动作难度系数比较高，动作幅度比较大，我撞上他充满弹性的胸膛时，脑袋有些发晕。

我揉了揉被撞得有些疼的太阳穴，撒娇式吐槽道："相公，你的胸肌练得这么大块，摸着好舒服……"

"夫人，别说话，吻我。"

…………

我正腹诽燕尘这厮比我还演得矫揉造作，谁想他来了个更让我发晕的动作。是了，他说到做到，还真的低头吻了我。

那个吻不偏不倚，正好落在我的嘴角。我猜想，燕尘大概想用借位的手法，让那两名大娘相信我们在嘴对嘴热吻。但这种借位放在恋爱经验为零的本女皇身上，那刺激程度，和嘴对嘴也没差了。

嘴角的温热触感正在一点一点漾开，我的胸腔里有一股莫名的暖意也在漾开。

凤尾山庄地处陇南的南边，梨花早已盛放。而燕尘与我为了顺利上演一出潜伏，早在进陇南的地界时就换了装，平时最不爱穿什么就往身上套什么。于是，我穿了一件极富女人味的水绿色烟纱襦裙，而燕尘穿了一件绲金边的月白华袍，还卸下了狼牙棒与流星锤，将之锁在了马车的暗格里，面上也做了些许细微但有用的易容处理。

他低头吻我时，我作死地一睁眼，结果眼前就出现了一幅梨花簌簌、白衣公子低垂眼睫的美好画面。要死要死！之前燕尘在朝堂上压我一头，死命挑刺的时候，我咋没发现他这么迷人？

不仅我被迷得七荤八素，两名大娘也被迷得五迷三道，一直到我同燕尘拿着敲了合格章的小本本踏进山庄的门，二位还在后头爱意喷薄："这个眼神！哦！谁来救救我？！"

“小公子，什么时候分手了，记得联系阿姨我哦。”

一直到我们通过第二道关卡——付完入庄票价五百两，正式混入山庄，我都没搞明白燕尘刚才那撩拨人心、拼命往外发射小心心的眼神是怎么说来就来的。

我实在没忍住问出了口：“真是奇了怪了，你是不是……难道……”

燕尘一副被我戳穿心事的样子，耳根红了红。

我双手握拳，交叠着一捶，勘破真相：“偷偷进修过演技？”

燕尘颇为嫌弃地瞪了我一眼，头也不回地走掉了。

我李扶摇一人上血书，建议凤尾山庄改名，改成“把你裤衩都宰没山庄”！我同燕尘进山庄之前是打听过的，知道鬼市将于五日后正式开启，而这等待的五日内游客不得外出，吃住都得在山庄里解决。本来我们觉得这规矩正合我们的心意——五天用来找人是绰绰有余了，但我们万万没想到，在山庄里吃穿用度的价格……会如此让人心痛。

举个例子，我与燕尘中午一顿饭拢共花了一百两银子，菜式是一碟“一行白鹭上青天”（青菜豆腐汤）、两碗“忽如一夜春风来”（白米饭）。

我预估了一下，按照这么个消费水平，我们住上五日，加上“入庄费”，我得花个两千两银子……不开心。

对此，燕尘劝我：“皇上，凡事要以大局为重。”呵呵，他自然不心疼，因为……花的都是我的钱啊！作为一个平日勤俭节约的皇帝，当天晚上，我终于崩溃了，旁敲侧击地让他抓紧时间干活。此行如果我们找不着那个奸细，我的银子岂不是白白打了水漂？

秉持着这种节约精神，在凤尾山庄住下的三天里，除却吃喝拉撒这些基本生活需求，其余的时间都被燕尘和我花在了一件事情上，那就是，我们手牵手一起穿梭在凤尾山庄可供游客参观的各个院落。

成果就是，鬼市还没开始，凤尾山庄的小厮们我几乎认了个遍。

我和燕尘的对话却恒定不变：

“是这个吗？”

“不是。”

“撤！”

眼瞧时间只剩两天了，我们已经将能见到的小厮都见了个遍，可愣是没发现那个奸细的影子。于是，我们自然而然把目光放到了凤尾山庄不对外开放的院落上。

这几日，我在看人的时候，燕尘在认地形。

据燕尘说，凤尾山庄的设计其实另有乾坤，它让游客感觉这里的大部分院落都对他们开放了，五百两花得很值，其实不然。院落与院落之间，被假山、竹林分隔遮挡的地方还藏了很大的空间。为了将这些空间尽量显得隐蔽，庄主还用上了五行八卦等奇门遁甲之术的排列法则。

燕尘常年在外行军，对地形的敏感度超出一般人好几倍。他这几天也没白跑，按照记忆和感觉默默画了张凤尾山庄的粗略地图，把不对外开放的空间都用墨水涂黑。

当晚出发前，我拽着那张乌漆墨黑的地图，头有点发晕：“这……这……他们不对外开放的院落占据了一大半，这怎么找啊？”

燕尘一脸高深莫测的表情，伸出一根手指在地图上比画。

“佩服佩服，爱卿这是在破解八卦五行阵法？”

“非也。”过了良久，他指尖一停，戳了戳地图偏南的一处角落，道，“末将方才使用的，乃是点兵点将之法。”

…………

一句话，瞎点的呗。

燕尘大大打击了我的积极性。让我像没事人一样，冒着生命危险在燕尘瞎点的一处神秘院落探查……将军，朕做不到啊！

于是，我在燕尘的帮助下，艰难地在假山里穿梭来穿梭去，历经千辛万苦，终于进了不对外开放的某处院落。行至半道，我以脚崴了的借口躲在了一个阴暗的小角落，等待燕尘探查归来。唉，不是我没良心，而是以我的武功、我的胆量，我只会是燕尘腿上绑的一只拖油瓶，还是加量不加价的那种。

可万事难预料，许多时候，你越是刻意躲避，那件事情越会找上你。

我老僧入定一般蹲在角落的一棵桃树旁，手里捏着一枝桃花掰花瓣："找到了，没找到；找到了，没找到；找到……"

"好啊，外院的下等人竟然胆敢来这里做采花贼！我种的桃花也是你这只脏爪子能碰的？"一男子突然出现在我面前，一个巴掌下来，拍散了我手里的桃枝，拍得我手背上火辣辣的。我于慌乱间去瞧他，只见他耳上挂着一块桃粉色的面纱，鼻梁往下的面容全部掩在了里面；再来我注意到了他的整体形象，他穿着类似夜行衣那种修身款式的玄黑色衣袍，胸口处绣着工整的"凤尾"二字……我确认过刺绣，是凤尾山庄的人！

糟糕！

我暗道自己倒霉透顶，同时这个男人也快速地打量了我一番，最终目光落在了我那件山寨的衣服上。

"你的衣袍……"

我又是一惊，赶忙伸手假装撩头发，顺带用手肘遮住了自己的左胸口。

我之前说过，凤尾山庄极其黑心，在鬼市开始前逼着你买各种各样稀奇古怪的东西，而其中就有一款周边产品名叫"凤尾山庄文化产品大礼包"，里面就有一件这山庄小厮穿的衣服。但此衣服相比正版，做工粗糙，左胸口上"凤尾"二字的刺绣愣是因为偷工减料变成了"风毛"二字。

所以，除却艺高人胆大、在凤尾山庄待的每一天都想要作死的燕尘和我，基本上没人敢穿着这件仿冒货来假扮小厮。

此时，这个内院的人怀疑起这件衣服，我实在慌得不行。

首先，内院的着装和外院的完全不同，他有理由也有地位痛打我这个外院人。其次，我更害怕他瞧出我身上的衣服根本就是假的……那后果，可就不是痛打这么简单了。

我只好先发制人："小的就住在大人的隔壁院落里，日日夜夜沐浴着大人种的这棵桃花树散发的清香，便想折一朵桃花送给我的心上人……"我实在编不下去了！

男子沉默了许久，道："你这衣服破破烂烂的！咦……还臭烘烘的，别熏坏了我的桃花哦！"说罢，他跟赶苍蝇似的赶走了我。

原来他是在嫌弃我的衣服破啊！我长舒一口气。

我暗自庆幸这个主人对外院的人很是嫌弃，嫌弃到小眼神不肯在破破烂烂的衣服上多做停留，故而根本没有辨清真假。

然而我这口气还没顺畅，搜查了一圈儿的燕尘突然回来了。

一个外院的闯进来还能瞎掰，这再来一个，男子怕不是要以为我们要掏空他的桃树哦？

果然，那男子看到燕尘的第一眼就陷入了沉思……我只好再次先发制人，厚着脸皮强行介绍道："嘿嘿……这就是我的那个心上人了！"

可惜我的卖力表演没博得任何喝彩，那头隔空对望的二人脸色反倒愈加凝重了起来。

我还能怎么办呢？只能继续自己的独角戏咯。为了保住小命，我豁出去了！我举起小拳拳捶燕尘的胸口，娇嗔道："哎呀，说好了让你在外头等嘛，怎么这点时间都等不及啊？"一边说我还一边不动声色地往燕尘身后靠，万一待会儿真兜不住了，双方打起来，那我也不至于沦为人质不是？

然而这男子不按常理出牌。

虽然面纱遮了他大半张脸，但我仍然觉得此时他古怪地笑了笑。然后，我踮起脚又折了一枝桃花递给了他："今儿个我心情不错，就算日行一善。好花要成双，去吧。”他接完花后，头也不回地火速离开了，那速度……一时让我分不清谁是刀俎，谁是鱼肉。

等到那男子的婀娜身姿完美地遁入夜色之中，一丁点儿也看不出来了，燕尘忽然压低声音，对我道：“就是他。”

“什么？！”

“那个奸细。”

信息量太大,我一时接受不了:“他不是戴了面纱吗？你确定？”

“嗯，因为眼睛还是那双眼睛，眉毛还是那条眉毛，除非……”说着燕尘从怀中掏出一张画像，正是他那驻扎在清水镇的手下按照那奸细的模样画的，来山庄的路上他就曾给我看过数次。

燕尘举着那张画，都快贴在我脑门上了：“除非眼瞎了才认不出。皇上，你说是吗？”

这是骂谁呢？还不允许我有个脸盲症了？

燕尘看着我理亏的样，轻笑一声：“怪只能怪他看了太多武侠话本子，里头的主角蒙个面纱就无人可以认出，可他忘了，他不是主角，哪来的主角那么好的运气呢？”

燕尘胡扯得好有道理，我居然无法反驳。

原来桃花男就是奸细，难怪刚才他脚底跟抹了油似的。我不禁佩服燕尘点兵点将的技术，那真真是哪里有古怪就点哪里。

如今确认了散播瘟疫的奸细就是那人，那接下来抓了他就完事儿了。就这么一会儿时间，谅他也走不了多远。我一本正经地与燕尘讨论如何擒敌，伟大而睿智的计划还没开头呢，就被燕尘无情地一口回绝。

“我没想抓他。”

燕尘说这里的内院有古怪。首先古怪在没半个人防守，方才他在里头探查，结果一路畅通无阻。第二古怪在这山庄内院的格局，房屋似一只只大型鸟笼，错落无序地分布在空旷的院落里；有些房间的烛火亮着，有些则黑漆漆的。面对这么一间间小屋子，燕尘空有一身好轻功也无处下手。别说溜进去认人了，只怕是随手戳破个窗纸，都会和屋里的主人大眼瞪小眼。

所以男人的直觉告诉他，绝对有人在暗中盯着我们!

可那人迟迟不现身，这感觉就像是……一切尽在那人的掌握之中。末了，燕尘甚至怀疑，那人早就发现了我们的身份，只是不拆穿，也不打扰，就想看我们能闹腾出多大的浪花来。

我听完燕尘的分析，觉得十分有道理。可是我们千辛万苦才混进了凤尾山庄，还花了那么多银子……如今祸害我清水镇百姓的人就在眼前，不抓，是不是太可惜了?

至于安全系数什么的，燕尘身为我大宴最有权有势的镇国将军，怎么可能是一个人战斗?

"别装了。你的燕家军呢? 暗卫呢?! 再不济……陇南本地的眼线呢? 都让他们现身吧，是时候出来干活了。"

"人手没带够。"燕尘含糊其辞。

…………

"那你到底带了几个啊?"

"我不清楚凤尾山庄的底细，贸然带他们进来恐生事端……"他忽然往我这里一瞟，"此行，是我们两个人的战斗。"

我一哆嗦。

敢情这凤尾山庄之行是纯天然、无修饰的双人游啊? 我的脖子忽然一疼，总觉得自己这几天真是在刀尖上打滚呢。我后怕地摸了摸脖子，庆幸自己的脑袋安好。

可转念想到这几日投入凤尾山庄的银子，我觉得自己就快窒息了!

你想，原本在燕尘的小弟们见着可疑男子遁入凤尾山庄时，我们就可以确定清水镇一事与凤尾山庄有关联，起码有七成的把握。如今我们当面见着了那个奸细，七成的把握变成了九成。

可为了这区区两成的把握，我那叫一个千金散尽啊，还是永远不会还复来的那种。

“我那可怜的银子哟！”我一脸哀痛。

“这样吧，为了提升皇上花出的银子的性价比，末将愿意孤身犯险，拼死一搏。”说罢，燕尘撸起袖子，准备冲向方才那个桃花男遁走的方向……

“哎，将军，冲动是魔鬼，冲动是魔鬼。钱乃身外之物，何必动肝火呢？”

我心里想的是：燕尘要是一个人去硬碰硬，那我的小命可要交待在这儿了。

可我嘴上说着不要，身体却很诚实地在出这座秘密院落的一路上放缓了步伐。这本是我对自己逝去的银子的最后缅怀与不舍，谁想还被我撞出个美人来。

月下，一美人正抱着琵琶仰望月亮。

美人身穿一件孔雀蓝的宽襟外袍，上头的花纹用色大胆。按理说，牡丹俗气，金色也俗气，可经那么细细的线一绣，竟然与女子本就迷人的五官相互映衬，显得华丽又大气。

她的额头上点的朱砂色的花钿更是衬得她媚眼如丝、娇俏可人……

我粗略地换算了一下，按照这位美人的姿色，就算她有貌无才，弹的是辣耳朵的曲子，放在翠琵阁，少说也得值个一百两！

且这还是个善解人意的美人，她主动提出：“二位，可要听上一曲？”

美人主动邀约，哪有不从的道理？更关键的是，我和燕尘还真想看看这名半路杀出的女子葫芦里卖的什么药，于是我们干脆在美人身边席地而坐。

趁着美人拨弄琴弦调音的间隙，燕尘大概是想让与美人共度的每一分、每一秒都变得有意义，先是问了几个问题。

还记得他方才说这凤尾山庄有人清楚我们的一举一动，那么他接下来的问题，让我觉得他的脑子有病！燕尘问："你们庄主是个什么样的人？"

让人家在顶头上司的眼皮子底下说他的不好，这不是为难人家吗？

果然，女子面露难色。

燕尘再问："这山庄为何要情侣组队进入？"

这个问题的锐利程度显然弱了许多，美人虽然面露不耐烦，但还是答道："庄主心中有个不可能的人，所以愿看世间男女成双。"

"哦，原来是爱情不够，围观爱情来凑。"我解析道。

"好了，二位请听曲吧。"燕尘的淘气三千问让女子逐渐失去耐心，她怀抱着琵琶，自顾自开始了自己的表演。

一曲《春江花月夜》悠扬婉转，前段如同夕阳映江面，熏风拂涟漪，满是温馨之感；后段则如同江天一色无纤尘，皎皎空中孤月轮，带了点孤寂的味道。

不知为何，我的身心都跟着琴音逐渐舒坦起来，甚至舒坦到想就地打个盹。我强撑着精神，撞了撞燕尘："你有没有很想打瞌睡？"

"嗯。"燕尘闷哼一声，我才发现他居然和我一样，正在强撑着让自己清醒。

"琴音有古怪。"燕尘艰难地叮咛了一句，额头上已是冷汗涔涔。可眼下已经晚了，我和燕尘都已经着了这女子的道，脑袋昏昏沉沉，跟在梦游似的……

此时，女子忽然收起了琵琶，开始吟诗："问世间情为何物，直教人生死相许。"

吟完诗，她又轻移莲步，扭啊扭地走到了燕尘跟前，将手搭在了燕尘的胳膊上："于燕将军而言，情到底是何物呢？"

虽然我已经困成了狗，但听到"燕将军"三字时，我还是惊了一下，或许这就是求生的本能吧。

内院果然处处有危机，正如燕尘想的一样，这山庄的幕后主人果然早就知道了我与燕尘的真正身份!

燕尘重重地喘息，答道：“情，乱心，误人，不可沾。”

女子似乎得到了满意的答案。她开心地笑了，莺啼般的笑声在夜空中回荡。可下一秒，她半蹲下来，啐了燕尘一口。我不禁腹诽道：小丫头片子，还有两副面孔呢？到底什么样的答案才能让她满意？

在我胡思乱想间，这姐姐已经挪到了我跟前，问了我同样的问题。

对此问题，我想告诉她：啊呸！大胆妖女！朕无可奉告!

可我的嘴巴不受我的控制，将我藏在内心深处的一颗少女心给出卖了：“如果人没有爱情，那和咸鱼有什么分别呢？”

“这世间果然有痴情女子薄情郎，有趣，有趣。”女子留下这句话，收了琵琶拂袖而去。

而我眼瞧着那抹孔雀蓝的婀娜身影逐渐消失在小径的尽头……脑袋逐渐混乱，终于睡死了过去。

再后来，我便什么也不知道了。

直到第二日醒来，我才发现自己已经从那个危机四伏的鬼地方出来了。我正躺在凤尾山庄的客房里，一旁还歪歪扭扭地睡着一个燕尘，一个惨不忍睹的燕尘。他那件月白色的衣服蹭得花花绿绿，上面泥巴与树叶齐飞，而手上、脚上都是被撞击出来的瘀青……

我的第一反应是，我们大宴的燕将军生得这么好看，昨晚那个琵琶女不会乘人之危了吧？!

“那女的可真是个禽兽！”

燕尘被我愤怒的一嗓子给吵醒了，他支起身子，道：“不，我弄成这样是托了您的福。”

“啊？”

“皇上，您该减肥了。”

…………

据燕尘说，昨晚我在他怀里睡得像只死猪一样。是他凭借着惊人的毅力与强大的求生欲，一路扛着我走了出来。燕尘说这番话时将重点放在了我的体重上，而我则将重点放在了他是如何护着我，翻过那些嶙峋的假山的。

要知道，我浑身上下可一点蹭伤都没有。

想到了这一层，我的心头倏地一暖。

可我又回想起了昨夜发生的事情，尤其是燕尘那句“情，乱心，误人，不可沾”。

所以，视爱情如粪土的燕尘用生命保护我不受一点伤害，凭的大概是一颗赤诚的忠君爱国之心吧？或者干脆连这“忠君”二字都没有，只是出于对我身上流淌着的李家血脉的敬重罢了。

想到了这一层，我心中又莫名有些酸涩。

住在凤尾山庄的余下两日，我那叫一个坐立不安。我生怕自己遛弯儿、吃饭的时候，冷不丁出现一个妖艳的女子，弹个琵琶把我整晕了。反倒是燕尘，吃得香，睡得香。他认为人家要杀我们的话，早就杀了，还会留我们过夜？他推测，这幕后之人对我们压根儿就没有杀意。

那么问题来了，一方面，这凤尾山庄私藏了奸细，或者说那奸细根本就是山庄中人；另一方面，这山庄的庄主又对我与燕尘不抱杀心。

这山庄的幕后主人想要的到底是什么？

这个问题很费脑，我想不通就干脆不去想了。后来，我更是在燕尘的劝导下调整了心态——难得到了凤尾山庄，那么干脆就走完这一趟的流程。

其中的重头戏自然是鬼市。

鬼市当夜，西院的戏园子变成了拍卖物品的地方，客人们一一入座。至于那拍卖的场面，只能说是刷新了我对大宴国库空虚的认知。果然，经得起两千两食宿费考验的顾客，都是人傻钱多的主。

山庄的定价规矩是一百两起拍，上不封顶。可我在旁看了许久，愣是没见着一件东西低于一千两的。

本来这种拼财力的活动是怎么也轮不到我这个围观群众的，谁想坐在我一旁的燕尘语不惊人死不休。半途，他突然说要犒劳我这几天的倾情付出，掏出腰包准备拍个东西送我。

那我自然是边说着“别吧，算了吧，这不好吧”，边在内心盘算着东西到手后，怎么趁他不注意倒卖掉。

事实证明，我想得太多了。

当晚拍卖的珍品众多，可燕尘偏偏挑了一件最便宜也最不可能倒手的。是了，他买下了一个看起来有些傻乎乎、黑黝黝的少年，名叫钮黑黑。

而那个少年出场时的自我介绍是这样的：

“我的厨艺惊天地、泣鬼神，谁买了我，包您吃一斤长一斤。”

这也是全场就燕尘一个人出价的原因所在。

夸自己的厨艺可以，可是用错宣传语就是他的不对了。在当今的大宴，那流行的都是骨感美，哪个傻子会花重金买一个让自己“吃一斤长一斤”的厨子？

哦，除了燕尘这种承诺送礼的抠门男子。

燕将军用一百两的低价替我拍来了礼物，为此次凤尾山庄五日游画上了不太圆满的句号。

回京的路上，他安插在陇南的属下一路相随护送。陇南离京城路途较远，我们免不了要在沿途的客栈酒家休息。而这种地方，自古以来就是八卦与传言齐飞的地方。我一如既往地热爱八卦，热爱偷听。谁想这次就比较惨了，我一不小心做了传言里的主人公。

那日，我招呼着陇南弟兄们进了一家酒铺喝茶休息，结果就听到一群人在高声谈论大宴的皇帝……也就是在下。

他们说：“哎，你们知道吗？清水镇瘟疫的事儿，根本就不是人为的！压根儿就没有假冒的大夫，而是咱们的女皇不是真命天女，所以惹来了上天的惩罚嘞！还有人从鱼肚子里吃到‘假皇临世，必有灾祸’的字条呢！”

他们又说：“啊？不会吧？之前不是说那人是梁国派来的奸细，还有人看到他了吗？”

“这你就不懂了吧。我有个远方亲戚，就住在清水镇，他们说其实镇民们压根儿就没看到那个假大夫的影子，一直到瘟疫爆发之后，那群驻地的将士才说是他们请来的一个军医干的坏事！”

“天哪，那他们要维护皇上，当然要这么说啦……”

“是啊是啊！”

“其实我早就觉得那个女皇不靠谱，感觉很废柴啊……”

他们讲到这里，我终于听不下去了。前半段是谣言，可他们即将要说的后半段却是真的，我的确是个废柴……

但废柴也有自尊心啊。

没想到，这才“与世隔绝”了小半个月，我李扶摇在民间的风评直线下滑，甚至都传出瘟疫之事是我在位引来的天谴这样的谣言了！

这茶我是喝不下了，可此时逃走又显得我很没面子，尤其是在十几道目光包围我的情况下。唉，陇南的弟兄们正纷纷用怜悯的眼神对我行注目礼……

我骑虎难下。

这时有人从身侧跟捞鱼似的环抱住我的肩膀，一把将我捞出了酒铺。至于这熟悉的“捞鱼式”勾肩搭背，不是燕尘又还会有谁？

他冷着脸把我塞进了马车，自己又沿原路返回去遣那群陇南弟兄，顺带付了茶钱。只是他付茶钱的方式有一些粗暴，呃，不对，是十分粗暴。他路过那群正挤着脑袋讨论我有多么废柴的群众时，故意横着走，顶翻了他们的茶桌。

于是，交头接耳的八卦声瞬间变成了茶水烫脚的嗷嗷叫声。

末了，燕尘还漫不经心地道歉：“对不起啊，我的狼牙棒和流星锤太占地方了。”说完，他大摇大摆地离开了。

没想到平日里挤兑我挤兑得最积极、藐视我也藐视得最自然的燕尘，在面对莫须有的谣言的时候，还是很护着我的，这让我降到谷底的心情好了些许。

再度上路，燕尘许是怕我想不开半途跳车，跟我挤了同一辆马车，对谣言进行了学术性分析。

他说：“这才是幕后之人的真正用意。”

清水镇地处大宴边境，离八卦中心十万八千里。所以，清水镇镇民当初看到什么已经不重要了，事实的真相也已经不重要了。

重要的是，有人要利用这件事情来打压我这个女皇在大宴百姓心目中的形象，虽说我从来就没什么形象可言……

并且那股势力偏偏选择在我们离开凤尾山庄之后才行动，只怕我们现在折回凤尾山庄去抓人也已经晚了。而在毫无证据的情况下进行暴力搜查，只能落人口实，为我那本就被传得乌漆墨黑的形象再添一笔浓墨。

这招，实在是狠。

第三章 恋爱什么的，是一锅乱炖

回京后，那股势力忽然又安分了下来，让我无从查起，也摸不着头脑。

这等行事作风，我这个受害者都忍不住为他们鼓掌。那幕后之人可当真是该出手时就出手、该缩手时缩得飞快的真小人啊！

其间，我还派了六福子乔装打扮（扮成京城街口的豆腐西施），深入敌营（百姓纳凉常去的地点）去打探消息。

刚开始，百姓们会将自己身上发生的一些倒霉事赖在我头上，譬如自家的老母鸡今天下不出鸡蛋啦，譬如买的包子没有馅，买的鱼香肉丝里面没有鱼啦……总之，六福子每晚回宫给我汇报时，我都欲哭无泪。

但据六福子近日的汇报，百姓们茶余饭后的闲聊主题似乎回到了哪家猪肉又涨价了，谁家孩子被 ×× 私塾录取了的日常话题，我感叹：这股歪风邪气可总算是过去了。

于是这几日，六福子不用出宫打探，便得了很多空闲时间，可以去做他喜欢做的事情了。而如今六福子最大的爱好，就是和新人钮黑黑一起快乐玩耍。别看二人肤色差得远，性格上却极为合得来，他们成天跟连体婴似的腻在一起，扎根在厨房里开发新菜谱。

恰巧这几日，《白衣将军俏皇帝》的作者犯了拖稿病，正在无限期断更中，我又因谣言一事受打击不小，整日宅在宫里，于是我自然成了这试菜的最好人选。他们精力旺盛，一天要研究出好几道新菜。刚开始，我吃得很是开心，可约莫半个月后，我发现好像有哪里不对。

那日，我望着自己日渐浑圆的肚子，找上了钮大厨：“呵呵，还真是吃一斤长一斤……”

谁想钮黑黑颇为自豪地拍了拍自己的胸脯，道：“那是，我从不虚假宣传。”

得，这是一个听不懂讽刺的单纯少年。我犹如石头碰了棉花，又不好意思直接开口打击六福子研究菜肴的积极性，便只好将菜肴打包了，一份又一份地往燕尘那里送。就算他吃不下，不还有燕家军嘛。

我想君臣之间就是要有难同当，有胖也要同享。然而燕尘只享了这几日的胖，先前我独自吃胖的份一点没少。唉，都说一胖毁所有，我日渐发福带来的恶果很多，其中最为直观的就是，我那件小尺码的龙袍已经塞不下我膨胀的身躯了！

可一想到那人要奉旨进宫来做朝服，我觉得自己还可以将就一下！要说我对那个人的厌恶，从我那穿得都磨破了角的朝服就能看出一二。

于是每天上朝、行走在宫里时，我嘴里都憋着一口气，硬生生把肚子给吸住了。

我就这么硬撑了几日，可终究还是纸包不住火，小尺码的朝服包不住我的肥肉。那日，我和燕尘正商讨替他麾下将士订购一批新的止血药一事。彼时，偏殿里一片岁月静好，难得在京城待了近一月的他不仅变白了，绾的发样也跟上了最新潮流：头发简单地束了个高马尾，以一根檀香簪固定，没有了往日的杀气，倒多了些温和。

我们时而谈论药的事情，时而吃钮黑黑准备好的果盘。

“刺啦——”

一道清脆的声音打破了岁月静好的氛围。

紧接着，我感觉肚皮一凉，低头瞅了一眼，顿时崩溃了。

我的龙袍……居然绷裂了！

燕尘用一声重重的咳嗽掩盖住了笑意，然后拿起手边的披风赶忙朝我肚皮上一盖，语重心长地道：“皇上，是时候去请沈桐芊入宫了。”

我听到“沈桐芊”三个字，脑袋里“嗡”的一声。唉，该来的还是躲不掉，可我还想最后挣扎一下：“沈小姐远在江南，过来路途遥远，舟车劳顿，更关键的是，朕的肚皮也不答应露天上朝啊！不如就让京城的沈家伙计来替我量体裁衣吧？”

燕尘微微一笑，让人很头疼：“不远。她有笔大生意，最近都住在京城呢。”

听完这话，我感觉肚皮更凉了。

哎，沈桐芊的最新动向，他又知道了？

沈桐芊是江南沈家的独女，是沈家万贯家财的唯一继承人。说起这江南沈家，它与我们李家渊源颇深。江南沈家乃是大宴第一皇商，据我爹和沈伯伯共同回忆，当年我爹还是太子的时候，他曾为了看一出江南那儿的越剧表演，不惜驱车万里“哼哧呼哧”赶去看戏。谁想江南一带雨水多，晴空万里的天气突然来场暴风雨，在梅雨季是常有的事儿，我爹就恰巧赶上了。太子的高档丝制马车又中看不中用，被一场暴雨困在了半山头，车轱辘陷在了泥潭里。

太子身边的随行人员一个个平时养尊处优惯了，一时都慌得像是热锅上的蚂蚁。

说时迟，那时快，沈伯伯，也就是沈桐芊她爸出现了。他本是那山头的放牛娃，刚制作了几把油纸伞，准备下山创业致富，结果就遇上了太子被困。那次，他把作为本地放牛娃的经验都用上了，油纸伞也卖出去了，就这么赚了第一桶金。后来，我爹感念沈伯伯的救助之恩——让他顺利赶上了他最爱的越剧演员的告别演出，便遂了沈伯伯的愿望，经常派些宫中的生意给沈伯伯。

人生的机缘就是如此妙不可言，放牛娃就此成了大宴第一皇商。

我爹去世的那年，我见到哭肿了眼泡的沈伯伯前来吊唁。有那么一瞬间，我还担心了一下沈家以后还能否保住万贯家产……毕竟沈伯伯其实毫无经商头脑，这么些年都是我爹暗中替他打点生意，提点他进货和走货的时间。

可当我转眼看见沈伯伯身旁站着的沈桐芊那张冷静而克制的脸

时我瞬间又觉得，我的担心或许是多余的。

事实证明，我的直觉没有错。

有时候遗传真是个说不上来的东西，我爹那么一个治国、从商头脑兼具的男子会生出我这么个废柴的女儿，那么沈伯伯生出沈桐芊那么个精明、爱钱的女儿，自然也就不奇怪。

儿时的我对沈桐芊最深的印象是：我和我的小伙伴们在宫里的御花园里打打闹闹，打着打着突然就饿了。正愁御膳房离御花园路途遥远，等小太监通传来通传去，我们指不定饿得肚皮贴肋骨时，沈桐芊就会不知从哪里冒出来。她手里还举着一串糖葫芦，活像人家江湖术士举一面幡，一副“本小姐看出你们眼底的饿意了，快掏出你们的钱袋子来买买买吧”的模样，吃定了我们的小金库。

当然，她有抓住刚需的毒辣眼光是一方面，她长得极好看则是另外一方面。

沈桐芊极喜爱穿黄色，可碍于与皇家颜色相似，她便选了一种柔美却不做作、文静中又带点活泼的鹅黄色。因此，她举着糖葫芦往那儿一站，可不就是男孩子们最憧憬的初恋对象的模样？据说直到现在，京城子弟们饭桌上还有个固定话题——追溯往昔那些暗恋沈桐芊的岁月，以此来产生共鸣，迅速拉近彼此的距离。

当年，她的杀伤力可见一斑。

她以美貌在京中二代圈立稳了脚跟，我则以拳头和爹称了小霸王，一山不容二虎，我和她免不了被比较。

还记得那时有个什么尚书家的小胖墩在背地里说我和沈桐芊就是野猪和小鹿，一个让人肝胆生寒，一个则是我见犹怜。

他们背地里说得起劲，可到底因为忌惮我而只敢在宫外过过嘴瘾。最终，这话不幸传到了我的耳朵里，还是因为燕尘被揍了。

燕尘气势汹汹地找到那小胖墩单挑，据前来搬救兵的小伙伴形容，燕尘去的时候像个脚踩七色云彩的大英雄，可半个时辰后，他被揍得像是孙子一样。是了，那时候，燕尘的战斗力为负数，每次被人欺负了都得我去替他揍回来。谁能想到，他难得鼓起勇气替我出头，结果还是要我深入敌营去救他出来呢？

后来，我三下五除二收拾好了小胖墩，然后怀抱着“奄奄一息”的燕尘，着急道：“你伤到哪里了？”

“喀喀喀……喀喀喀……”他咳嗽不止。

我吓得不轻。

他缓缓撩起袖子，露出一截瘀青：“扶摇，我疼。”说这话时他还自带楚楚可怜的小眼神。

但当我看到那一截不过两个指头大小的瘀青后，我怒了：“才伤这么一点？亏我还把小胖墩打成那样……不是，你这么小的伤，怎么会咳成这样呢？”

“昨晚感染了风寒。”

…………

最终那件事以我在老爹的胁迫下登门道歉结束。整件事无疑是闹了个笑话，但燕尘在我怀里说的一句话让我记忆犹新。

他说：“扶摇，你才不是野猪，你是藏在我心底的明珠，我视如珍宝。”

虽然现在想来，此话有些土，但当时的我是着实感动了一把的。只是这么多年过去了，我严重怀疑他心里的明珠已经变成了沈桐芊。

那天，沈桐芊入宫。

她前脚踏进偏殿，后脚就跟进了一个男子，把阳光全遮了。可不就是腰间常年别着巨型武器的燕尘？他说：“皇上，我来为你的龙袍提点建设性意见。”

我一眼看破了燕尘的小心机，对身旁的六福子道：“朕决定看破不说破，也不想做棒打鸳鸯的那根棒。”

六福子侧耳听完我的大度发言，表示道：“皇上，其实您就算是做了那根棒，也拦不住燕将军想喜欢谁啊！”

……你可闭嘴吧。

总之，量体裁衣这种正经事，因为燕尘的加入变得有些微妙起来。他虽坐在角落旁听，可存在感半点没弱。

沈桐芊作为一个商业天赋极高的女子，秉持着“客户至上”的信念，对一些重要的活儿坚持亲力亲为，就比如做龙袍。加上聪明如她，估计早就察觉了我看她不太顺眼，她便对我愈加殷勤。

“皇上，您就幻想自己是一只嗷嗷待哺的小鸡，饿了一天等待鸡妈妈的喂食……那脖子伸的长度要适中，要笔挺……

“皇上，您再幻想着小鹰第一次离开温暖的巢，在断崖边练习飞翔……那翅膀张开的力度要缓慢，要柔美……”

“沈小姐，你说得太玄乎了……到底要朕做什么？”不知道的人，还以为我在这偏殿关了门窗跳舞呢。

她欠身一笑，甜美得腻死人：“皇上，还请您伸脖子，然后张开手臂。”

我打了个寒战，但还是一一照做，任她举着把量尺在我的胸部量了一圈又一圈……

“沈小姐，请问你量完了吗？”

沈桐芊冲我眨巴眨巴眼睛，陷入了沉思。半晌后，她一本正经地道：“皇上，您的胸围好像……又缩水了啊！”

随后，她又拿了把尺子在那里左右比画，口中还念念有词：“一定是民女量错了，让民女再好生量一下。”

她说这句话的同时，我偷偷地去瞥燕尘。他一脸疑惑地望着这边，甚至准备起身查看。

要死要死，万一燕尘待会儿问这里发生了什么事，沈桐芊再把我缩水的胸围那么一说……我不允许这种事情发生！

于是我的脑子一热，咬着牙对沈桐芊说：“沈小姐，你有更简单粗暴的量体方式吗？一口气量完还不质疑胸围、腰围的那种。”

沈桐芊显得很为难：“有是有，只是……这样不精细的方式，会让后续制衣手续更为复杂呢。”

“我付双倍的价钱！”

“唉，还容易出错，到时候如果返工的话……”

“三倍！”我就差咬碎一口银牙。

“那民女就恭敬不如从命了。”

有了这三倍龙袍钱的允诺，沈桐芊果然手下生风，“噌噌”两下就完事儿了。

我不禁感叹，沈桐芊这名字取得好、取得妙，简直就是沈伯伯毕生智慧的结晶。沈桐芊可不就是沈铜钱？这个掉进铜钱眼里的女人，连我对她的讨厌都要利用起来狠宰一笔，我不服不行。

我甚至怀疑如果来日沈桐芊和凤尾山庄庄主有幸相遇，这二人铁定要当场拜把子认兄妹。

在这之后，沈桐芊在宫中多留了几日。这原因嘛……燕尘说沈小姐好不容易来一趟，不多做几件衣服就白来了。当时我一口回绝，并大谈特谈如今国库空虚，前不久才大出血过，哪有买新衣服的闲钱呢？结果燕尘见招拆招，霸道地说：“钱财乃身外之物，只要是皇上看得上的，末将愿散尽千金，双手奉上。”

我把此事向六福子吐槽后没过几个时辰，钮黑黑特地做了碗“浓情蜜意”汤送到我寝宫，还赞叹：“皇上，将军对您可真好！”

“不，这碗名字别致的汤羹也应该是属于两位有八卦同享的兄弟的。”

看吧，旁人都以为燕尘是爱君、护君的好臣子，只有我知道燕尘根本就是想借机把沈桐芊留在宫里！两人好天天相见！

燕尘暗恋沈桐芊可以，但拿我当挡箭牌，就是他的不对了！身为一块躺着中箭的挡箭牌，这几日我撞见聊得热火朝天的二人只觉得头顶冒火、七窍生烟，惹不起的我只好躲着走。

谁知燕尘选择的约会地点跟开了光似的，我上午想赏花，他出现在御花园；我下午想读书，他出现在钟书阁的门口吟诗；晚上我泛舟湖上，他又和沈桐芊相约赏荷了。

巧得我都有一瞬间怀疑……燕尘这厮是不是在故意气我啊？

总之，燕尘赢了。

连续好几日看到那些个甜腻的画面，我食欲减退，只觉心累。

钮黑黑在宫里除了我和六福子外，就只认得燕尘了。于是，他自然而然地在燕尘赶去御膳房逮着他问起我的近况时打了小报告，然后燕尘这个罪魁祸首还真是没羞没臊地过来探望我了。

当时，我正恹恹地躺在寝宫院子外的凉榻上，很是虚弱。

钮黑黑领着燕尘突然闯入，他痛心疾首：“皇上！原本您都能一顿吃四碗饭的，如今才吃两碗……这么下去，饿坏了可怎么办啊？！”

……你不说话，没人把你当哑巴！

果然听到这句话，原本脸上还有那么一丁点儿心疼的燕尘，寒暄了几句就走了。临走，他还不忘揶揄我两句：“皇上，看到你的饭量还是沈桐芊的四倍，末将就放心了。”

唉，衣不如新，人不如故。关键时刻，还是六福子说的话中肯。他说：“皇上，既然您不喜欢看到将军和沈桐芊出双入对地在您面前炫耀，那您让将军也眼巴巴看着您与他人出双入对不就好了？”

此话有理，我不仅要让他看着，还得让他比我更难受。

而为确保我能压过燕尘一头，首先我选的人容貌、姿色都得压过沈桐芊一头，那么放眼整个京城，谁还能比江浸月更合适呢？

可问题又来了，江浸月远水救不了近火。他虽是个卖艺不卖身的，可到底是个烟花之地的男子，就这么堂而皇之召进宫来，肯定是行不通的。我拉着六福子讨论了半天，敲破了脑袋也没能想出好法子，无奈之下只好场外求助当事人。

当晚，我趁着燕尘和沈桐芊忙着从诗词歌赋谈到人生哲学，直接夜上脆琵阁。

许久没见江浸月，我只觉他的美貌又上升了一个新的台阶。

他一边抹珍珠粉一边认真地听完了我的提议，开心极了："扶摇，这么说，我可以夜夜陪伴你了？"

这话听着好像有点不对吧……况且，这不还没找到法子呢。我还来不及细思，江浸月敛了敛衣袍正襟危坐，开始和我大谈他想到的办法："这年头，人不仅要靠衣装，还得靠包装。"

我似懂非懂地点了点头。

"就拿新进阁的清倌人来说，他本不过是个家住山头，种菜、刨地、养鸭子的土气小伙，按理说，客人们都不喜欢这些做粗活的男人，没一点情趣。可现在，每日上门来邀其共度良辰的人从未断绝，扶摇你猜猜是为何？"

我摇摇头。

江浸月朝耳后挽了挽发，笑道："因为我给他包装了一下，卖点就是田园系男子。宣传语则是'远离京城喧嚣，带你回到最淳朴、最单纯的田野间'。"

说完，他玉葱般的指头又蘸了些珍珠粉，往自己的脖子一抹："同理，只要我肚子里有货，自可以变个身份进宫，你也不必因我的身份无端被骂。"

可真是一个贴心的美男子呢。

江浸月想到的办法是：以招募门客的名义在大宴广纳贤士。门客不同于官员，说到底只是个有名无实的身份，不用拘泥于出身的限制，那么江浸月报名参加，我的那帮大臣也无处挑刺。

于是，一场为期五天的门客招募就这么如火如荼地开始了……好吧，并不如火如荼，实际报名人员少得可怜……试问又有谁想做废柴皇帝的谋士呢？唉，我再次从侧面证明了自己的智商。而报名人员少的唯一好处就是整个进度十分迅速。五天后，国子监一共选拔出了五位门客，而江浸月自然是以第一名的成绩夺得了桂冠。

门客入宫面圣，也就是见我。当天，我被铺天盖地有关招募门客一事的奏折绊住了脚，还没来得及见着江浸月一眼，他同剩下那四个门客就被人连人带铺盖一起带去我寝宫的偏院入住了。

是夜，我终于批阅完了那堆奏折，正准备去找江浸月聊天来抚慰我忙碌了一天的心灵。结果，我人到了偏院，江浸月的半个人影没见着，倒是被横冲直撞的六福子吓了一跳。

他一张小脸煞白煞白的，大叫道："不好啦！"

我心中当即升起一种不祥的预感，赶忙追问道："怎么了？"

"江公子他……他……被燕将军连人带铺盖一起扔出宫啦！"

…………

我恨！恨自己的无能，连我的男人都保护不了。

我为江浸月忧心了一晚上，正计划着明天上朝质问燕尘。谁想第二天上朝，燕尘竟主动上奏，提起此事："皇上，末将觉得这次招募的一批门客学识、见解都不够，简称野生门客。"

我咬牙道："那依将军所见，该如何呢？"

"想要让野生变成家养的，能真正为皇上所用，那还得进石鼓书院学习学习，进修进修。"

燕尘此话一出，朕的朝臣们自然表示：对对对！将军讲得对！

玉面罗刹入梦来。

燕尘就这样堂而皇之地将我的门客们挪出了寝宫，挪进了石鼓书院。

这石鼓书院乃是一家坐落在京中的皇家书院，地处皇家园林的东南面，气候宜人，风景秀美，专供朝中大臣们的子女学习。

因此书院会多设些政治课，分析分析当今局势；或者就是开些讲兵法的课程，探讨探讨如何带兵打仗。而这些特殊的课程有时也会请到特约嘉宾来现身说法，比如朝中的某些大臣。

当然这些都不重要，重要的是我今日混进了石鼓书院。

石鼓书院的风气向来算不上多好，一间学堂不过十多张草席，但通常来听课的人连一半都坐不满。就拿我的男闺密傅天南打比方吧，他在石鼓书院至今未毕业，逃过的课加起来够他绕着京城跑上三圈。

所以那些授课的先生通常分不清谁是谁，只知道个个是官二代，他们惹不起，便睁一只眼闭一只眼。

于是，穿着当年石鼓书院旧校服的我，在江浸月身旁上了半天课都没人发现。我来陪读，三分是因为对江浸月怀有歉意，七分则是因为生燕尘的气，干脆眼不见为净。

可江浸月似乎把那三分当成了十分。他举着本书，小声和我说："扶摇，你来看我，我好开心。你乏不乏？我吟诗给你听啊！"

"课堂之上，吟诗有些不妥吧？"我瞄了眼台上的白胡子老头，感觉他已经盯着我和江浸月许久了。当堂吟诗什么的……不是在逼人家发飙吗？

江浸月微微一笑，提笔开始在纸上写着什么。当他把一张张散发着墨水清香的纸递给我，我才明白，哦，原来这诗是默读的。

"君问归期未有期，巴山夜雨涨秋池。"

"只愿君心似我心，定不负相思意。"

"愿君多采撷，此物最相思。"

他乐此不疲地给我传小字条，也不管以我的文学修养到底读不读得懂。

最关键的是，我一读诗就犯困啊！

于是，在江浸月与台上那个白胡子老头的双重夹击下，我成功被催眠了。

午后的阳光晒人，我迷迷糊糊地醒来，转眼就发现这间学堂已是空空如也。江浸月和其他同学似乎都换地方去听别的先生讲课了，也不知道他们是默认了我反正也学不会还是啥的，就放我一个人在这里睡大觉。

我一想，行吧，反正学习这档子事儿和我从来就"情深缘浅"，我干脆继续睡我的觉。

就在我睡得昏昏沉沉之际，我似乎做了一个梦。

我梦见燕尘出现在了石鼓书院，他缓缓走到了我面前，是以石鼓书院先生的打扮出现的，穿着一袭水青色的素棉长袍，衣服还带着皂角的香气。

啧啧，梦里的燕尘还挺秀气的。可这厮硬是要证明自己在梦里也帅不过三秒，他张口第一句话是："你一踏进石鼓书院就睡得跟猪一样的习惯还是没变。"

…………

这熟悉的配方、熟悉的味道……有那么一瞬间，我怀疑这不是梦。

可我再奋力抬起眼皮一看，确认过腰间，还是梦里的燕尘。因为他腰间既没有狼牙棒也没有流星锤，而是别了一个香囊。那香囊散发着艾草的香气，外头以金线缝合，小巧又精致……和梦外那个燕尘的画风相差了十万八千里！

我当时睡得七荤八素，仅剩的一点理智告诉我：李扶摇，你可不能在梦里都任由这厮欺负！

于是，我吼道："我被你气得好几天没睡好，睡眠质量直线下降，还不能打个瞌睡了？"

谁想梦里的燕尘如梦外一般厚脸皮，他不紧不慢地在我身旁坐下，离我不过一拳头的距离。接着，他倾过身子，攥着衣角……替我擦了擦嘴边的口水。

他一脸无辜："被我气的？"

"装什么装啊！你和沈桐芊为什么要变着法子出现在我的眼前啊？就差我上茅厕没跟着了。你还不经过我的批准，就把江浸月给扔出了宫……你……你这叫只许州官放火，不许百姓点灯！我没资格管你和哪家姑娘情意绵绵，但也请你别干涉我的自由。"

越说越气，我深吸了口气压压惊。

不总结还不知道，这一总结……我怎么觉着，自打从凤尾山庄回来，燕尘在“如何气死他的顶头上司——李扶摇”一事上，造诣越来越深了呢？

接着我又细数了燕尘其他的恶行，完了我再看罪魁祸首，他非但没有半点愧疚，反而用一双通透的杏眼眨巴眨巴地盯着我，嘴角还挂着若有若无的笑意。

他居然还笑得出来？！

“我从未见过如此厚颜无耻之人！”我感叹道。

他不咸不淡的态度简直就是替我的怒火再浇了罐油，我拽起他的胳膊甩了甩，咬牙道：“燕尘，你是不是觉得戏弄我特别开心啊？”

“是。”

禽兽！

“但也不是。”

说完他不再多言，倒是开始整理被我搞得乱七八糟的案台。我昏昏沉沉间，只见他一双如葱白的手在我眼前晃悠，一会儿摆弄砚台，一会儿又摩挲毛笔，最后停在了那沓小字条上。

那正是江浸月上课时无聊给我抄写的诗。

燕尘一张张翻看，然后手指渐渐收紧。

他忽然出声道：“可这世上的有些事情，不是我想不做就能不做的。只要值得，我就愿意忍，也愿意等。”

这是什么顺口溜吗？这话我怎么就听不懂呢？

燕尘话里的意思，敢情他和沈桐芊捆绑式地出现在我面前，让我难堪……他还是被逼的？他又在忍什么，等什么？

我正准备昂起脑袋据理力争，谁想脖子刚刚扬起，我的脑门忽然一热。

一阵酥酥麻麻的触感从脑门一直传遍了全身，那感觉就像是额头上落了一朵花，有些痒；又像是撞上了云彩，脑子晕乎乎的。

我猛地一抬头，撞上了燕尘那张放大的脸。

他的呼吸声、他的眼睫、他身上的艾草香气，在这个安静得过分的午后显得格外清晰。

我后知后觉地发现，燕尘刚才……居然对我来了个“额头吻”！

可见睡眠不足真不是什么好事儿，容易出现幻觉。

而后，等我一觉睡饱了醒来，我甚至分不清刚才那一幕到底是我做的梦，还是燕尘真的恶趣味十足，跑这里假扮授课先生来了。

尤其燕尘的那一吻，实在是太匪夷所思了！

可不对啊！脑袋昏昏沉沉，可不影响我的感官啊，我的额头上的的确确有些痒，甚至还有一丝冰冰凉凉的感觉……

“皇上，别挠了！”身旁冷不丁响起一道声音，我一转身，居然是六福子从宫里端了新鲜的午膳和茶点看我来了。

他提着青草膏，又往我脑门上抹了抹。

“皇上，您睡得太香啦！蚊子都叮上脑门了都没感觉……哎呀，您可别再挠了，我刚涂上的。”

…………

刚才那果然是个梦，我还把蚊子的进攻当成了燕尘的深情一吻？！

李扶摇，你太缺爱了吧？

我是时候好好补个觉了。

第四章 作者游秉现身

上午的课我因为太困作罢，可下午的课我还是得挣扎一下的，尤其是在江浸月的强烈请求下。

临近午膳时间，他和刚才那帮凭空消失的同学们陆陆续续回来了。眼下，他看到我没有半路开溜，倒很是高兴，顺带吹捧了一下我的好学精神。

他全程盯着我，拽着我的手，眼睛都乐成了一条线。我想如果江浸月是一只小狐狸的话，现在尾巴一定在来回晃荡。看满意了，他终于道："扶摇，我上节课上得极不踏实，生怕回来时你已经离开了。"

我有些疑惑，道："不是你们丢下我的吗？既然你这么想让我陪读，为何不叫醒我呢？"

虽说我不爱学习，但这和夫子、同学们上着上着课，突然抛下我一个人是两码子事，弄得我跟脱离大部队的小马驹似的，总是有些不爽。

江浸月一眼看破我的别扭，他好声好气地哄我。"我才不会丢下你呢。"我生气地别过脑袋，他就跟个陀螺似的跟着我打转，"我们连同正在上课的夫子都是被人赶出去的，那人说你既然爱睡觉，那就让你睡个够。"

我一惊，这句话信息量太大，那个让江浸月习惯性省略掉大名的人可不就是……但我仍不死心地多嘴道："谁？"

他笃定地说："燕尘。"

原来我不是脱离大部队的小马驹，而是被人圈养起来的小猪仔。同时，我悲催地发现晌午做的那个白日梦很可能不是梦，就连同那个吻或许也是真的……

"这位同学，我特意给你空出教室，让你好好睡了整整一个时辰，你还没睡醒？”

我愣是被人用教鞭“笃，笃，笃”拍脑袋拍醒了。我方才思考那个额头吻是真是假想得太过入神，什么时候下午的课已经开始了都没注意到，更没注意到夫子打扮的燕尘已经走到我案前了。

果然如同午休时那些贵族子弟说的小道消息一样，百闻难得一见的镇国将军燕尘临时起意，上石鼓书院来指点兵法了。为此，见识短浅的贵族子弟们跟过年了一样开心，数十道目光“唰唰唰”盯着他们的燕夫子；那些姑娘更是恨不得用目光把燕尘给盯穿。

于是我在内心呐喊：燕尘，去回应你的崇拜者们吧！去吧！不要再站在我案前了！

结果，燕尘偏偏要反其道而行之，他死皮赖脸地追问道：“这位同学，你倒是说啊，你刚才在想什么这么投入？”

燕尘这是吃定了我在此地不敢透漏自己皇上的身份，便变着法子欺负我。现在他为夫子，我为学生，他欺负我欺负得天经地义。

我没办法，只好回答。结果，我一个起身，差点撞上燕尘的下颚，我寻思着这厮离我的距离也太近了。

于是我拢着手掌放在嘴边，蚊子似的说：“夫子，你靠我太近了，有些不得体啊！”

他不情不愿地退后了两步，我算是小小地扳回一城。

想到他刚才所问的问题，我的目光不受控制地往燕尘的嘴唇投去……那个关键性问题再一次涌上我的心头：那深情一吻到底是眼前的燕尘所为，还是我梦里的燕尘所为？

我出神之际，脑门忽然一热，只见燕尘用手指点了点我的额头。

我的耳朵又是一热，天哪，燕尘点哪里不好，偏偏要点我脑门！这隐隐约约的暗示……难道那个吻竟然是真的？！

“我还以为这位同学把朱砂颜料涂在了脑门上，现在看来是被蚊子叮了。”

…………

什么啊！原来是被蚊子包吸引了。

好吧，那个吻果然只是我的梦。

我莫名有些失落地一屁股坐回了草席，结果燕尘走出三步远后忽然转身，将那点了我额头的手指放在舌尖轻轻舔了舔，若有所思道："凉丝丝的，原来还涂了青草膏。"

…………

我脸上刚退下去的热又噌地涌起，燕尘可真是个磨人的老妖精！

幸好，随后燕尘讲的都是正事。一般当朝武将来石鼓书院讲的自然是兵法，可燕尘绝对是史上要和学生单挑的第一人。他领着我们直接到了书院里的校场。这里临湖，风景优美。可是风景再优美，也分分钟被他的手下雀七扛来的一架子刀枪棍棒给破坏了。

一袭水青色的素棉长袍愣是被燕尘穿出了铁甲的感觉，他道："今日我们不教兵法，不来那些虚的，直接来实战。"

瞧燕尘的气势，跟在沙场点兵似的，我有些慌了。万一他待会儿下手没个轻重，在石鼓书院闹出事端，到头来不还是要我这个皇帝来解决？没错，我接下来的提醒只是为了大局，为了自己考虑，至于燕尘会惹上祸，毁坏名声什么的……我才没有担心呢！

我发问道："夫子，现在在你面前站着的可都是大宴未来的花骨朵儿，你要控制你自己啊！"

"双方切磋期间，免不了会要蹭伤碰伤，所以今天，我特意请来了一位小姐来为各位定伤损。她最近正巧接手了一笔跌打药的生意，万一有个损伤，你们课后可以按量去她那里购买药膏。"说着，他朝不远处的凉亭里一指，轻纱帷帐后的女子也掐准时间打了个招呼。

连出场方式都如此做作，如此让我恶心的，除了沈桐芊还会是谁？

我哑然。

燕尘对沈桐芊的好已经到了匪夷所思的地步。亏我方才还担心燕尘失手打伤了同学们可怎么办才好呢，敢情人家早就想好了事后的一条龙服务；也亏我还有一瞬间以为燕尘突然来石鼓书院教课是看我来了，原来是拉沈小姐发财，顺带恶心我来了。

无知的少爷小姐们没想到一天之内能连续看到两个活在京中八卦风口浪尖的人物，一个个兴奋过度。

只有我和江浸月不为所动，坐在校场角落的大理石横栏上，一边嗑着六福子给我偷偷捎来的瓜子，一边强势围观好戏。只见一溜儿富家子弟将手举高，排队等着和燕尘切磋一二，然后又迅速在两招内摔个狗吃屎，还要身残志坚地爬起来，夸赞燕将军厉害厉害，他们佩服佩服。最后，他们还要抱着屁股嗷嗷大叫，去沈桐芊那里拿上够他们全家用一辈子的跌打药。

我暗道：当真是流水的京中富家子弟，铁打的梦中情人沈桐芊。

几个回合下来，一向对燕尘成见很深的江浸月都忍不住“啪啪啪”鼓掌：“他的确武功盖世，也难怪朝中人人忌惮。”

我从怀里掏出个柿子饼，啃了一口：“说出来你可能不信，以前的燕尘可弱了，他的武功完全是后天努力练出来的。”

“这么说，如若我努力一番，有朝一日也能成为够格保护你的男人？”江浸月成功抓错了重点，他看向燕尘的眼神也变了味，也不知道他到底羡慕燕尘什么。

我急忙将他这个危险的想法给扼杀在了摇篮里：“别别别！画风突变的一个就够了，再来一个，我的小心脏可受不了。江浸月，你这样刚刚好，可千万别想些有的没的哈！”我掰下我没咬过的半块柿饼，殷勤地递给了江浸月。

“吃了我的柿饼，就当你答应我了。”

他宠溺地看着我，点了点头。

但他没接下我给的柿饼，而是抢过了我咬过的另外半块，然后像只成功偷了腥的野猫一样，将那半块叼在了嘴里，还颇有滋味地细细品味。

我思忖：这一个个的，都什么毛病啊？

我们这边抢柿子饼的一幕成功引起了燕尘的注意，他朝江浸月勾勾手指，道：“你，出来和我切磋一二。”

江浸月挑了挑眉，然后不卑不亢地踱步到燕尘身前，开口前还不忘把柿子饼给吃了，然后才道：“我乃文人，燕将军不如和我比兵法？”

方才江浸月细嚼慢咽的模样早就磨光了燕尘的耐性，他冷冷道：“不过是切磋，身为新晋门客中的头筹，难道就是这样一个胆小如鼠的废物？”

“大宴上下各司其职，习文习武是个人自由，燕将军这话岂不是一竿子打死了所有习文之人？眼下让小生一介文人来舞枪弄棒，是不是有些强人所难？”

“不舞枪也不弄棒，我赤手空拳和你切磋。”说罢，燕尘扔给江浸月一把宝剑。

江浸月的如簧巧舌遇上了燕尘的毒舌也不得不认输，他骑虎难下，这切磋不开始也得开始。

校场上的气氛瞬间变得剑拔弩张，一边是一抹月白色，一边是一抹水青色，激战一触即发。不光是我和那些学生的心提到了嗓子眼，连一向喜欢装矜持的沈桐芊也没忍住，从帘子里探出个脑袋来。

只见此时场上的江浸月先发制人，他利落地抬手，英姿飒爽、风度翩翩……

宝剑出鞘！

然后他来了一个白鹤亮翅，那把宝剑行云流水一般地……“哐当——”掉在了地上。

…………

我和我身后的围观群众都惊呆了。

此时，江浸月柔弱地抱了个拳：“燕将军赢了。”

“我靠脸吃饭的，不和他打。”江浸月退回我身边时，对着湖水好生照了照自己那张三百六十度无死角的俊脸。

他嘴上说得轻飘飘，可是他刚才的举动无疑是上演了一出兵不血刃的好戏。本来好好的一场切磋，他把剑一扔，愣是让燕尘显得像是见人就比试的武痴，还是没风度的那种。

果然，我瞅着校场那头，明显感觉那边的温度都降了下来。

我果然没看错人，确认过眼神，江浸月是能让燕尘吃瘪的人。

现在所有想要和燕尘切磋的都切磋了，不想和燕尘切磋的也认输了。一节课结束，到了自由活动的时间，燕尘进凉亭去喝沈桐芊泡的茶了。那些学生自然是绕着那座凉亭席地而坐，假装四处看风景，其实各个在偷看美人与俊男，加上闻讯赶来围观的其他纨绔子弟……一层又一层，把那个凉亭围了个密不透风。

而他们十米开外的我，和江浸月有一句没一句地聊着，时不时分个神，时不时花式找角度，目光往凉亭里瞟，虽然每次看到的都是人墙。

直到江浸月一句石破天惊的话响起：“扶摇，你是不是暗恋燕尘？”

“我不是，我没有，你可别瞎说……啊！”我本来就心不在焉，再经江浸月这么一吓，身形一个不稳，直接向后栽去……“扑通”一声，我以极其傻的姿势掉进了湖里。

与此同时，又是“扑通”一声。

江浸月居然紧跟着跳下来了！

石鼓书院的湖货真价实，水深是能把人淹没的。于是江浸月抱着我，脚下不停地踩水，以防我们俩一起沉下去。他箍我箍得很紧，我腰上被他手心触及的地方酥酥痒痒的，加上我给他定做的白袍乃是蜀锦材质的，而这种材质最著名的特点就是轻薄。咳咳，于是他这件衣服被水那么一浸……他不似想象中那么瘦弱的肌肉线条在我眼前若隐若现。

我心中的小鹿来回撞。

以前在脆琵阁的时候，我一直视他为笼中的金丝雀。可如今这只金丝雀被我强行带到外面的天地，我才发现原来他也很是果敢，救我时丝毫不带犹豫的。

然而江浸月有自带破坏气氛的一百种办法。

不错，在此良辰美景之际，他朝我吟了一句诗："似曾相识燕归来。"

吟完了他还直直地看着我，一双丹凤眼目光灼灼，湖光映得那双眼更是真诚无比……

我只觉压力如山大，因为我真的参不透诗句背后的含义啊！

终于，江浸月估计也累了，他的嘴角抽了抽，无奈道："扶摇，我们先上岸吧。"

上岸后，江浸月说出了一个惊天大秘密，那就是："扶摇，我们三年前早已见过，那日是隆冬，京城下着鹅毛大雪。"

听完后，我在自己的记忆长河里费劲地翻找了好一会儿……结果愣是什么也没想起来。直到江浸月提起"冰河大战"，我才逐渐在他的描述下想起当年有关那群俘虏的事情。

那一年的冬天特别冷，以至于大宴与梁国交界处的一条河结了冰。然后梁国趁着大宴子民忙着欢度一年到头最重要的节日——春节时，大军顺着那条冰河长驱直入，周遭的两个城镇遭殃。当时，燕尘同样是临危受命，年仅十六岁的他一人率领大宴军队，英勇退敌，一战成名。

不同的是，那时我对他的战斗能力还没有如今这般信任，他每次出去打仗，我都害怕得要死。还记得当时燕尘大胜归来，京城百姓夹道欢迎。而原本应该在那条长街尽头淡定迎接燕尘的我，一面冲百姓们喊着"哎，麻烦让一让啊，我急着去接将军"，一面差遣着我的车队一路往燕尘来的方向前行。

当时，一众大臣在后面吹胡子瞪眼地喊着："皇上，不得体啊！"

结果不得体的还不止我一个，本应该保持高冷的少年将军一见到我，一路上绷得紧紧的神色分分钟松懈。他翻身下马，拉过我给了我一个结实的拥抱，并在我耳边呢喃："扶摇，我又替你打了一次胜仗。"

年幼时的燕尘奶里奶气，十分黏人；少年时的燕尘则鲜衣怒马，敢作敢为。

那一战是自他接任他爹衣钵以来打得最为出色的一仗。等上了大殿，他急着向我邀功，将自己救下的俘虏们都带上来排排站。梁国攻打我大宴周遭城镇的时候还掳了不少镇民做俘虏，而梁国的皇帝好男风，所以当时战俘里面有许多长相清秀的少年。

于是我感叹道："啧啧啧，果真都是生得标致的少年郎……"

"把他们都给我抬下去！"燕尘皱着眉头，一声令下。

好不容易把那群俘虏洗干净并且做好心理辅导的手下一脸茫然，又灰溜溜带着少年们鱼贯而出。

其实当时我压根儿就没仔细看每个被救俘虏的脸，我只想着那些俘虏是燕尘救下来的，我得夸啊！没想到我用错了力，反倒让燕尘在那之后一连三天都没理我。

当我回忆到这里，江浸月兴奋道："我就是当时那些俘虏之一！"

"扶摇，我永远无法忘记初次见你的样子。"他补充了一句，接着又用那种含情脉脉的眼神看着我，就像爱了我很久似的。

我心虚地一低头，回了一句："我也永远无法忘记。"

我永远无法忘记的是冰河大战过后没多久，燕尘对我的态度急转而下。别说什么"下马抱"了，他能多看我一眼，我都得谢天谢地了。说他躲着我吧，可那时他的确通过冰河一战在军中成功树立了威信，许多老将军都放心将手底下的部下托付给他。他每天不是在应酬，就是在去应酬的路上，忙得不可开交。

可我仍然明显感觉他和我的关系大大不如以前了，后来我好几次回想那段时光，都隐约觉得他没准是碰到了什么事情，才会疏远我。可惜的是，我那时的一个决定让那段时光就此被我和燕尘心照不宣地埋藏在心底，谁也不再提起。

直肠子的我最受不了一颗心忽上忽下，那时便做了一个非常大胆且白痴的决定：对燕尘袒露心意。

不错，我喜欢燕尘，打小就喜欢。

这也是我那么在意额头吻是真的还是梦的原因。你想，如果不是喜欢的人，被他亲一下和被蚊子叮一口有什么分别？可在我眼里，燕尘不是蚊子，而是无心落在我窗台上却又倏忽溜走的一抹白月光。

白月光，虽然你喜欢得要命，却偏偏得不到。

三年前，我对燕尘表白，结果他表示很感动，然后拒绝了我。

这件事天知地知，燕尘知，我知。除了前不久傅天南那家伙举例说明燕尘是暗恋我的，我当时差点为逞一时口快将这件事说出来反驳他，可最终还是作罢。

我怕丢脸是一方面，另一方面则是，我不想让自己难堪第二次。

毕竟三年来，燕尘时不时对我露出毒舌的一面，时不时对沈桐芊展露温柔，都是在用实际行动劝我清醒点，别再对他抱有越矩的感情了。我要是再向任何人袒露对燕尘的喜欢，那就是不识抬举。

“扶摇，我那时候还想过要爬上你的龙床呢。”

“啊？！”我再一次被江浸月的话惊醒，从回忆里一秒转醒。

什么？爬龙床？

江浸月怎么每次都能语不惊人死不休呢？！

他见我发问，十分顺从地重复道：“嗯，爬扶摇你的床笫。正所谓救命之恩，无以为报，只能以身相许。”

借口！都是借口！

“救你的是燕尘，不是我。你咋不去爬燕尘的床呢？”

江浸月只当没听见我说的，继续道：“当时，我们那批俘虏暂时留在了宫中，等燕将军那里整顿好了，再随他的部下一起回边关寻亲。可我是个无父无母的孤儿，无亲可寻，于是我顺理成章赖在了宫里。管我们的大哥又正好和中庭负责打点宫中起居的嬷嬷相熟，他看我可怜就把我安排在了那嬷嬷手下。”

“然后，某一夜我打听到你当夜要去沐浴，就提前洗干净在那里等你了。”

大冬天的我懒得动弹，大费周章去皇家浴池的次数屈指可数……“我怎么不记得自己看见过你啊？”

江浸月恨恨道：“燕将军提前得了风声，冲进浴池把我连人带铺盖扔出去了，直接扔出了宫。”

我一惊，居然还有这种事情！

仔细想想，江浸月之前的确提起过他是在两年前开春进了脆琵阁，可我万万没想到他和我之间还有这段故事，敢情他这个脆琵阁头牌的诞生还有燕尘的功劳呢！

当然最关键的是，原来燕尘“只许州官放火，不许百姓点灯”的恶习早在三年前就养成了！不！或许更早！

“燕尘那个小人！指不定劝退了多少美男子呢，他果然是想让朕断子绝孙！”我恨得牙痒痒，下意识一跺脚……结果我用力过猛，疼得我嗷嗷直叫。

该死！我居然忘了自己刚才摔进湖里的时候把脚给崴了！

我成功演示了什么叫“人倒霉起来，喝凉水都塞牙”，我一个吃痛又是一个后仰……我心想：完了，自己要再次落水了。

结果有人凌空接住了我。

不对，准确来说是两个人。

我跟块枣泥糕似的，被夹在了中间，左边江浸月，至于右边……“燕尘？！”

他不知道什么时候已经从凉亭里出来了，他的手臂紧紧地搂住了我，同时不着痕迹地拍开了几乎同时伸过来的江浸月的手。

触到我衣服的一瞬间，燕尘不悦道：“你衣服怎么是湿的？”

“哦，刚才掉湖里去了，然后江公子把我捞上来了。”我轻描淡写道。

掉湖里本就不是什么大事，更何况现在天气温暖，湿了衣裳也不过就是晒一会儿太阳就能干的事情。到了燕尘这里，我不知道怎么就变成足以让他生气的事儿了。

“雀七，接下来的课程你来教。”

他扔下了一句命令，同时扔下了一群一脸茫然的学生，然后竟拦腰把我抱了起来，一直往书院外头走，还走得健步如飞，脚下生风。

我问：“这大庭广众之下，不太好吧？”

他答：“这里没人知道你是当今皇上，没什么不好的。学生受伤，夫子担责，天经地义。”

我问：“就这么晾着沈小姐不好吧？”

他答：“她不会坐着坐着就跌湖里去，更不会崴脚。她智商不用我操心。”

…………

燕尘的嘴巴有毒，他生气的时候，毒性更是赛过鹤顶红，堪比含笑半步癫。

我不敢再问些有的没的让自己被堵得不痛快，干脆单刀直入：“将军，据你所知，有没有人想爬过朕的龙床？”

燕尘终于脚下一顿，若有所思，道：“江浸月还和你说了什么？”

“现在是朕在问你呢！朕可记得当初你接任燕老将军衣钵，宣誓的时候……你要保卫的是大宴疆土，可如今朕的床榻周围将军都要管，是不是管得太宽了？”

放在平日里，我是不敢用这种语气和燕尘说话的，可一想到后宫空虚，无以为继，我就不管不顾了，兔子急了还要咬人呢。

“普天之下，莫非王土，那皇上的床榻自然也在末将的管辖范围内，替皇上筛选枕边人，同样在末将的职责范围内。”他直直地看着我。

燕尘舌灿莲花，一番歪理被他说得正义凛然。

我在石鼓书院的精彩一摔，第二日，朝中大臣全知道了……原因自然是燕尘那心血来潮的一抱。

燕尘的一举一动从来都是被京中贵胄们日日紧盯着的，昨天经他一抱，在场的子弟们一传十，十传百，我自然露了馅。

于是众爱卿认定了我伤得不轻，更是认定了我是个为博美人一笑而偷溜进书院陪读的昏君。据穿上宫女服、混迹在宫女堆的六福子来报，这几天关于我和江浸月不得不说的二三事在宫中已经传了好几个版本了，有什么江浸月其实是狐狸精变的玄幻版本，有什么我准备效仿烽火戏诸侯来博美人一笑的千古罪人版本，还有什么江浸月不得已委身于我的苦情版本……

我不得不感慨，燕尘那一抱可真是抱得好，抱得妙。

在这次战役中，我输得很彻底。

这几日，我也不能再去石鼓书院在江浸月身侧陪读了，只能恹恹地躺在寝宫里。谁想约莫半个月后，寝宫来了个不速之客——沈桐芊。

更让我惊掉大牙的是，她还特意亲手煲了传说对崴脚有奇效的猪脚汤："民女已经多年没下厨了，也不知道我煲的汤好不好喝。"

当时六福子不情不愿地接过那碗汤，翻了个白眼："哼！无事献殷勤，非奸即盗。"

我心甚慰，平日里没白疼他。

可我和六福子在沈桐芊眼里就是芝麻绿豆，她极为淡定地从汤碗里舀了一碗猪蹄汤，递到我跟前："皇上现在一定觉得民女是话本子里那种恶毒女二号，不是在下毒就是在制毒路上的那种。"

看来她对自己的定位很是准确嘛。

可她话锋一转："可你错了，民女是真心诚意来探望你的。"

我和沈桐芊除了龙袍以外的交集，得追溯到我们老爹还健在那会儿了。那时候，我爹和她爹关系好，我们自然也常常碰头，加上两位爹爱屋及乌，对彼此的女儿也都当自己的女儿来宠。那时我虽然看不惯她的风格，但也不会跟个刺头似的跟她作对。

可现在不同了。

我真诚地发问："我和你的关系有那么……好吗？"

"谢谢皇上一直以来替我关照他。"沈桐芊回答得同样真诚，并替我舀了一只猪脚。

我心头一酸，虽然沈桐芊没指名道姓把"他"给点破，但我用脚指头想想也知道她说的是燕尘。他拉着她发财，她替他煲猪脚汤，打点顶头上司……这是什么女人看了落泪，男人看了沉默的感人戏码啊！

男人都是大猪蹄子！

我恨恨地啃了口猪蹄。

"哇——"我干呕了一声。

我盯着那碗差点把我给齁死的猪蹄汤，难以置信地望着沈桐芊："沈桐芊！你这做菜的手艺和你数钱的手艺怎么就不对等呢？！"

沈桐芊眼睛一眯，默默舀了一只猪蹄啃了一口，然后强装镇定，但最后还是一阵恶心。

之后沈桐芊答应了我就此金盆洗手，不再下厨。

同时为了亡羊补牢，她推了约莫十日的行程，专门留在宫里给我补习算术。其实前阵子赋税改革的事情我也想推进，可我总觉得自己脑子不好使，艺术造诣还行，对算术可真是一窍不通。而沈桐芊的讲解，让我对一些赋税的见解豁然开朗。

唉，可能人真的有天赋一说。我装作整日浑浑噩噩的样子，大概是因为比起被大家说是个笨蛋皇帝，还是昏君更能让我接受一些吧。

情场失意，职场更失意，就连我最爱看的《白衣将军俏皇帝》都断更多日。自从我和燕尘一起去了凤尾山庄之后，作者游秉就再没更新过。

催稿这档子事情说容易也容易，一般的作者如果拖小半个月，不用追话本子的人发愁，梨园的老板就会给那作者施压了。可难的是，这《白衣将军俏皇帝》乃是梨园的金牌话本子，换句话说，这就是梨园老板的摇钱树、聚宝盆，所以对待那作者游秉，梨园老板自然是当财神爷那么供着。

他不愿露面，那就不露面；他不愿意改剧情，那就不改剧情；他愿意拖稿，那自然也得宠着咯。

但我也不是一般读者，我有人罩着。没错，那人就是对大宴上下话本子有着绝对话语权的御史大夫的未来接班人。

这不，我逮住刚从江南回来的傅天南吐槽了这件事，本来想经他的手催更，结果他为我开辟了一条新思路。

他说："御史大夫也就是一块腰牌的事情，我看爹犯起懒病来也把腰牌给手下人让他们去办事儿来着。所以扶摇姐，你完全可以拿着腰牌，亲自登门催稿啊！指不定还能要求加个戏什么的，更可以以审查的借口提前看到最新的稿子呢！"

第二天夜里，傅天南就找到我碰头了。

他穿着一身夜行衣，先是逼我对暗号："天王盖地虎！"

我抹了抹汗："宝塔镇河妖……"

他满意地点了点头，递来一个包裹："此包裹里乃组织中万分重要的机密，你切勿透露给他人，否则我们俩都将小命不保！"

…………

我感叹傅天南不愧是京城第一戏精，从他老爹那儿顺块腰牌都能演出神偷的气质。

大宴的御史大夫历朝历代都备有两块腰牌，一块是给继承人用的，毕竟这官职得往全国各地跑。这不，傅天南在京城待不了几日就又要驱车去洛阳审核当地戏文了，所以他的那块腰牌必然不能借给我，于是他为我走钢索，去把他老爹那块偷来给我了。他还想好了，等他爹发现了，他再谎称一时粗心把两块腰牌都给带着了就行。

咯咯，之所以要偷，还不是因为我想在我爹那辈的老臣面前维持所剩无几的那一点儿形象。

为此，接过腰牌的时候，我郑重地拍了拍傅天南的肩膀，语重心长地道："南弟，为了我大宴青黄相继，你要努力早日接过你爹的衣钵啊！"

"大胆！组织小小成员居然敢对我左护法如此说话……哎呀！"

我忍无可忍，给了傅天南一个栗暴。

有了御史大夫的腰牌，接下来的事情就简单了。我回宫与六福子商讨好了到时候要说的台词，又讨论了燕尘万一来找我时六福子要说的借口。

万事俱备，第二日我穿上了平日里上梨园听戏的男装。由于我来得勤快，每次给的赏钱虽然少，但回回没落下，绝对是个忠实观众，加上我将那块腰牌一亮，梨园老板当即将游秉的住址双手奉给了我。

不过他也强调："游秉大大经常出去云游，他什么时候在家得看公子你与他的缘分了。"

依照老板那日的话，那我和游秉的缘分绝对是传说中上辈子回眸三百次才兑换来的，分量十足。

我登门拜访的那天，游秉刚好在家。

或者说……那么大的烟，我不想知道也难。那时正是午膳的时间点，白茫茫的热气从那宅子里一直飘出了十里远……且那烟还越来越浓，我寻思着，莫不是……着火了？

我飞奔过去一瞧，果然闻到了什么东西烧焦的味道。

于是，我使出吃奶的力气"嘭嘭嘭"拍着门板，大叫道："着火啦！着火啦！"

结果那门板就自己打开了，原来门并没合上。于是我进门钻进浓烟里，大叫道："着火啦！着火啦！"

里面终于有动静，"乒乒乓乓"响了一阵，接着那火光终于灭了，浓烟也终于渐渐散了开来。

但我还是被呛得上气不接下气："喀喀喀喀……"

就在我咳得快窒息的时候，我忽然感觉脸上一暖，像是被人用手拂过的触感。紧接着我嘴巴又是一凉……那人竟用布蒙住了我的嘴巴！我第一反应是自己被人蹲点劫持了，吓得哆嗦着道："仁兄，我家徒四壁，毫无积蓄，别绑架我，呜——"

那人"扑哧"一下笑出了声，是男子的声音。

他松开了手，换我接着那块布。

我的智商也随之归位了，我才反应过来，男子是怕我呛傻了，特意送来了一块打湿了的布。

男的，还出现在这宅子里？他和游秉是什么关系？

我愧疚又好奇地顺着那人离开的方向看过去，结果差点把下巴给惊掉了。

那男子正从水缸里用葫芦瓢舀水，然后冲到厨房往灶台上浇……如此重复重复再重复。按理说，如此简单粗暴的动作应该毫无美感，可放在他的身上，愣是变得赏心悦目起来。他浇的哪里是水，分明是琼浆玉露啊！

我又往前凑近了一步。

只见他身穿一袭月白色的华袍，那袍子用的是上好的蜀锦，上头还隐约有暗金色的刺绣，和我平日里打包送给江浸月的衣袍有些类似，除了袖口没有白茶花的刺绣。他身形飘若惊鸿，一个抬手，一个跨步，那袍子都如同轻柔的湖水，在半空中画出好看的曲线，加上那还袅袅未散尽的白烟，绝了！

"神仙啊！"我感叹。

可美中不足的是，这"神仙"戴着一顶帷帽，不错，他戴着一顶宽大的帷帽，帷帽的边沿蒙着一层月白色的厚纱，从头顶到脖子都遮了个严实。

等到火灭了，烟也散了，男子终于有工夫和我对话了。他抱拳："多谢小兄弟提醒，不然这宅子烧坏了，我可就要重新买一栋了。"

…………

我被熏着了，不是被那滚滚的浓烟，而是被此男子浑身上下散发出来的有钱气息给熏着了。

此时，烟已散开，我终于得以看到游秉私宅的真面目。这是一座江南园林风格的宅子，石桥、流水，低调奢华有内涵。啧啧，瞧瞧那些运送一块来京城就要花费上百两白银的太湖石，五块、十块、十五块……我手脚并用都不够数。

我原以为这游秉从来不以真面目示人是因为是闲云野鹤，可眼下看来，人家这是沉迷金钱带来的快乐中无法自拔啊！你瞧，就连这个管事的，或者是厨子，都是这种人间绝色。

啧啧，奢华！

此时我将目光重新放到了这位人间绝色身上，我一番打量，发现这帷帽上的纱可真是够厚的，里面啥也看不见，也不知道那张脸是不是和那身型一样是人间绝色。

我问："敢问你家主子游秉去哪里了啊？小生有要事找他。"

他笑而不语，一路踱步到前堂，然后矫揉造作地掖了掖长袍，在太师椅上端坐着。他此番动作做出了六亲不认的感觉，脸上……啊不对，是帷帽上的纱上都写满了飘飘然！

他道："主子？在下就是游秉。"

这下，我彻底把下巴给惊掉了。

关于游秉的真实身份一直是京中一个大八卦，有人说这作者一定是一个风韵犹存的美娇娘，阅男无数那种，不然怎么可能写出男主角那么撩的角色？又有人说这作者一定是一个平日里大门不出，二门不迈的闷宅女，恋爱不够，白日梦来凑，不然怎么可能幻想过度，把自己想象成女皇帝?

可是吃瓜群众都错了，别说美娇娘、闷宅女，真的游秉就连女的也不是!

写出让万千女子疯狂的巨作的作者，居然是一个货真价实的男子，还是一个美男子。

眼下为了缓解尴尬，我只能胡乱吹捧一波:“哇，万万没想到……大大你居然是个男子！你绝对是大宴上下最成功的男子啊，承包了整个大宴的少女心啊！”

“最成功不敢当，也就屈居第二吧。”

嚯，还挺谦虚。

我不服气地追问道：“那第一是谁？”

“自然是，在战场上将狼牙棒、流星锤耍得虎虎生风，以一敌百，下了战场则担得上一句‘宗之潇洒美少年……皎如玉树临风前’的燕尘燕将军。”

宗之潇洒美少年……皎如玉树临风前。

这诗句最初和燕尘搭上边还是因为丞相的二闺女，她在宫宴上初见燕尘，当场吟了一首诗。当初那首诗还让小燕尘偷偷乐呵了许久呢，没想到再次听到会是在我最爱的作者大大游秉这里，只是……这都过去多少年了，燕尘变化太大了。

我不允许自己喜欢的大大还被蒙在鼓里，于是揭穿道：“呵呵，游秉大大，你这误会有点深。告诉你一个秘密，咱们的燕将军下了战场，那也绝对是狼牙棒、流星锤不离身，打的不是敌人，而是你我。你要是离他一米以内，像是这样……”我现身说法，一个箭步冲上去，凑近了游秉。

“对，就这个距离。此时燕将军要是一个转身啊，人都得给你掀翻了。”

“啪！”清脆的一声。

谁想游秉大大活学活用，学着我现身说法，还将自己代入了燕尘的角色，猛地一个转身。

然后，他的帷帽撞上了我的脑门。

…………

这一撞，虽然我没有觉得很疼，但还是把我想要说的话撞卡壳了。

我讪讪地揉了揉脑门，一脸委屈。

结果，紧接着帷帽底下传来一声得意的轻哼，显然刚才他是故意的！

可我寻思着自己也没说什么他不爱听的啊，除非……游秉不喜欢听有关燕尘的坏话？！唉，万万没想到啊，我就是为了逃避现实、逃避燕尘才大费周章赶来催稿，结果千躲万躲还是没能躲开这个大猪蹄子的祸害。

我恨恨道："害人精燕尘，提到你准没好事……"

"嗯？"

"哦哦，没什么。"

"怎么，这位小兄弟对燕将军好像有意见？"游秉尾音提了个调，这种特殊的生气技巧我仿佛在哪里听过，但眼下的情形容不得我细想。

有了前车之鉴，我飞速摆手，嘻嘻哈哈道："没没没，怎么会呢？方才那番话怪我没说明白，燕大将军即使在平日里也带着致命武器防身，自然是因为……因为将军他……他离开战场也忧国忧民，随时准备投入战斗，同时也锻炼锻炼腹部的肌肉，才能更好地保卫我们大宴！"

此番夸奖可谓是集我肚子里的墨水之大成，游秉双手环抱放在胸前，时不时点个头表示赞同。

我虽然隔着帷帽看不清游秉的表情，但还是能感觉到这番使出了吃奶力气的吹捧，吹到他心坎里了。

这哄也哄高兴了，接下来就该说正事儿了。

我掏出了御史大夫的腰牌，开始催稿了。按理说，这事儿应该顺理成章，谁想这游秉不愧是视燕尘为偶像的男子，他随了偶像，也非常难搞。

没错，他接过牌子端详了一会儿，思索道："你手里怎么会有御史大夫傅大人的牌子？"

"我是他的手下，他今天有事来不了。"

"哦？你大概不知道，傅大人每次差手下办事的时候都会附带一封亲手写的文书以作证明吧？"

要死！傅天南这家伙居然连他老爹的习惯都不知道！这个猪队友！

眼下我只好硬着头皮随口胡扯："实不相瞒……你口中的傅大人就是我爹！我就是傅天南！"

可我叉腰叉了没多会儿，他继续拆穿道："可是据我所知，傅家独子傅天南是京中有名的'长得快'，十五岁的身高都赶上他爹傅大人了，可是这位小兄弟，你……"他边说边站起身来比画了一下，手掌往我脑袋上"啪"地一按，把我奋力踮起的脚给按回去了，身高恢复原样，正好到他下巴的位置。

他在我头顶轻笑，一副"欺负你让我快乐，让我开心"的模样，俯身在我耳边戏谑道："我读书少，可是我对御史大夫家的事情知根知底，毕竟人家管着我的饭碗不是？"

他跟赶鸭子似的赶我："莫要欺骗我了，回去吧。"

我寻思着这不愧是个写话本子的，逻辑严密，让人信服。

可我李扶摇从来不是轻易就说放弃的人，说时迟，那时快，我迅速在脑海里找到了背锅侠。

"且慢！大大，你是不知道，其实朝中很多官员全家上下都在追你的话本子呢！但他们总会遇上抹不开面子的情况，你懂的。"我朝他抛了个媚眼。

他身型不稳，晃荡了一下。

我不管不顾地厚着脸皮继续道：“喀喀，实不相瞒，我就是燕尘燕将军派来的。”

他似乎踉跄得更厉害了。

经过先前的对话，我算是看出来了，面前的游秉对燕尘有着超出常人的崇拜感！如果不是因为他的声音比燕尘的要低沉许多，燕尘那厮又绝对不可能写那种小言话本子，我差点就以为这游秉是燕尘假扮的了。

既然游秉不是燕尘，那么剩下的就只有一种可能了，那就是……游秉是燕尘芸芸崇拜者之一，还是十分狂热，不允许他人说燕尘一点半点不好的那种。

他写的话本子男主角又正好是将军设定，一切都符合。

那么燕尘绝对是游秉的软肋，燕尘名号一出，他肯定就无法拒绝。

眼瞧游秉又要开口，我立刻道：“我是燕将军的贴身小厮！负责他起居的！一般人见不到的那种。”你有你的张良计，我有我的过墙梯。我直接把话给说死了，看你还怎么反问。

果然，游秉不问了。

他懊恼地摇摇头，或者说是摇摇帷帽，然后哀叹一句：“哎呀，好吧好吧，我写还不行吗？这年头，拖稿不易，且行且珍惜。”

第五章 还能好好过个寿辰吗

月黑风高夜，正是催稿时。

游秉的家十分宽敞，尤其《白衣将军俏皇帝》这话本子诞生的书房，约莫有我整个寝宫那么大，但这么大的地方就正中间摆放了一张水杉木的案台，案台后面是一架花卉画屏风，四周则空空如也。

我素来最看不惯别人铺张浪费，于是扛着文房四宝跟着游秉踏进去的时候，没忍住多嘴了一句："大大，你这个书房的利用率有点低啊！"

"不低，每一寸地都有它的用处。"

"啥用处啊？"

"我灵感枯竭的时候通常会自己一人分饰两角，有些动作幅度还是比较大的。"

…………

于是乎，我脑海里出现了一幅游秉一会儿演女皇，一会儿演白衣将军，然后你侬我侬的画面……我莫名打了个寒战。啧啧，画面太美，我不敢想啊！

"可是今后大概不必这么麻烦了。"他没头没脑地在前面咕哝道，语气里的狡黠我还没来得及抓住就倏忽溜走了。

游秉就是传说中要么不提笔，一提笔就写三天的那种。他专注地写了约莫两个时辰。

而他提笔写字的时候，我就在一旁研墨、铺纸，全程喘气都放轻了，生怕打断了他的思路让我少看一章。

安静的时间一久，我就忍不住眼神乱瞟，可这屋子里实在是空得没啥可看，我就只能看游秉。

不过这画面也是真的岁月静好。

此时已是人间六月天，游秉的江南样式豪华宅邸里自然少不了专门种养荷花的池子，游秉案台前的玉瓷花瓶里就斜斜地插了一枝荷花。初夏的荷花不似盛夏的热烈，那枝荷花含着苞，只有尖尖上透着些淡粉色，犹抱琵琶半遮面的气质和它的主人游秉相似。

游秉宽袖下的手指如葱白，时而握着毛笔，时而轻点桌面，屋内油墨的香气与荷花的清香交织。在这样的气氛烘托下，我这个肚子里向来没有几滴墨水的人都感觉自己的灵魂升华了。

要说眼下的这幅画面……碍事的还是那顶斗笠。

这会儿，我自诩与游秉有点熟了，于是壮着胆子问道："敢问游秉，你为什么时常戴着一顶斗笠啊？"我还以为这游秉和江浸月一样，是个爱美的美男子。现在天气越发热了，白日里的太阳晒人，戴块面纱好防晒。

可大晚上的还戴着……这就有点让人摸不着头脑了。

"小兄弟，你有所不知，我最近准备给《白衣将军俏皇帝》的最新剧情加点武侠的感觉，我现在是在亲身体验侠客的感觉。"

"噢噢噢噢！真的吗？！"这还是游秉头一次和我主动提起有关书里情节的事情，我激动得都快发出鸡叫。我真诚地望着那块厚厚的白纱，假装对上了游秉的眼睛，然后道："游秉大大，可以再给我透露一点最新的剧情吗？"

"可以啊！"说着他放下了毛笔，站起身来。

我没料到游秉这么爽快，更没想到傅天南的主意真的奏效！提前剧透什么的就在眼前了！

"哐！"上一秒，我还兴奋过度，下一秒，我就惊吓过度了。

此时此刻，游秉的斗笠跟我爹小时候给我量身高似的，戳在了我的头顶，而他的手臂，不偏不倚横在了我的耳边……不错，他居然借着屏风，给我来了个"熊抱"。

我想要挣脱，却发现游秉不愧为言情话本子的金牌作者，深谙"熊抱"十八法。他的脚法看似随意，其实把我拦得死死的。我此时居然庆幸起游秉的面纱不离身，不然就以我和他现在这个距离……我估计早就羞耻到双耳通红，练就一对火耳了。

但这也足够近了，近到彼此的鼻息清晰可闻。虽然隔着一层厚厚的纱，但我也能感受到他投来的毫不避讳的灼灼目光。

我别开脸："游秉大大，说好的情节呢？你这……这是在做什么？也太突然了吧？"

"突然？我刚才不就说了吗？今后我不必再一人分饰两角了，因为你来了。而且……"他故意放慢了语速道，"我现在不就是在给你剧透？"

我的脸皱成一团，哭笑不得，道："原来告诉我情节的方法就是用这种脸贴脸、面对面的方式啊！"

"嗯，你好好感受，只此一遍，独家剧透，再无二家。"他用公事公办的语气说完，又淡定地凑近了我一寸。

慌乱间，我几乎死机的脑袋瓜忽然"回光返照"，参破了游秉对我"不得体"的真相。真相只有一个！那就是：我现在是男装打扮！他只当我是同性兄弟，所以对我的行为毫无忌惮。

"我是女的，女的！"我一边喊，一边艰难地抬手把脑袋顶上的束带拆了，我相信我这头乌黑亮丽的及腰秀发能让游秉回头是岸。

果然，他愣了愣。

然而我得意不过三秒，颈间忽然一热，游秉竟然揉了揉我那头长发。

接着他又轻笑一声，声音低沉且温柔："女的？那更好了。这样更有代入感，也更能激发我的灵感。"他在我耳边呵气一般地喃喃道。

随后，我只觉唇瓣像是被人覆上了一层纱，但那层纱是极软的，也是极暖的。

我惊讶地睁开眼……游秉居然隔着他斗笠上的那层纱吻了我！

蜻蜓点水一般的一吻，在我心头却像是引发了山洪，不是因为此时此刻吻我的人是游秉，而是因为这种绵延而温柔的气息有种说不上来的熟悉感。

我落荒而逃。

我估摸着自己这几日的运气，那绝对是诸事不宜。去石鼓书院陪江浸月学习吧，遭到前去当夫子的燕尘阴魂不散地跟着；催个稿吧，反倒差点被游秉把命给催了……综上所述，我还是老老实实地待在宫里吧。

除非是万不得已，非要我出场的场合，否则我绝不出宫。

比如，最近宫中人人关心的大事：我那位常年在水澜居养老的爷爷即将迎来他的六十大寿。

我对爷爷他老人家的印象分为两个部分，一个是宠我，甚至比我老爹都要宠我的和蔼老人；另一个则是把狗认成猫，把猫认成石狮子，把石狮子认成六福子的痴傻老人。

不错，早些年据太医诊断说，爷爷他老人家可能是常年追戏、追话本子，长期忧思过重、情感旺盛，导致上了年岁后反应迟钝，辨认不清。

简单来说，都是长期宅着不动弹惹的祸。

我记得他老人家开始痴呆的那一年，正好是我老爹去世的那一年。

那一年，我顶着一张哭花的脸，手捧着老爹传给我的传国玉玺，冲进太上皇殿，求着爷爷重新回到朝堂上，或者什么都好，只要别让我当皇帝。

后面一众跟着我奔进来的大臣们在后面横眉冷对，指责我这么没担当，这大宴是要亡国呀！

当时，我也以为高台之上的爷爷会碍于各种条条框框，赶我出去。

结果他老人家二话不说，从我手中接过了传国玉玺。

我感激涕零，抱着爷爷的大腿唱着："世上只有爷爷好，没爷爷的孩子像……"

结果殿里的小太监得了爷爷的令，抬上来一口小炭炉，爷爷抚摸着传国玉玺，笑呵呵地道："这萝卜个儿够大，吃起来肯定香！"说着他就往锅里扔……

幸好当时我眼明手快，及时接住了玉玺，而这也成了我继位以来为数不多的史官夸赞的事迹。

但同时，我就此知道了爷爷痴呆的事情，也断了让他老人家回到皇位的念想，老老实实做起了废柴女皇。

三日后就是他老人家的大寿，皇宫大臣们陆陆续续送进来的贺寿礼物多得差点让水澜居凭空多出一座假山来。礼物虽多，可没一个人见到了太太上皇的面，因为礼物都是六福子代收的。

原因是，前些日子侍奉了爷爷几十年的老太监去世了，而新安排进水澜居的小太监们则都被爷爷认成了话本子里的反派，用拐杖给撵了出来。

唯独被认成石狮子的六福子最能给爷爷安全感。于是，自打那时起，六福子就在水澜居和我的寝宫两头跑。起初水澜居这边除了老爷子的起居之外没别的事，所以六福子他大部分时间还是在我寝宫里和我"狼狈为奸"。可这几日不同了，他忙着应付前来水澜居送贺礼的人，一天到晚待在这里。

今天，六福子见着我来了，像只小奶狗似的飞奔到我身边："皇上，你可算来了！不在你身边伺候的这几天，六福子可谓是食欲不振，失眠心悸。"

我不作答，三步上前往朱漆大柱子那里一绕，只见一个皮肤黝黑的小伙子正在奋力往柱子上贴，都恨不得钻进柱子里去了，可不就是六福子的最佳拍档钮黑黑！

我抓过钮黑黑手里死死拽着的食盒，一掀开盖，只见足足三层的食盒都已经吃空了。

我问六福子："这就是你说的食欲不振？"

六福子缩了缩脖子："这不是重点，重点是……自石鼓书院那次闹得沸沸扬扬，皇上，你准备好面对燕将军了吗？"

是了，今日有幸被爷爷亲自召来水澜居的不止我一个，还有燕尘。更贴切地说，每次我被爷爷召见都得捎上燕尘，至于原因……那是一个悲伤的故事。

这次我照旧在门口等了燕尘一会儿，打算和他一道儿进去。

见了我们，原本花式躺在软榻上的爷爷果然一秒……一秒是不可能一秒的，他先是假装没看到我们，将手中的话本子看完一章后，才假装突然发现我们，爬了起来。

他老人家眼含热泪地望着我们，拄着拐杖步履蹒跚地一步一步挪下来……每走一步都让我有想哭的冲动。

等走到我们面前，爷爷深情地呼唤了一句："我的乖孙女儿小摇摇！快让爷爷看看你变瘦了没！"他边说还边捏上了……燕尘的脸蛋。

不错，这就是为何我每次面见爷爷都得带上燕尘的原因。他老人家有独特的认人技巧：把我认成燕尘，把燕尘认成我。刚开始那阵，我还为此闷闷不乐过，敢情自家孙女在他老人家眼里就那么粗犷？

此时老爷子和我们寒暄完，看看我，看看燕尘，问道："你们俩娃啥时候大婚啊？"

…………

我的嘴角抽了抽。果然，他每次都要问！说起来，这事儿还得怪我，怪我把燕尘捎带得多了，以至于老爷子误会燕尘是我带来面见长辈的。

"孙女此番来是为爷爷你贺寿的，我们的婚事不急。"燕尘扮起我来有模有样。

老爷子朝燕尘的流星锤上轻轻一拍："摇摇哦，别怪爷爷打你脑袋，怪你实在不开窍。”

…………

我和燕尘皆是一惊，老爷子的病情不太乐观啊！

燕尘吃了瘪，只好换我解释道：“爷爷，你误会啦，他不喜欢我！”

“住嘴！这男娃没大没小的！我们家扶摇喜欢你，我能从她的眼神里看出来……你不信，我再看一次！”

我心道：老爷子不会要去和流星锤眼神交流吧……

幸好老爷子的病情间歇性好转，他踮起脚与真的燕尘来了个四目相对，再次确认后，他强调道：“没错！就是特别特别喜欢你！所以你不娶也得娶！”

说完他拽过我和燕尘的手，强行让我们十指紧扣。

要死了，我跟燕尘本来还因为他坏了我陪江浸月读书的事情闹着别扭呢。爷爷倒好，直接让我提前和他握手言和了。

更惨的还在后头，爷爷除了拉着我俩唠家常外还讨论他最近看的话本子，足足聊了两个时辰。其间他还要求我和燕尘必须十指紧握，途中我们不是没有悄悄松开过，可不出一秒，他的霹雳无敌拐杖就朝我脑袋杵来了……

我苦啊！他舍不得打“孙女”，只能棒打我这个“将军”出气。

几次下来，我紧紧攥着燕尘的手不敢再主动松开，但我还可以撺掇他啊！

我怂恿道：“你的手麻不麻？麻了的话，你就和太太上皇请命嘛，他不会打你的。”

谁想燕尘他举止端庄，丝毫不慌，轻松应对道：“麻？我可是随身携带流星锤、狼牙棒的男人，你觉得呢？你的手我可以这么握住一辈子。”

这分明是一句赌气的话，可燕尘常年在外行军打仗，交流技能几乎为负数。这不，连一句狠话都没讲好，硬生生说成了一句情话。我一边默念燕尘过于粗犷，一边心跳得跟锣鼓喧天似的。

我和燕尘从水澜居出来的时候太阳已经下山了，夜色绵延。水蓝色与朱红色在天空中彼此交织，衬得宫中的围墙越发静谧。

我们在门口撞见了我皇叔李藏，他穿着一身银黑色的窄袍，领口处露出一截妥帖的墨绿色里衣，梳着一个清爽的四方髻，衬得整个人得体而淡然。

我热络地迎了上去："皇叔，好巧好巧！"

"王爷好。"

"皇上、燕将军。"

他们俩彼此作了个揖。寒暄完了，皇叔注意到我的眼神往他手上提着的盒子上瞟，于是善解人意道。"这是叔父我准备献给太太上皇的寿礼。"他打开盒子给我一看，只见里面是一块用暖玉做成的树叶子，尾巴上还系了一条穗子，十分可爱，"这是用来夹在书里的，一天看不完的书里放上这个，就不会出现第二天记不得自己看到哪儿的情况了。"

瞧瞧！瞧瞧！这就是我的好皇叔，一个集温柔体贴与书生气于一体的大叔！这贺礼简直就是为健忘且爱追话本的爷爷量身定做的。

我在这边和我皇叔交流感情，燕尘却在那边做起了四大名捕。

水澜居四面环湖，为了方便老爷子茶余饭后出来观湖，起初老爹命人翻修这里时特别加了一方小小的凉亭，凉亭里有两张石凳。可事实是，老爷子很宅，一年看不上几次湖景。于是平日里那两张石凳没人坐，下人们更是懒得打理，上头经常尘土飞扬，落叶层叠。

可今天的石凳，有一张却是纤尘不染。燕尘把这个当成了巨大的发现，指着那凳子问道："王爷不会一直在外等待吧？"

皇叔淡淡一笑："不碍事，水澜居外的风景独好，难得能有机会来这里，停下来仔细欣赏欣赏风景也是一件美事。况且凡事欲速则不达，沉得住气的人才能等来想等的。”

我不禁鼓了鼓掌。瞧瞧，这就是佛系男子的典范。

皇叔说完，踱步往水澜居走去……却跟六福子撞了个满怀。

六福子急急忙忙道：“王爷，你把东西给我吧。”

“为何？”

六福子别开眼讷讷道：“太太上皇说他被两个小辈拉着聊了那么久已经乏了，先睡了。”

…………

咯咯，看来有时候等太久也是要凉的。

爷爷六十岁寿辰当天，举国欢庆。

六福子又不知是从哪里看来的进口话本子，上面描述了一种特殊的仪式：只要在食物上插上和岁数相当的蜡烛，然后由寿星亲自吹灭它们，即可延年益寿，心中所想更是能够成真。

往年寿辰我都要奉上一件贺礼，这次我寻思着得来个出其不意的，便采纳了六福子的建议。

到了当晚的寿宴上，我们这行人基本都到齐了，除了因为途中被台风困住，而赶不回来的傅天南。我眼瞧着大家已经酒足饭饱，时间差不多了，便给六福子使了个眼色。

六福子得了令，将那有半个身子那么高的面点寿桃抬了上来。

这个寿桃是我命御膳房提前做好的，上面整整齐齐地插着六十支蜡烛。老爷子果然没见过这个阵仗，他盯着寿桃看了半天，好奇地左戳戳，右戳戳。

此时，我又给六福子使了一个眼色，紧接着，大殿四周的烛光都暗了下去。就在燕尘取出流星锤大喊护驾，皇叔李藏起身拦在爷爷身前的一瞬间，我取了一个火折子，点燃了蜡烛。

随着我手上那根火折子的挪动，寿桃上的蜡烛依次点燃，四周也越来越亮堂。

“将军、皇叔，少安毋躁。你们看，这寿桃是不是很美？”

燕尘终于放下了流星锤，皇叔也松了一口气。

我又告诉燕尘接下来的流程，他虽然不情不愿，但还是照做了。

然而他还没搀着爷爷走到寿桃前……

“轰——”

随着我点燃了寿桃上插着的大半的蜡烛，那六十根蜡烛一起被点着了，越烧越旺，火苗都快蹿上天了。那一瞬间，我感觉自己手心有一股热浪涌来，甚至以为自己的手就要被烤熟了。可下一秒，我脑海里的这一担忧变成现实了，燕尘的脸色还能更臭一点吗？

不错，他及时把我拦腰抱走了。可由于刚才的事情发生得太突然，就算他身经百战，也很是狼狈。

他抱着我，摔倒在案几前面。

他全程护着我，自己倒是摔到了腰。他吃痛，皱着眉头道：“李扶摇……你出的都什么乱七八糟的主意？”

燕尘气得不轻，都直接喊我大名了。

六福子也瑟瑟发抖地爬到我跟前，拍了拍自己的脑袋：“是我不好！是我不好！”

可此时此刻，我最担心的不是燕尘的看法，而是大殿下面一众大臣的看法。我急于给爷爷一个惊喜，又急于在大臣们面前树立良好的形象，现在反倒成了一个笑话。

幸而方才灭了烛光，以至于我现在狼狈的模样没有被大臣们看去，可眼前熊熊燃烧的寿桃是没有办法再吹蜡烛，更没办法再吃了。

大殿里的空气凝滞，我甚是尴尬，苦恼于怎么解释眼前的一切。

此时，黑暗中有一个人走了出来，他慢条斯理，道：“前几日皇上问过草民，如何让太太上皇的六十寿辰过得心意与新意兼有之。草民还记得，当时我的回答是让皇上举办一个篝火宴会，效仿山中部落来庆祝可喜之事。山中部落的人传出的篝火晚会除了庆祝，篝火也代表着光明，可为夜色中行走的人指明方向。”

此话一出，大殿内的气氛重新活跃了起来，大臣们也重新有说有笑。

而那个站出来一本正经地胡说八道的人不是别人，正是我的好门客，江浸月。

我不禁赞美道："优秀！"

"呵呵，油嘴滑舌。"一旁的燕尘同时给出一个有失偏颇的评价。

有了江浸月的一番解释，点燃的寿桃理所当然成了篝火，寿宴的后半段也挪到了殿外举行。同时江浸月还拿来了笔墨，对于想要亲身体验异域风情的大臣，他就帮忙在其脸上画几道水彩。当然大臣们是不会自降格调去模仿部落人装扮的，那些笔墨想必不过是让人更加信服他刚才那段说辞的道具而已。

这不，这头以老爷子为首，大臣们在那头的篝火寿桃前面三五成群，有的饮酒，有的吟诗，少数在跳舞，而那头的江浸月四周空无一人。我趁着这头气氛火热，好不容易从老爷子眼皮子底下溜出来，走到江浸月跟前。

今夜的他穿着一身月白色的广袖衣袍，袖口上的刺绣栩栩如生，在夜色的掩盖下，乍一看，他的手里仿佛捏着一朵白茶花，而这朵茶花的主人也是一朵解语花。他一眼看破我的心事："扶摇，你为何有些闷闷不乐？"

唉，这说来就复杂了。

我会告诉他，其实我压根儿就没想过他会站出来替我解决这个麻烦吗？江浸月对于我来说，说是门客，实际上不过是前阵子，我看着燕尘和沈桐芊你侬我侬来气，一时赌气请来报复他们的合适人选。我原以为此话哪怕不说破，江浸月也是心知肚明的，可现在看来，似乎江浸月并不是这么想的。

江浸月见我不答话，说起了自己近日来在石鼓书院的学习成果："经过这么些日子的学习，我受益匪浅。扶摇，我想我离成为你的称职门客越来越近了。”

江浸月果然不是那么想的。

他很认真地在石鼓书院学习，也很认真地为我解决一切麻烦，替我维持在大臣面前所剩无几的自尊心。

越想越愧疚，我打断江浸月道：“我刚才在想，如果你不是来自烟花之地……没准是一个合格的将相之才，啊不对，岂止是合格，绝对是优秀的！出类拔萃的！”

他眼神一黯，但随即一笑置之：“无碍，什么身份并不重要，只要能陪伴在你身侧为你解忧，已是幸事。”

许是习惯使然，又许是天性使然，我见江浸月总是浅浅地笑着，让人如沐春风。可眼下的江浸月没了往日的笑意，而是很严肃地在说这句话，眉宇间没了暖意，取而代之的是些许的愁思。不知为何，我觉得这样的他才是真的他。

然而我还没瞧个仔细呢，有人突然阻挡了我的视线，寿星逮我来了。

“原来在这里，还不速速随我来捉妖？”老爷子将我一路拖回了篝火堆。

我正在想老爷子又在胡言乱语了，什么捉妖不捉妖的，结果到了，才知道老爷子口中的妖是指沈桐芊。

彼时，沈桐芊正和燕尘一起执着茶盏纯聊天，虽然这画面我看着心里也有些发酸，可比起之前我看过他们俩腻在一起的百来回，这可真是小巫见大巫了。但这幅画面落在我爷爷眼里，那就是天大的事了。

“何方妖孽，胆敢缠着我的宝贝孙女？！”老爷子大喝一声，把沈桐芊吓得一哆嗦。

她火速逃离此地，于是，站在燕尘身边的人换成了我。

老爷子满意地点点头，又拿拐杖杵了杵地面，命令道：“有篝火，你们不跳舞？”

“跳，我们这就跳。”燕尘一口答应。

我看他就是想看我出丑！

“燕将军应该不会不清楚朕从小就不会跳舞吧？”等老爷子走开，我恨恨地对燕尘道。

“不仅知道，当年你出了大丑的模样还深深地刻在末将的脑海里呢。”他在我头顶轻笑一声。

我的脸一红。他是指我十一岁那年，在我爹寿宴上跳的那支惊天地、泣鬼神的舞呢。古有“惊鸿舞”，我那次跳的则是“惊掉下巴舞”。当时，我一边打旋一边扔水袖，结果一段舞下来，我被自己的水袖缠成了蚕宝宝，倒在地上动弹不得。

可当时的燕尘第一时间冲上来替我细心地解开那水袖，才没像现在这样嘲讽我呢。

这不，燕尘故意俯下身子在我耳边示威：“跳舞是太太上皇的意思，末将岂敢不从？”

话音一落，燕尘捉住我的手心，连同他的手一起在空中来回摆动。他比我高上许多，我的手被他拉着一动，我的身子也就跟着晃。晃过来，晃过去，我感觉自己似乎会跳舞了。

那个大寿桃上的蜡烛撑不了多久，早就换上了木材，成了实打实的篝火。那火光在夜色里跳跃着，而我跟着燕尘的步伐在这头也跳跃着，气氛居然还不错，美中不足的就是我与燕尘的打扮，想我一身朝服，再怎么舞动也跳不出飘逸灵动的感觉啊！

此时一旁的沈桐芊趁着老爷子离开的一小会儿，奔过来奉上了一条飘带：“皇上，此乃前不久民女的商队前去波斯买来的品蓝大勾莲片金缎。虽说为了得到它，民女花了不少功夫，也散了不少钱财，但眼下就赠予皇上以添乐趣吧。”

…………

原来她在这儿等着我呢。人家见缝插针，沈桐芊则是人生何处无商机。

我给六福子使了个眼色，他不情不愿地领着沈桐芊去领银子了。

望着沈桐芊小跑离开的背影，我不过脑子地脱口说道："不能和沈小姐共舞，委屈燕将军了。"

"是有些委屈。"

燕尘这人怎么说话呢？

"但和你一起跳也挺好。这样气氛再好，我都不用担心我会爱上你，不是吗？"燕尘轻搂着我的腰在原地转了一圈，我握着的品蓝大勾莲片金缎便犹如轻薄的蝉翼，在空中翩翩飞舞，留下一圈银蓝色的光泽。

我想，此时的确是良辰美景，气氛绝佳。

可等我从眼前的浪漫小景里回过神，我才发现燕尘刚才说的那句话好像有哪里不对。

那句话好耳熟啊，仿佛、似乎、大概……在数天前，有另外一个人对我说过类似的话？我在脑海里那么一思索，可不就是那个游秉！

他们居然先后在两个不同的场合说了一模一样的话？！

天哪！我似乎无意中戳破了一个惊天八卦！那就是游秉很可能已经在私下里见过燕尘了，并且已经像和我排练那次一样对待了燕尘！

信息量太大，我熊熊燃烧的八卦魂不允许我毫无行动！

我急急问道："燕尘，你认不认识……"

"报！"燕尘的手下，燕家军里的雀七不知从哪里突然出现，差点把我撞弯腰。

谁想，燕尘和我一样一脸不满，也不知道他在不满什么，难道是因为不能继续好好戏弄我了？

可等雀七的话一出口，我和燕尘就再无心思去怪罪他。

当时，雀七禀报的事情是："我们去云踪坞剿匪的兄弟反被那帮水匪给俘了！”

剿匪不成反被剿什么的，历朝历代时有发生，乍一听也不是什么大事。

可这件事如果真的如同雀七那一句带过的话那么普通，那他也不必在我皇爷爷的六十寿辰上贸然冲进来禀报了。

此事的关键在于被剿的是云踪坞，前去剿匪的乃是身经百战的燕尘部下，更在于是沈桐芊提供的军供伤药。

剿水匪难就难在这个“水”字。水匪水性好，云踪坞那地方又是建在水上，一般人很难攻进去，因此要剿他们，那必然是一场持久战。燕尘的部下在进云踪坞前就被伏击了，可他的部下毕竟身经百战，于是一行人先是撤退，准备隔日养养伤后再战。结果没想到，这一养就养出问题来了。

“谁能想到他们涂抹的伤药根本就没用！鸿三忍着伤痛赶了万里路来告知我此事，我再去把军中新进的那批伤药一查，发现那药里的四方草全部被替换成了便宜又没用的野草！”

此时已经是子时，一个时辰前，雀七冲来寿宴上急急禀报，燕尘当即会了意。我们一行人先是假装无事，等寿宴圆满结束，再将皇爷爷送回水澜居后，才重新聚在了一起。

现在有我、燕尘、沈桐芊、雀七外加六福子五个人聚在了偏殿，脑袋碰脑袋，商讨这件“军中伤药作假案”。

眼下雀七将此事的来龙去脉说了一遍，可是说的途中，小伙子锐利的目光一个劲往沈桐芊身上飞，要不是六福子擒着他的手腕，他估计早就把沈桐芊给“咔嚓”了。

“我们兄弟南征北战那么多年，以前从未出过这种事情！可前不久，燕将军执意要把军中伤药的活儿换给这个沈桐芊接手，这才出了这种事情……全是因为这个因贪财而偷工减料的女人！我杀了你！”雀七说到了药草的事情，第十七次情绪失控，掏出怀里的匕首就往沈桐芊身上戳。

六福子死死拽着他的手臂，可架不住他力气大，瞬间被弹开，眼瞧匕首就要戳到沈桐芊……

“雀七，够了。”燕尘及时站出来，拽住了雀七的手腕。

雀七到底年纪小，又没个心眼，我猜他是把燕尘让他冷静的行为看成了燕尘对沈桐芊的袒护，满脸失望道：“燕将军……”

“雀七，别再冲动行事，皇上还在这里。”

既然燕尘提到我了，那我只好上前打圆场道：“雀七小兄弟，你们将军说得没错，冲动是魔鬼！冲动是魔鬼啊！虽然这位沈小姐平日里视财如命、见钱眼开、唯利是图……”

原本匕首当前还一脸淡定的沈桐芊歪头看着我，一脸疑惑。

我握拳轻咳掩饰尴尬，继续道：“但是朕相信沈小姐绝不会是一个没有底线的人，这件事必有隐情！所谓关心则乱，雀七你先回去，也不要大肆声张这件事。朕保证一定会将此事查得水落石出，给你和你的兄弟们一个满意的答复！”

有了这番保证，雀七果然安分了不少，被燕尘给成功遣走了。他如此配合，也不知道是因为对我的信任，还是对燕尘的失望。

等雀七离开后，燕尘破天荒给了我一个肯定的眼神，夸赞道：“皇上，有长进。”

“嘿嘿，和江浸月学的。”

“也不学点好的。”结果，燕尘翻脸比翻书还快，也不知道刚才究竟是谁夸我有长进。

但现在我没时间和他计较，雀七离开，我们好不容易得了机会能冷静分析这件事情，可谓是分秒必争。

六福子也终于敢把想问的问出口：“云踪坞到底是个什么来头啊？奴才只听说过名号。”

燕尘正欲开口，我抢答道：“云踪坞盘桓在中原一带已久，久到我皇爷爷那代就已建成，类似于乞丐多了就聚在一起组建个丐帮，交流交流要饭心得什么的。靠水为生的人多了就聚在一起组建了个云踪坞，一起交流游泳技巧？”

“这么大的势力……那对朝廷来说难道不是个威胁吗？为何先皇们都能纵容这个势力扩大啊？”六福子挠挠头。

“那是因为他们本是和凤尾山庄一样的江湖势力，远离朝堂。加上他们历来虽不行善，但也不为非作歹，上面几位先皇对他们的态度都是睁一只眼闭一只眼，各自相安无事。”这次换沈桐芊来做讲解，她继续道，“且据我所知，云踪坞的上一任帮主还是个颇爱行侠仗义之人，有段时间，许多人遗弃在河里的孩子，他都命手下救了上来，放在云踪坞抚养。”

“真是个好人，那这么好的人皇上为啥要去剿啊？难道皇上那天批阅奏折的时候打瞌睡一个手抖……”六福子小声说道。

燕尘在旁边补刀道：“皇上虽然平日里时有脱线、浑浑噩噩、浑水摸鱼，可是在大事上还是不会手抖的。”

我默默翻了个白眼。

幸好燕尘没再继续编排我，而是严肃地说起了正事：“上任帮主已经过世多年，云踪坞重新恢复了低调，外界也无从得知他们有没有选出新的帮主，抑或是云踪坞群龙无首，名存实亡。直到上个月，云踪坞的水匪忽然开始肆意打劫路过的船只，刚开始是运货的商船，到后来更是盘踞在江南一带，连过往的游船都不放过。”

经过我、燕尘、沈桐芊三位一体，全方位讲解，六福子终于了解了此次“军中伤药作假案”的重要地点——云踪坞。

可眼下比云踪坞更加棘手的，是重要犯罪嫌疑人——沈桐芊的处理。

燕尘和我都一致认为云踪坞的突然开始作案，和燕尘在数月前将军中伤药的大笔订单交给沈桐芊一事有着莫大的关联。

因为实在过于巧合。

可是这个关联看不着、摸不到，此事目前更是毫无头绪。用这种理由去搪塞雀七他们，那肯定是伤害人家幼小的心灵。所以明面上，全权负责这批伤药的沈桐芊还是得入狱，才能暂时给雀七他们一个合理的交代。

但所谓的入狱，其实也只是软禁，要不事后沈伯伯知道了此事，定要与我生气。沈桐芊在进大牢的当天，就被我派人从大牢的后门接出来了。这两日，她住在我寝宫的偏殿，和六福子做起了邻居。

六福子对自己这位养尊处优的邻居很不满意，由于沈桐芊在事情水落石出之前都不能踏出寝宫半步，她的生活起居问题自然落到了六福子头上。

六福子现在服侍三个人，皇爷爷、我、沈桐芊。一个人顶三个人用，每天忙得手脚并用，食量也越来越大。他在前面忙活，钮黑黑就做了足足三大层的食盒整天跟在他身后跑。

但比起担心六福子会累到昏厥，我更担心的是六福子的钱包。毕竟沈桐芊不仅是个冷静到变态的可怕女人，还有一万种方法骗走你的钱。曾经视她如己出的我老爹去世时，也没见她在人前流下一滴泪，这样的女人，在被软禁期间自然也是同样淡定。

她托我去钟书阁给她借来了许多商业相关的书籍，左手一本《盐铁论》，右手一本《陶朱公生意经》，看得不亦乐乎。今天早上我去探望她的时候，她就正一边对照着书上的快速算账方法，一边飞速拨着算盘。

我感叹："沈小姐真是好兴致。"

她头也不抬地继续拨算盘，淡淡地道："唉，民女被污蔑，心情不悦，只好看看这些放松放松心情。"

…………

看来我所认为的放松和沈桐芊眼里的"放松"差得是比较远了。

说完沈桐芊这里的情况，接着就要说燕尘那边的情况了。幸好燕尘那边知道此事的只有前来讨公道的雀七和大难不死的鸿三，其余知情的士兵都还在云踪坞里关着呢。

但知情人少也是一把双刃剑。好的是可以让事态不再扩大，留给燕尘和我充足的时间去查证此事，可坏的是，无人再进云踪坞去解救人质，也无人可以帮忙查案。

这唯一的解决办法就是：我和燕尘亲自上场。

幸好此前有了凤尾山庄双人游的经验，比起那次的赶鸭子上架，这次我主动提出随燕尘一起前行，也是没在怕的。更何况，这次燕尘说他已提前告知性格沉稳靠谱的鸿三，如果见我们半月未归，就直接带人冲进云踪坞。

我和燕尘把一切都安排妥当后就准备上云踪坞解救人质去。结果临出发那天，我和燕尘这一“探案联盟”又加入了一名成员，傅天南。

当然傅天南是强行加入的，我们不仅没指望傅天南能帮上忙，就连他突然出现在京城都是意料之外。

他出现在将军府上的时候，我和燕尘正在商讨去云踪坞的路线，突然听见有人在门外大喊：“救命啊救命啊！燕尘哥哥，你的侍卫刀都架到我脖子上啦！”

我和燕尘一秒认出这个浮夸又聒噪的声音，冲到门口一看，双双惊掉了下巴。

也难怪燕尘府上的侍卫会把傅天南当成坏人，鬼知道他经历了什么——浑身衣不蔽体、蓬头垢面，这样子可不就是丐帮第八十代真传弟子？

随后燕尘带傅天南进府，替他换上了一身干净的衣物，又替他上了一桌子的菜肴。等他吃饱喝足，颜值重新在线后，终于有力气回答我们来自灵魂的发问。

“你怎么会在这里？你不是捎了加急信件说台风把你困住了吗？”

“呜呜呜，扶摇姐、燕尘哥，你们是不知道我经历了什么……”傅天南憋回了泪水，吞了一口饭，才继续道，“我顶着台风，一路赶到了京城，在当地找不到车夫，连我的马都不愿意出门，我徒步走出了那里，到了郊外的驿站才重新上马。”

其实傅天南前去办事的那地方离京城并不远，不过两三日的路程，可难的是要顶着台风走出那座城镇，可真是苦了傅天南了。

燕尘手抵下巴，若有所思。

我则是感动道：“没想到你对皇爷爷的六十大寿这么上心，只可惜你晚了几天。”

结果傅天南停下了扒拉饭的手，两只小鹿一般的眼睛躲躲闪闪，道：“我……我不是为了太太上皇的寿辰回来的。”

“啊？那是为了什么？”

傅天南的眼神躲闪得更厉害了，半晌后他才支支吾吾道：“大风天大家都不能远行，我们就常常待在茶馆里。结果，我在那里的茶馆偶然听到了大家谈论说燕尘哥哥新进的一批草药出了事情，沈、沈家小姐还因此入狱了？”

“你说什么？！”我和燕尘异口同声道。没想到京城这几日表面看上去风平浪静，我们皆以为这件事情瞒得很好，可没想到此事居然已经传出京城了！

“绝对不是雀七和鸿三说出去的。”燕尘笃定道。

我表示同意，这种利用舆论来给我们制造压力的操作手法……怎么看都很是熟悉。自然而然就让人联想到了约莫两个月前发生的另外一桩事情：当时我被燕尘拉去凤尾山庄，回来的途中在陇南地界的客栈听到了借清水镇瘟疫一事，借机暗示我非天命女帝的传言。

“看来这件事情不单单只牵扯到沈桐芊和云踪坞，甚至还有可能和此前的凤尾山庄、清水镇瘟疫有关。”燕尘所总结的，也是我所想到的。

“此行刻不容缓，皇上，我们得马上出发。”

燕尘一声令下，我跟着他即刻收拾行李启程，可出门前有个“拦路虎”拦住了我们的去路。

“我也是大宴的一分子，打击这种为害百姓、陷害忠良的阴谋家……我傅天南作为未来的御史大夫接班人，义不容辞！”傅天南将胸膛敲得砰砰作响。

…………

且不说这等事情和御史大夫有什么关系，以前怎么就没看出傅天南还有这么高的觉悟呢？

傅天南殷勤得让人害怕，可拒绝他会让人更害怕。以他从小被我和燕尘宠出来的习惯，我们一旦不答应他想要的，他准会抱着我和燕尘的大腿，一口一个哥、一个姐，撒娇撒到我们服软。

所以左思右想，我们还是满足了傅天南的心愿，让他加入了我们的临时“军中伤药作假案”探案三人组。

第六章 我在云踪坞成个婚【上】

当初碍于凤尾山庄的奇葩规矩，我不得已要打扮成女子。可如今要进云踪坞这种水匪为患的地方，那自然是要穿上我的男装了，正所谓入乡随俗嘛。

多亏了我有着多年女扮男装的丰富经验，我自认为和燕尘、傅天南谎称李家三兄弟，毫无违和感。

至于如何进云踪坞？我们三个人人少力量小，我和傅天南还是光有脑力没有武力的那种绣花枕头。更何况云踪坞还劫持了燕尘的部下当作人质呢，我们硬闯是要出大事的。

左思右想，我们一致认为混进云踪坞最好的办法就是被劫进去。要说这云踪坞打劫过往船只的方式分为两种，按照被劫船只的财力划分。小富的，光打劫；大富的，还得把你带回云踪坞老巢里，让家里人带钱来赎。

那么问题来了，如何才能保证水匪大哥们认定我们“李家三兄弟”是值得带进云踪坞的大富呢？这说来也简单，装阔就完事儿了。可真要实行起来却也不简单，从那群水匪将自己的组织取名为“云踪坞”，而不是“和你没完坞”，或者是“此路是我开坞”……就能看出这帮水匪还是比较有文化底蕴的。且他们既然还有可能和凤尾山庄有关联，那么依照凤尾山庄的作风，这云踪坞里的成员大多数也是智商在线的。

因此，我们装的这个阔，还得低调奢华有内涵，不能是肥头大耳人傻钱多速来的阔，要不然，这鱼钩就下得太直了。

燕尘手下那群现在被关在云踪坞的先遣部队也不是毫无贡献，至少这些日子他们定位了云踪坞的老巢，乃是位于江南太湖，也因当初云踪坞突然疯狂作案的时候，多挑江南附近的游船。于是到了临近江南的山塘一带，我们立刻下了某镇国将军的金纱顶盖轿，改换了一辆接地气的马车，不仅这辆连车顶都掀飞了一块的马车接地气，连带这个马车夫都很是接地气。

他拉着我们“三兄弟”说家常的热络模样，让我想起了儿时那个老给我和燕尘糖吃的话痨公公。且随着话题越深入，我越发觉得他像，不仅话痨像，就连同健忘症也很像。

眼下这位大哥正第二十多次重复以下这段对话：

“小兄弟，你们要去哪儿来着，我给忘了？”

我和燕尘继续闭眼假装睡觉，我的眼睛眯着一条缝瞅见傅天南还梗着脖子朝前头喊：“师傅，去东山镇渡口啊！”

“哦哦。唉，现在还有人敢在江南走水路，三位小兄弟哦，不是我触霉头，你们小心被打劫哦。”

没过个几分钟……

“小兄弟，你们要去哪儿来着，我给忘了？”

“师傅，去东山镇渡口啊！”

“哦哦，唉，现在还有人敢在江南走水路……”

行至半途，果然如我和燕尘记忆中的那样，从山塘前往东山镇渡口的途中必定会路过一个专门卖河鲜的大集市。

其实，江南一带我和燕尘熟得很。据不完全统计，所有热爱吃喝玩乐，啊不对，是对生活品质有追求的皇帝都喜欢下江南，我爹也不例外。而作为李家一脉单传的他女儿我，也同样喜欢。我老爹还健在的那会儿，宫里只要一有他要下江南的风吹草动，我必定拉着燕尘提前坐在马车里了。这一来二去，我老爹对此事的态度从赶我们下车逐渐变成眼不见为净。到了江南，通常是他看他的戏，吃他的河鲜美食，我和燕尘则在姑苏城四处瞎跑。

故地重游，总是有些感慨。尤其在身边人未换，彼此之间的关系却已经变得天翻地覆的情况下。

我们让车夫大哥在河鲜集市那儿停了车，随后大哥念念叨叨去喂马了。傅天南则是一下车，就委屈地攥着我的袖子:“扶摇姐……”

我给了他一个眼神，他立刻改口道：“二哥，我感觉自己这一路上都快变成鹦鹉了。”

我踮起脚，拍了拍他的脑袋，安慰道：“不要抱怨！你现在重复的每句话都是在为大宴百姓们做贡献，你应该感到骄傲！”

傅天南吃了当初话说太满的亏，现在他吃了瘪也只好往肚子里咽。他识趣地转移话题，道：“话说二哥，我们来这里做什么？”

“三弟，你二哥我也不知道，这事儿还得问你大哥。”我指指前面那抹迫不及待冲进集市的背影。

来之前燕尘只告诉我说要半路下车去河鲜集市，可他也没说此举到底为了什么，而我敲破脑袋也没想明白这个地方和我们定下的“装阔”方针有什么关系。

按理来说，装阔的三部曲那必须是：赌坊、酒楼、勾栏啊！这来个河鲜集市算哪门子的阔绰啊？我的脑袋里塞了满满的问号，却只能亦步亦趋地紧紧跟着那抹玄色身影。

河鲜集市时常要宰鱼虾，地上免不了沾上大片带着鱼腥味的水渍。这不，燕尘走到水渍浓重的地方，踮起了脚走路，尽量避开了那些地方。

他全程走在前面，于是，一个身长且挺拔的男子时不时脚尖着地的细腻走法全数落在我们眼里。

跟屁虫傅天南发出了如下感慨：“大哥这是铁汉柔情啊……”

我反驳道：“不，不是铁汉柔情，这叫历史遗留问题。”

不错，这洁癖乃是燕尘小时候就养成的习惯。我和燕尘之所以知道这家河鲜集市的具体方位，是因为那时我们同老爹一起下江南，必来这里。

我打小喜欢吃鱼。

而这家河鲜集市是全姑苏最大的一间，品种也最是齐全。太湖三白、水菱角、脆藕、莼菜……无论是荤河鲜还是素河鲜，都应有尽有。

燕尘那时候极为喜欢穿白色，喜欢到了什么程度呢？大概就是穿到连他爹燕霜烈都看不下去了，威逼利诱让燕尘去街上当即买几件不是白色的衣服回来。结果燕尘出门精挑细选了整整一个下午，还是带回两件白色的衣服，并一本正经地解释道：“这些不是爹爹说的白色。孩儿仔细问过秀坊的老板娘了，她告诉我这件是月白色的，这件则是鱼肚白……”

当时这件事被我拿来调笑了燕尘许久，但他依旧坚持自我，就连和我一起来这脏乱差的集市，也绝不穿第二色的衣袍。我还记得我们第一次来这集市，他蹬着他最爱的一双月白色、兰花刺绣的锦靴，硬是要跟我进来。

那娇贵的靴踩在这地上必定要脏，于是他就踮着脚走。

我嫌他这副小心翼翼的样子过于拖后腿，就不等他，自己去挑河鲜。可等我挑了一大筐子河鲜回过神来去找他，就瞧见他挤在熙熙攘攘的人群里，举起一条硕大的白鱼，冲我喊：“扶摇，我挑了一圈，这条鱼最新鲜、也最大。”

我再低头一瞧，他那双心爱的白靴子都变成黑靴子了。

那时，我忍着欣喜，怒问燕尘：“说好的最喜欢这双靴子的呢？你就是这么对待它的？”

结果，他乐呵呵地傻笑：“一想到要给你挑最好的鱼，我就全给忘了。”

当时我表现得嗤之以鼻，但其实我一直无法忘记燕尘举着那条大白鱼冲我得意的一幕。我是一脉单传的皇女，从小讨好我的人就没断过，我可以拥有一切我想要的东西。可我偏偏忘不了彼时耳畔是一口吴侬软语的农妇们的讨价还价声，扑鼻而来的是呛人的鱼虾臭蛋味，眼前是灰头土脸的燕尘傻乎乎地举着一条大鱼。

这世间，唯有燕尘，会亲手给我奉上这份充满烟火气的真诚。

唉，论喜欢上一个不喜欢自己的青梅竹马有多么扎心？大概就像我现在这么扎心了。大宴疆土所及之处，何处不是回忆？就连来剿匪，都能分分钟因为一些细节勾起当初的回忆。

不过说起来……我脑海里突然灵光一闪，闪出了一个大胆的想法。

燕尘特意在此地半道下马，难道也是像我一样，勾起了我和他的独家江南回忆？甚至准备效仿当年的他，给我挑上一条全集市最大最新鲜的白鱼？！

我期待地搓手手。

身前的燕尘在一个鱼贩子那儿停下了脚步。

我来了精神，有戏！

他大手一挥："这摊子上的鱼我承包了。"

我兴奋地跟了上去，往摊子上一瞅……结果，我愣在原地直接无语。

麻袋上一排排整齐的白鱼朝我翻着整齐的白眼，简直就像在嘲笑我对燕尘抱的希望。

我崩溃了："怎么全是死鱼啊？！"

那鱼贩子哼哧一声道："这年头，就连渔夫家都没有活鱼了啊！且吃且珍惜吧。"

我差点给忘了，近来云踪坞虽然作案频率有所收敛，但是捕鱼为生的人家依然不敢冒着风险去拼死走水路啊。这就导致了最近江南一带集市上的鱼虾多半……别说是新鲜了，活的都少有。

眼睁睁看着燕尘扛着一麻袋死鱼重新上了马车，我心中的粉红泡泡一并被戳破了。

在"人形鹦鹉"傅天南无数次的指路中，马车夫终于艰难地把我们载到了东山镇渡口。

看着我们陆续下车时，马车夫在后头感慨："唉，现在……"

我抢答道："大哥，我们知道了！你要说'还有人敢在江南走水路，三位小兄弟哦，不是我触霉头，你们小心被打劫’嘛。谢谢大哥，再见大哥。”

“不是，我想说的是，唉，现在还在东山镇渡口等着摆渡的船家还有哪个是真的船家啊？三位小兄弟哦，不是我触霉头，这几个船家看上去都凶神恶煞的，不像善类。”

就连车夫也瞧出了不对劲。

渡口边站着的船家各个横眉竖眼的，有些光着个膀子，有些腆着个肚子，更有甚者脸上还横着一道狰狞的疤。他们望着我们三兄弟的眼神更是像大灰狼看着小绵羊，岂止是不像善类，我几乎可以断定，这群人根本就是云踪坞的成员！就等着人傻钱多的人上钩。

但谁是鱼肉，谁是刀俎，这还不一定呢。

眼瞧一个贼眉鼠眼、五大三粗的大汉扭动着他的水桶腰朝我们走来……

燕尘和我们对了个眼神，嘴角一勾，道：“哼，鱼上钩了。”

“其实我很怀疑以这条鱼的重量，我们能不能钩上来。”傅天南补了道。

这个大汉有一个和他的体型很不相符的名字……他说他叫赵飞雁，同行的船夫们都叫他小雁雁。

这个小雁雁同样是一个话痨。

“三位少侠打哪儿来，到哪儿去，家里几口人，几里地，几头牛啊？”

“你这是在盘问户口啊？！想找茬？”

我寻思着终于被我逮着发火的机会了。

我算是想明白了，我们现在除了那麻袋燕尘倾情购入的死鱼，没有任何能够显露出来的家当。指着云踪坞出面打劫这袋死鱼是别想了，现在唯一的办法就是往死里抬杠，杠到赵飞雁火冒三丈，呼朋唤友来劫持我们，想带进云踪坞痛扁个三天三夜那种。

我望了望我们身后的几艘船只——这几艘船从我们出发就紧紧跟随着，就差没在船身上贴着“我们是赵飞雁同伙了”。这么多人，难不成还不敢出手?

结果没想到，这赵飞雁还挺能忍，他的同伴们也同样能忍。他笑眯眯地安慰我：“我就随便问问，少侠别那么大的火气啊。”

…………

抬杠失败。

换燕尘认真作答：“我们三兄弟不过是来探望远房表姑妈的，顺道来看看太湖的风景。”

“对对对，我们是穷游！穷游！我们三那叫一个惨啊，从小就衣不蔽体，吃的都是隔壁人家施舍的烂菜根，还有小白菜啊，地里黄啊……”傅天南抹了抹泪水，情到浓时还瘫倒在地，只是落地的时候“不小心”从腰带里掉出一块上好的玉佩，慌忙间他想收好，却因为一个“手滑”致使那块玉佩一路滚到了赵飞雁的脚边。

在来的一路上，我们已经对傅天南提点过了，让他不显山不露水地炫富。他做到了！他做到了！不愧是京城第一戏精，这传神的表演简直到位。

我和傅天南殷切地看着赵飞雁，眼神写满了“来吧！不要忍耐了！释放你土匪的天性！把我们打劫去云踪坞！”。

赵飞雁果真捡起了那块玉佩！然后……放在嘴边呼呼吹了一下，原封不动还给了傅天南：“少侠，别那么不小心啊。”

…………

炫富失败。

但此举也不是完全没有成效，接下来赵飞雁的问话就带着点试探的意思了：“三位少侠好胆识啊，你们这个时候走水路，不怕被云踪坞的人打劫啊？”

“呵呵呵。”我冷笑三声，叉着腰，迎着风咆哮道，“云踪坞?云踪坞算什么东西啊！里面的人也顶多就是一群交流游泳心得的游泳爱好者罢了！”

听完这番“赤果果”地挑衅，赵飞雁终于撸起了袖子，他沙包大的拳头朝我……身后的鹈鹕身上拍去，轻轻地拍了拍它的背：“少侠嗓门可以小点儿吗？吓到我养的鸟了。”

…………

骂人也失败了。

我和傅天南垂头丧气地蹲在船边，思考人生，只有燕尘还有心思和赵飞雁有一句没一句地聊着。

“这位少侠，你们上船带这么多鱼干什么？”赵飞雁捂住鼻子，望着那袋死鱼一脸怀疑。

“我带这群鱼去放生，祈求我们三兄弟的远房表姑妈能身体康健。”

“可这鱼都翻白眼了，你这是放生还是放死啊？”

“唉，你这又误会了不是？这鱼不是在翻白眼，而是一种极为奇特的品种。比目鱼，你可有听说过？”

“听、听过，怎么了？”

“这是比目鱼的姐妹品种，叫白目鱼。”

…………

短短一盏茶的时间，我和傅天南体验了一把什么叫比绝望更绝望，我们俩好不容易想的点子都失败就算了，如今我们探案小分队的主力队员燕尘也像被下了降头似的，开始胡言乱语了。

然而我现在担心的还不止这一件事。

我方才在渡口那里似乎看见了一抹熟悉的人影，可左思右想，他又怎么可能出现在这里呢？应该是我的幻觉吧。

这个问题我憋了一路，闷坏了，四面湖光山色我都无心欣赏。

终于，我还是没忍住。

彼时，船已经行在了太湖中央，四面望不见边，燕尘正倚在船边看风景。

我凑上去，道："大哥……有句话我不知当讲不当讲，这件事说出来你肯定会不开心，但是不说出来我又梗在心里头难受。"

"二弟，请讲。"

"我们刚才上船的时候，我好像在渡口看到……"我踮起脚，在燕尘耳边拢手小声道，"看到江浸月了。"

果然，燕尘脸色迅速沉了下来。

我之前一直觉得是江浸月单方面看不惯燕尘，但从他几次三番将江浸月连人带铺盖一起扔出宫的行为来看，他对江浸月的讨厌可不比江浸月对他的少。江浸月讨厌燕尘是因为我总是吐槽燕尘，在他心里树立了一个负面形象。至于燕尘讨厌江浸月的原因？用脚指头也想得到是心生妒忌。他自己在长大途中画风逐渐粗犷，而对人家这种正常生长的翩翩美男子自然是恶意满满。

这不，燕尘的眼睛眯了眯——燕尘眯眼，就是动了坏心思。

不等我反应过来，他突然把手肘压在了我脑袋上。

"大哥！你干什么？"

"我觉得你还是太高了，应该再矮一点。这样我站在你身前，你眼里就只看得到我这个大哥了。"说着燕尘还真这么做了，他往我身前一杵，我瞬间感觉天都黑了。

接着，我感觉天不仅黑了，连我的身体都开始晃了。

等我反应过来……燕尘已经将我背了起来，同时命令道："船身晃，记得圈住我的脖子。"

你说什么就是什么，我岂不是很没有面子？我自然没有照做。

"你又要干什么？！"我质问道。惊恐的不止我一个，正在撑篙的赵飞雁也投来异样的目光。

燕尘大声嚷嚷道："二弟，大哥带你感受下平日里我看世界的高度，以便让你对长高一事怀有憧憬。"

我算是看明白了，今天一天燕尘都在搞事情。他带上船的一大麻袋死鱼的事情才刚刚解决呢，现在又无缘无故背起我……燕尘有让赵飞雁觉得我们脑子不好的一万种办法。

“大哥。”我挤出一个笑容，俯下身子在他耳边小声吐槽，“你疯了吧？”

谁想这普天之下就连这大宴的湖水都是帮衬燕尘的。此时恰好来了个浪花，船体一晃，连带着我也一晃……那时我正俯着身子呢，只感觉重心一个不稳，就要倒栽葱似的往湖里栽进去……

电光石火间，燕尘一只手紧紧地捉住了我的两只“爪子”，扣在了他的胸膛前，另一只手则是托在我的腰间。

燕尘有些戏谑道：“别再松手，下次再掉下去，指不定我就救不上来了。”

我不满地撇撇嘴：“我倒是想松手呢……”

可你也没给我松手的机会啊？有过刚才的虚惊一场，之后燕尘紧紧攥着我的双手，其间我稍作挪动，他都生怕我挣脱开似的，重新将我的手给捞回了原处，甚至还加重了力道。

他一本正经道：“安分一点，凤尾山庄时假扮夫妇，现在自然是要假装兄弟。你想，身为大哥背着弟弟，是不是很有逻辑性？”

我这人向来吃软不吃硬，他这番解释倒也说得通。于是我咕哝：“你要是早点说，我也不至于这么抗拒啊。”

燕尘不再和我斗嘴，而是远远地一指：“看，夕阳。”

太湖美，美就美在太湖水。此时日落，一轮圆日缓缓在西边下沉，映得一汪湖水都渐渐被涂上了朱砂色，天际尽头的那抹云彩也似一笼青纱，且还是色泽层叠的青纱，蒲桃青、海棠红、紫檀香……国画大师笔下最珍贵的色泽都在这一刻织在了一起。

常年在京城梨园和皇宫里两点一线跑的我好久没见过这么美的景色了，我情不自禁感叹道：“美……美！好美啊！”

燕尘则是感叹我的赞美技巧：“二弟这是书到用时方恨少，连赞美起景色来都词穷。”

我懒得和他计较：“你是故意把我举高的吧，就是为了让我看落日？”我注意到了远方的丘陵，从燕尘现在举着我的高度，我正好足以看见落日，如果以我自己的海拔……喀喀，那则是望断脖子也看不到如此美景。

“凑巧而已。”他死鸭子嘴硬道。

等我和燕尘扮好兄弟，傅天南突然从篷里钻出个脑袋，拉过我暗暗道：“啧啧啧，刚才燕尘哥把你举高高的画面很是甜蜜嘛。”

我的脸一红：“你平时有没有好好工作？审查那么多言情话本子居然还看不出哪段是言情戏份？哪段是主角们为了蛊惑对手不得已而为之？”

他不满地哼哼：“居然质疑我的专业度。扶摇姐，也只有你会相信他的胡话。我看他就是想借机吃你豆腐！你是不知道刚才他抓你的手抓得有多紧！”

不得了啊，傅天南现在的思想很是危险啊！

我正准备替老御史大夫好好教育他的独苗……“你们聊完了没？”结果篷里突然出现一个不速之客，赵飞雁丢下船篙，进来会我们了。

不等我们回答，他继续道：“聊完了就换我打劫了。”

他话音一落，就从怀里掏出一把明晃晃的大刀。同时一路上紧跟的几艘船都一齐停了下来，将我们这艘小乌篷船包围在了中间。

不得不说赵飞雁和他的小弟们打劫的手法还是很专业的。我们仨被套上了麻袋，一路被带回了云踪坞，唯一不太好的体验感来自于……我们到站下船时，也不知道是谁狠狠踹了我一脚。

等麻袋一摘，我们眼前的景色已经起了大变化。

这里就是传说中大宴水匪的聚集地——云踪坞。

云踪坞地如其名，太湖上云深不知踪迹的地方，便是云踪坞。它临水而建，悬空在湖面上搭建了一方小型水城，不远处有着一个水阀门，一排排的水车日夜不息地滚动着，潺潺的湖水就在脚下。

四周停靠着大大小小的船只，云踪坞里的成员们有忙忙碌碌地搬运货物的，也有聚在一起大碗喝酒的，氛围看上去很是放松。

可这到底也是一个江湖组织，有组织的地方就有阶级。云踪坞外围十分宽敞热闹，里头却只能通过一条弯弯绕绕的走道到达，被劫来的一般人根本见不到云踪坞的幕后当家。

云踪坞的成员们有各自的地界划分，赵飞雁将我们三人带到了一处人少的地方，才替我们松了绑，命他小弟看着我们后就离开了。

我还是没想明白，这位赵飞雁大哥到底是如何突然开窍的？

而这个疑惑在赵飞雁命他的小弟们将船上那麻袋死鱼扛到我们面前时达到了顶峰。

回来时的赵飞雁肚皮大敞，露出了自己身上的左青龙右白虎，他破口大骂道："他奶奶的！这鱼肚子里面居然没货？说，都藏哪儿去了。"

我和傅天南齐齐看向了燕尘。

傅天南更是脱口而出："这鱼里有什么货？"

我懂傅天南，这是真心发问。可赵飞雁似乎把这句疑问当成了装模作样，他蹲下身子和我们对峙道："还在这儿和你爷爷我装呢？三个穿着得体、长相俊美的公子哥还装穷？还看表姑妈？还什么放生死鱼？真当我傻子呢？"

"我见多了这种招数！爷爷我以前没进云踪坞前，也喜欢通过这种方式贩私盐。尤其老皇帝刚死那会儿，那个女儿是个废柴，国家治理得是乱七八糟，那时水路特别好走，我走了不少私货呢。直到后来又来了个什么燕将军！他奶奶的，新官上任三把火，断了老子财路，现在搞个私货都不容易了。"

我愕然，人生何处不中枪啊。

要是赵飞雁知道他所感谢的废柴女皇和挡了他财路的铁腕将军都一并在他面前，他会不会又哭又笑？

此时被抓、全程扮猪吃老虎、一个字都不吭的燕尘听到了自己的名号，突然有感而发，道："赵爷果真是睿智，说得一点也没错。"

…………

"小弟这里的确是有你想要的货。"

哦，原来前一句是在承认货的事情，可我总觉得也有同意我废柴的成分在。

燕尘自然是不知道此刻我肚里的小九九，只继续对那赵飞雁道："只是此事事关发财，我们仨自然是想独占这份好处，干这一票时没和第四人说。还记得我们启程时要去的目的地吗？货就在那儿，不过得我给赵爷带路。"

所谓是伸手不打笑脸人，我寻思这燕尘可真是个人才。堂堂玉面罗刹装起尿来，也是丝毫不顾脸皮的，他一口一个赵爷，把赵飞雁叫得很是舒心。

这不，赵飞雁欣然答应了此建议。

临走前，燕尘得了一时片刻和我们道别的机会，他叮嘱我们道："我带着赵飞雁离开后，我将会折返回来。临水而建的地方条条道路通罗马，守卫总有疏漏。如果计划顺利，约莫三日后，我就可以从非正门的地方而入，探查先遣部下被关押的地方。而在此期间，你们只需和这帮小弟们一起划划水，插科打诨。"

他又对傅天南道："在此期间，扶摇就交给你了，如果出了半分差池……"燕尘没把话说满，但光是眼神紧了紧，傅天南已经吓得头点成小鸡啄米。

等燕尘转身，傅天南和我道："燕尘哥哥怎么只把罗刹一面给我，把玉面给你呢。"

我正想反驳他，谁想燕尘又折了回来，发射眼神的对象换成了我。不过不同于给傅天南的犀利目光，我从燕尘的一双通透明亮的杏眼里看到了扭捏的自己……以及一股子保护欲。

他定定道："李扶摇，你等我回来。"

看来傅天南的觉悟还是颇有几分准头的，今儿的燕尘的确对我有些“玉面”。即使我猜想这份保护欲是因为他生怕落下一个居心叵测谋权篡位的坏名声，毕竟此次出宫他对我的安全是全权负责的。

但即使这样，我也已经很开心了。

燕尘平日里说的话多半有毒，而为数不多、纯天然无公害的承诺但凡出口，他必定做到。据我对他的了解，我估摸着等他回来，那赵飞雁估计都被丢在半道荒野求生去了。

望着那赵飞雁随燕尘远去的背影，我忽然为赵飞雁捏了把汗。

可没出几分钟，这把汗就是为我自己捏的了。原以为送走了老大，燕尘为我和傅天南争取了足够的熟悉云踪坞内部情况的时间，接下来我们便轻松了。谁想赵飞雁剩下的那群小弟突然起了贼心。

他们在那里窃窃私语半天，时不时还看看我。我被盯得发怵，趁他们进入下一波激烈的讨论时蹑手蹑脚地前去偷听了一会儿。

只听他们道：“把那个矮的给我扔进湖里喂鱼！谁让他骂我们骂成那样！是可忍，孰不可忍！”

“二狗子，这、这不好吧？老大没吩咐，我们就这样擅自行动？”

“对啊，会不会被发现啊？”

“不会！咱们这儿水深，一个失足掉进河里淹死了，有什么大惊小怪的啊？”

“也行吧，但是得挑个神不知鬼不觉的时机，要不然剩下的那个告密，我们就惨了！”

转眼间，他们达成了一致，而我也回到了傅天南身边。

他抓住了我的手腕，担忧道：“扶摇姐，你没事儿吧？手抖得跟抖筛子似的。”

“我、我快死了！”

我一句没头没脑的对自己的死亡宣告吓坏了傅天南，可等我冷静下来仔细思索过后说的另一番话，就把他吓得更厉害了。

我说的是：“南弟，宫斗话本子的王道剧情你总结过没？从一名任人欺压的小宫女摇身一变成为将命运掌握在自己手里的人，速成的办法就是擒贼先擒王，吸引权利最大之人的注意力！在云踪坞，那自然就是他们当家的了。”世事难预料，没想到我身为宫斗话本子里的最终目标——皇帝，有朝一日居然要去讨好别人，果真是虎落平阳被犬欺，唉。

“扶摇姐，你别搞事情了！我可是答应燕尘哥哥的，要在他不在的这段时间看好你，他要是回来见不到你，那我就死定了！”

见不到我？我要是不行动还见不到明天的太阳呢！

傅天南继续坚持说：“他们害不到你的！我保证时时刻刻都陪着你好不好？”

傅天南整天在话本子里过日子，不知道现实的残酷，更不知道水匪凶狠起来是连他都要杀的。

我好声好气地道：“南弟，你听我给你分析，云踪坞的宗旨是只图钱财，不图人命。而眼下赵飞雁的小弟们想杀我，那也是个意外。下梁歪，可是上梁正啊，当家的反而不会杀人。再说了，我又不是真的就在这水匪巢里做压坞夫人了，我这不是在给燕尘争取最多的时间吗？没准我还能从当家的嘴里探个口风，知道他们被关在哪里呢。”

见傅天南的神色有所松动，我乘胜追击，道：“你就临时写个话本子，越容易让这当家的对我一见钟情越好，然后我就照着你写的演。”

在这个计划中，最难实现的一步就是见到当家的。可幸好当晚，我发现这个最难解决的问题也挺好解决的，因为那群表面上装得和我们和和气气的小弟说，他们的二当家每晚亥时都会准时出现在渡口校场，让大家汇报一天的打劫成果，或是分享一天下来的水中趣事，以此来增进成员们的感情。

我思忖着，这当家的前缀虽然多了个“二”吧，但到底在这云踪坞也是个一人之下百人之上的主。

此乃千载难逢的良机，必须牢牢把握住！

月上中天，亥时校场。

云踪坞的气氛的确喜人，二当家一出场，随即渡口校场就打成一团。大家叽叽喳喳，你一句我一句，十分积极，而我也趁着他们尽力表现的时候，偷偷练了练傅天南花了两个时辰写出来的话本子。

但是我随意看了两眼他写的台词，越看越觉得疑惑："南弟，你确定云踪坞的二当家会喜欢……如此……这般的女子？"

傅天南闪烁着小鹿般的眼睛，道："自然自然，水匪嘛，你不能按照京中公子的口味来比对啊！信南弟，没错的。"

我虽将信将疑，但眼下也容不得他再返工修改了。眼瞧水匪们的分享大会即将结束，我趁机遁在夜色中，悄悄离开了校场。

不错，我蹲在了走廊的深处，所幸云踪坞的走廊"只此华山一条道"，这二当家必须从这里过。

约莫一盏茶后，我听见走廊那头有人哼着小曲而来。

我守株所待的"兔"来了。

我即刻摆好了姿势，准备按照傅天南所写的开始我的表演。

"嘿！"我挑准了路边一块大石头，在它面前扎了个稳稳的马步，再朝手掌哈了两口气，然后开始搬石头。

我使出了吃奶的力气，然后……石头纹丝未动。

按照傅天南写的角色，我应该是一个力气很大，很健壮的女子，可是……可是我真的搬不动啊！此时，我的余光瞥见目标人物已经到了跟前，我只好临时改了台词："怎么回事儿？现在的石头是越来越轻了，根本不够我搬的！"说罢，我装作十分不屑地一脚踢开那石头……结果，差点把自己的脚撞折了。

我咬牙忍痛。

"姑娘？"来人试探道。

我娇羞地一笑，正了正我耳侧的月季。

方才我在路上采了一朵不知道是哪位仁兄养的盆栽，一共就开了一朵月季也被我折了簪在了头顶。我还用嘴唇使劲抿了抿那花瓣，想必现在嘴唇和头顶都是玫红色的我必定是……十分辣眼睛的。

随着那头的沉默……我越发觉得自己就是被傅天南那小子坑了。那小子从头到尾就站在他燕尘哥哥那边呢，至于我的意见，他压根儿就没听进去。

我正懊恼，没料到那头痴憨憨道：“云踪坞啥时候有这等……美丽的姑娘啦？”

…………

第七章

我在云踪坞成个婚【下】

我有些许后悔了。

不在于胆小，而在于一个颜控发自内心的抵触情绪。由于昨夜他们开大会时我与傅天南在外圈，而二当家的周围又挤满了急于表现的组织成员。这就直接导致了我对这二当家的颜值心里没个数，直到昨夜我如花似的那么一出场，成功引起了他的注意……他上前攀上我的腰肢，乐不可支地盯着我耳侧的月季花欣赏，我才借着灯光看清了这个二当家的长相。

我从未见过如此颜值低下之人！

他脸上横着的二两肉没给他带来半点和蔼可亲的气质，反倒显得非常猥琐和油腻，猥琐和油腻也就罢了，更过分的是，他还特别喜欢对我动手动脚。估计这也是个小言话本子看多了的主，他酷爱揽腰、摸头和喂食。昨晚，我的美人计成功后，跟着他来到了他的住处。他住在一栋吊脚楼里，吊脚楼的四面环着四间矮房，而这四间矮房，全是厨房。

二当家擅长吃且很能吃，在他眼里，宠爱一个女人的不二法宝那也是吃。于是，我在他吊脚楼待着的这一夜又半天，嘴巴就没闲下来过，我不吃，他就不开心。

其间我无数次问天问大地，类似的场景，放在燕尘身上和放在这个二当家身上怎么能差这么多呢？最终我想明白了，大概因为我不是唐僧，担不起八戒如此悉心的照顾吧。

彼时已经过了正午艳阳天，二当家命人给我呈上了今日份的午饭。我正猜测这次的是红烧猪蹄还是爆炒小腊肉呢，结果我低头一看……一碗清粥小米！就连一丁肉末都没有！

我缩了缩脖子，小心问道：“怎么……中午就给我吃这个啊？”难道是我的厌恶表现得太明显了？明显得猜出了我是在利用他、暂时委身在这里？！

二当家憨憨一笑，他说：“李姑娘，这是特殊时期的特殊饮食，我看你的腰……”说着他的眼神顺到了我腰上，我赶忙用手捂住。

“我看你的腰还挺粗的，可能穿不下那件衣服。”

我不悦道：“什么衣服？”

此时，二当家的胖脸上浮现出一丝羞涩：“我娘留给我的……婚服。”

好家伙，我知道水匪的行事作风总是要彪悍一些的，但万万没想到能彪悍至此！我当初想得没错，二当家的确不会杀我，但架不住他有让我生不如死的办法，那就是娶了我。

我也算是真正理解了二当家初见我时的那句“云踪坞啥时候有这等……美丽的姑娘啦”，原来云踪坞别说漂亮姑娘，就连姑娘都少有，这可不得能逮一个是一个吗？

婚礼定在三日后举行。

这三日我被软禁在了吊脚楼，其间我尝试过逃走，也尝试过旁敲侧击燕尘部下们被关的地方，或是有关云踪坞是否有涉猎到草药生意的事情……然而统统失败了。二当家生怕婚礼前出什么差错，特意派了十多个手下守在吊脚楼下，而他对我问的问题也都一问三不知。其间我更是无从得知吊脚楼之外的地方发生了什么，比如独自留在小弟堆里的傅天南怎么样了？燕尘到底回来没有？

到了婚礼的前一夜，二当家将那婚服带来给我试穿。待他走后，我望着铜镜里那个一身喜袍的自己，忽然悲从中来。燕尘，如果你再不来，我怕是要挨不到了。

我与二当家的婚礼当天，云踪坞里锣鼓喧天。

简单粗暴的水匪们举办起婚礼来也是同样的简单粗暴，二当家喜欢吃，他就让他的弟兄们在校场那里大摆宴席吃了整整一天，而我能参与的只有晚上的筵席。

我在吊脚楼里提心吊胆地坐了整整一天。

入了夜，云踪坞水匪们的呼喊声在吊脚楼外震天响，吵吵嚷嚷祝贺着他们的二当家喜提美人。可他们不知道的是，他们口中的“美人”我正在死命地给自己脸上抹胭脂。我将二当家前一晚给我的几盒子据说是他前阵子打劫来的胭脂水粉，往自己脸上但凡能上色的地方乱抹一通。

吊脚楼外迎亲的声音越发近了，二当家已经在楼下喊我瞎编的名字“李翠花”时，我起身朝铜镜里一照：猴屁股似的腮红、像被人打了两拳的眼影、两片香肠似的嘴唇。

我很满意：“好一朵花见花蔫，马见马摔跤的丑人儿……”

然后这一眼是我看这张脸的最后一眼。随后在校场上举办的婚礼仪式，我全程蒙着一块红盖头。我的耳边空响着聒噪的祝福声，却不能看到那嘈杂的人群里有没有站着傅天南，或是……燕尘。

想到燕尘，我的心里莫名一酸。

我曾经幻想过无数次的婚礼场景，身旁人理应是他。

想到了这一层，我回吊脚楼的一路上都心情沉重，连求生欲都懒得有了。

我从未觉得云踪坞的这条九曲回廊是如此漫长。

眼下校场那群人留在了原地，继续推杯换盏，只留我和二当家两个人一起回去。也不知道是不是受我的视死如归感染，原本还在那里哼哼唧唧抒发自己今天的快乐心情的二当家忽然沉默了。

谁知，我正想着这二当家可算是还有点自知之明……忽然感觉手心一阵冰凉，这猪八戒居然牵住了我的手！

我颇为嫌弃地想挣脱，却没想这厮握得还挺紧，且没有半点要松开的意思。我生怕自己再挣脱下去会小命不保，只好垂死挣扎道：“哎呀二当家的，如此良辰美景……当然要慢慢走，你说对不对？”

这样才能为燕尘和傅天南前来解救我争取更多时间啊。

他默认了，然而手却没松开。

初夏的夜晚，江流婉转，月照鱼群。脚边是潺潺的湖水荡漾，成群的银鱼如同一瞬而逝的灯豆，在水面上若隐若现。我头上兜着块红盖头，眼下的景色也只能窥见脚下豆腐块那么大的地方，可饶是这一丁点儿也足够我想象此时此刻的景色有多么美妙了。

然而身旁人却是头猪八戒，实在是太不美妙了。

可是被猪八戒牵得久了，我也生出了些异样的感觉，比如……二当家看着肥头大耳的，没想到这双手竟是这么瘦削？指节分明，又若柔荑。而那冰凉的触感也让我错以为自己是握了一块顶好的羊脂玉在手里头。

可当我想到那张猪头脸……又瞬间打了个恶寒。

我和他一路无言上了吊脚楼。

而我的心也在这一路上渐渐凉透了。我等不及燕尘和傅天南的救援了，我得自己救自己于水火之中。慌忙间，我已经想好了下下策：一会儿等红盖头被揭开的一瞬间，立刻对着他的胖脸来一拳头，然后能逃多远，听天由命。事后要杀要剐，看我造化。

思考间，二当家也已经坐到了我的身侧。烛火跳跃，我透过红盖头隐约看见身旁的人影拿了一根喜杆准备挑开盖头了，我攥紧了拳头……

谁想揭开盖头的一瞬。

“扑哧。”“二当家”笑出了声。

这……这笑声不对啊！也太内敛了，绝对不是二当家的！

然而拳头已经收不住了，我那一拳头还是挥了上去。只见眼前的男子伸出如葱节的手指揉了揉他那泛红的脸颊，委屈道：“扶摇，你对我可真狠。”

眼前的变化太突然、太刺激，我深吸一口气，盯着那张脸看了一会儿，难以置信地道：“江浸月？怎么会是你？”

我初上脆琶阁那次，见他穿着一身火红色的魏晋风衣袍，长发未绾，以一根朱红色的长发带随意地绑了几绺头发在背后，整个人看上去乖张又妖冶，真的像极了美艳的狐狸精。之后他见我，每次都是乖乖地穿上我所赠的月白色衣袍。所谓是人靠衣装，许是江浸月穿白色穿得久了，气质上还真收敛了那份邪魅的感觉。

眼前的江浸月穿着朱红色的喜袍，可偏偏喜袍的款式妥帖又周正，两者结合，张扬与禁欲的两种气质竟同时出现在了江浸月一人身上。

美，他确实太美了。

就在我被他的美震惊得说不出话的时候，江浸月回答了我的问题："我半道将那二当家蒙晕了，然后来了一招偷梁换柱，由我自己顶替了这新郎。"

半道？到底是从什么时候开始？

我想起了什么，追问道："难道刚才牵着我，走完那么长一段路的……已经是你了？"

"嗯。"江浸月浅浅一笑，边笑还边捞起我的手，情景重现当时的牵法。他那冰凉如玉的指间触到我时……的确是和那时一模一样的感觉。

然而我整个人都不好了。

我无奈道："那你怎么不早点说啊？你是不知道我一路上心情有多么视死如归……"

他笑得眉眼弯弯："演戏要演全套嘛。再说了，和你一同穿着喜服走了那么长的路，四舍五入便是我和你成婚了，并且走了一辈子。"

江浸月的脑袋瓜里想的都是什么有的没的？

我还有很多想问江浸月的，可是水匪们的大刀可不等人。

"那现在你这路也走了，我们是时候跑了！"我拽起江浸月就准备开逃。

结果反倒是被他反向那么一用力，我又被拉回了床边。

他将我的脸蛋来回看了一遍，总结道："扶摇，你怎么把自己化成这副样子？来，我帮你重新梳妆。"

我彻底崩溃了。

“江浸月，都什么时候了，你还要替我梳妆打扮？！”

他不紧不慢道：“云踪坞四面环水，因此他们四面都派了人把守，严不透风。而守卫唯一松懈的时机就是每夜交接看守的时候。同时，这两天我观察过了，他们每晚的交接班时间在子时，而现在距离子时还有些时辰，扶摇，我们有的是时间一起共度新婚之夜。”

新婚之夜什么的，我呵呵干笑：“江浸月，你的用词一如既往地大胆啊。”

但听他这么说，我吊在嗓子口的心终于稍稍落下了一些，也终于有心思问些有的没的了。还记得在船上时，我就和燕尘说过，自己好像在东山镇渡口见到江浸月了。但是不仅燕尘，就连我自己都觉得是眼花了，可是现在看来，那日一闪而过的人影果真就是江浸月。

“话说你怎么会跟来啊？”

“因为担心你啊。”

他会错意了，我的意思是云踪坞可不是说来就来的地方。

“你刚才不是说云踪坞四面都有人把守吗？就算你是一路跟着我们的船来的，可是……你是怎么进来的啊？”

“哦，这个呀，凭我自己自然是进不来的。可我请了个高手随行，他擅长私闯民宅、伪装他人和下蒙汗药，他现在应该在一边看管那个昏厥的二当家，一边装成二当家守在半道呢。”

“哪来的高手？”我有一种不祥的预感……

“京城街边小广告上揭来的。”

果然……江浸月还是改不了相信小广告的毛病。我还记得最初他请去刺杀燕尘的刺客分分钟出卖了他的资料，可没想到这次请的这个还挺靠谱的？

可同时我又有些担心，在听完江浸月口中有关云踪坞的情况后，我猜想燕尘大概就是因为那些守卫耽误了脚程，他不能硬闯，又没有私闯民宅的特殊技能，自然只能耗着。而他在这云踪坞外更无从知道我已经把自己“嫁出去”的乌龙事件，于是，也不会和守卫斗个鱼死网破。

嗯，一定是这样才没赶得及来救我的。

我将一腔心酸咽回肚子里，而转眼江浸月也已经替我摘完了脑袋上胡乱插着的月季花了。哦，我差点还忘了这茬，他坚持要替我梳妆来着。

对此，我自然是拒绝的，我的心理素质和危机意识不允许我在逃亡前还月下花前。

他一双丹凤眼与这身火红色极配，像极了要将你的七魂六魄都勾走的坏狐狸，可他现在的眼神偏偏又像是一只眼巴巴讨要东西的笨狐狸。

“扶摇，你看我千里迢迢来救你，你忍心拒绝我吗？”

这种反差是致命的。

而且我早就说了，我李扶摇从来就是吃软不吃硬的人。眼下，江浸月泛着泪光的眼睛朝我那么定定地一看，我立刻乖乖地坐到了梳妆台前。

梳妆台上还胡乱摆放着我白天涂抹的胭脂水粉，江浸月先是取了一块白帕子蘸着水替我轻轻擦去那些厚重的眼影、腮红，再是挑起一盒胭脂，颇为熟练地对我的脸上下其手。

等到了描眉这一步，我后知后觉地发现有哪里不对劲。

“江浸月，你、你凑得有些太近了……”

“嘘。”他用指腹按在了我的唇上，还愣是更凑近了些，“眉毛最是难化，自然是要凑近些才能画得好。”他与我的距离已经近到说此话时，温热的气息扑面而来。他知我喜欢白茶花，之后便一直有用白茶花浸泡贴身物品的习惯。此时，晚风顺着吊脚楼的雕花窗子钻进来，将他身上的这股子白茶花味带到了我鼻下，好闻极了。

他一只手抵着我的下巴，一只手用毛笔蘸取了一些黛色粉末，替我从眉头一直描摹到了眉尾。他下笔时力道极为轻柔，我被惹得有些发痒。

我终于不自在地推开了他，磕磕巴巴道：“逃……逃亡时太美，实在是罪过罪过，我……我还是别化了。”

“好，反正也化得差不多了。”他收起了笔，也收起了眼底一抹失落的神色，将铜镜往我面前推了推。

我一照，只见自己眉如远岱，眼尾有一抹短促的飞红，唇色则是暖橙，妆面俏皮中又带着点温柔，美极了！当下我差点一时口快，让江浸月以后天天进宫来为我化妆，可转念一想，如果他真每天替我梳妆，那岂不是每天都要上演一遍刚才的场景？

我的脸一红，决定将这个主意扼杀在摇篮里。

但夸奖是少不了的：“哇，你这化妆技术真乃惊天地、泣鬼神！美得都不像我了。”

“扶摇，你在我眼里本来就很美，我这化的还不及你在我眼里的一半。”他将双手放在我的肩膀上，脸朝着铜镜，对我低声耳语道。

我望了望铜镜里此时的画面：我们双双身穿喜服，模样竟然真的有些许登对，除了“新娘”也就是我的脸色有一丝丝尴尬以外。

子时一到，我和江浸月已经提前等在了约定的地点，半掩在货物堆后，看着那头云踪坞的大批守卫来来往往。

据江浸月说，按照他们的原定计划，他重金请来的那个高人应该是在掐准时间点，放下被蒙晕了的二当家后即刻前往他们来时的地方，和我们碰头后再偷溜出去的。

可眼下，这个完美且周密的计划似乎……只实现了一半。

不错，实现的那一半是我和江浸月如约来到了这里，而没实现的另一半则是……

“那位大兄弟是不是提前自己跑路了？”

“应该不会吧。”

"你定金付了多少？"

"没有定金，我直接提前付了全款。"

…………

这就是传说中的智者千虑，必有一失？江浸月这么聪明一人，却偏偏每次都在江湖小广告上栽了跟头，我真是服了。

我垫脚粗略估了一下那边的守卫人数……江浸月说得没错，云踪坞人员戒备的确森严。就凭我和江浸月的十八脚猫功夫，硬来只有等死的份。

我急得原地打转，可反观江浸月却十分淡定。我将他这份淡定当成了救命稻草，我问："你是不是还有法子？"

他摇了摇头："扶摇，不求同年同月生，但求同年同月死。与你一起葬身在太湖，也算是一件顶顶浪漫的事情了。"

…………

我彻底绝望了。

然而人生就是这样，当上天给你关上一扇门的时候，他还会顺便把窗也一起关了。

就在我和江浸月杵在原地等死的时候，我忽然闻到了一阵奇异的清香……可当我意识到这股味道好像有哪里不对时，已经晚了。我和江浸月像两只翘辫子的鸡似的，软趴趴地就地昏了过去。

我没了知觉，可是还留有一丝丝求生欲在硬撑着。我感觉自己好像是被人抬上了船，然后身旁还有人窸窸窣窣讲话的声音。

迷迷糊糊中不知前行了多久，途中我几次艰难地睁开眼皮，看到的都是一幅轻纱拂面的画面。这是一艘极为高档的游船，宽敞的篷内跟小型厢房似的，茶几、软垫，应有尽有。这贼船雅致得让我有些恍惚，一时间让我怀疑我和江浸月不是被劫走了，而是在浪漫地双人游湖中。

现在我感觉自己比起之前又清醒了一些，我再次睁眼，发现这次瞧见的画面也起了些变化。这次眼前至少有人了。

那是个女子，她穿着一件孔雀蓝色的宽襟外袍，上面有着大片的金线绣出的牡丹花，十分雍容华贵。她外袍半敞，柔弱无骨地斜躺在软垫上，风情万种。再看她那张脸……我打了个激灵，瞬间清醒过来了。

“你是……你是！”

此时，女子停下了手中的酒盏，看向我粲然一笑：“姑娘，好久不见。”

凤尾山庄与云踪坞果然有着千丝万缕的关系。

当初在凤尾山庄内院出现的女子竟然出现在了云踪坞，还把我和江浸月劫走了！用脚指头想也知道此劫走非彼劫走，她非恰巧路过见义勇为，而是本身就是云踪坞的人。

至于打劫我们要做什么，那就只有天知地知，她自己知了。

她的船将我和江浸月带上了岸，此地似乎是紧挨着太湖的一处山脉。她所住的地方在半山腰，地方不大，却清闲雅致，风格倒是有些类似于石鼓书院，充满书香气，是修身养性、感受山野气息的好去处。

且这里的小弟们完全不同于赵飞雁那群人，他们个个训练有素，在白天也穿着夜行衣，说起话来和蚊子叫一样。你绝对听不清楚他们在说些什么，从根源上杜绝了话本子里那种反派说话太大声被人偷听了去的可能。

我甚至怀疑这才是云踪坞的真正样貌：内外兼修，行事滴水不漏。做坏事，他们是专业的。至于那些包括二当家在内的、从头顶到脚指头都写满了“我是悍匪”的粗犷成员，根本就是用来掩人耳目的。

女子的脚一沾地，就吩咐他的小弟们将我和江浸月分开关押了。到了第二天晚上，我已经两顿饭没吃了，肚子饿得咕咕咕叫个不停。许是叫声太响，终于有人将我从小黑屋里给带了出来，一直带到了前堂。

前堂中央有一汪由山中泉水开拓出来的小池，小池旁边种着一颗花树，树花落下就变成了池里漂浮着的浮花，两景和谐雅致。池子边则是草席铺就的地，上面放着三三两两的软枕，可以说是十分会享受了。

女子正在草席上席地而坐，喝着酒。她还摆了个茶几，上面放着几碟小菜和好几壶酒。

她朝我招招手，温柔地道："我一个人喝酒太闷了，所以放你出来陪我喝喝酒。"

…………

她这坏人当得还挺有情调。

可我最关心的不是这个，而是……刚才被抓来前堂的一路上，我望断了脖子也没见到江浸月的身影。此时，琵琶女的两个手下将我按倒在了她身旁的软垫上，逼着我陪她吃饭。可我现在实在是食之无味，于是等她的手下退下去后，我立即问道："你把江浸月弄到哪里去了？"

琵琶女替我斟了一杯酒，递到我手里，不咸不淡地道："他不乖，不像你一样既来之，则安之。我就干脆又加了一剂猛药，让他多睡会儿。"

我恨恨地咬了咬牙，这个恶毒的女人！

苦酒入喉心作痛，我仰头闷了那口酒，继续问道："你到底是谁？"

她像是听不到我说话似的，又替自己斟了酒，然后仰头一饮而尽："你怎么这么多问题？饿不饿，吃菜。"

"你其实就是云踪坞的主人吧？！"我大胆猜测道。

因为昨晚她刚进来这里时，那群黑衣人对她的态度可谓是恭恭敬敬，而后还一口一个"主子"地叫她，她的身份必然不低，至少是云踪坞里真正位高之人！

"我拒绝回答，要知道……"她停下手里的酒盏，瞥了我一眼，

“优秀的反派从不多话。”

…………

我心想：这琵琶女的段位果然是高，比上次在凤尾山庄撞见的那个拿面纱遮面的小厮高太多了。人家至少清楚自己是个没有光环的反派定位不是？但对我而言，太聪明的反派并不是什么好事，我从她身上得不到任何信息。

目前我唯一知道有关此女子的个人信息，就是这个女子很擅长弹琵琶——真是一个起不到半点作用的信息呢。

可是说起弹琵琶一事，我倒是想起了自己的一个心结。眼下，她和我都喝了酒，气氛微醺，没准是解心结的最佳时机。我壮着胆道：“上次在凤尾山庄，你不是光弹琵琶就把我和燕尘给听魔怔了，不仅让我们就地昏厥，还无法对你问的问题撒谎。这次劫走我们，你为什么不弹了？”

谁想我问完，琵琶女就发出了银铃般的笑声，等她笑舒坦了，才道：“你当是在拍玄幻武侠剧呢？你以为我是六指琴魔？我没有故技重施，只因为我弹的琵琶曲根本就没有乱人心智的效果啊！凤尾山庄那晚你们双双昏厥，是我命人在那天的晚膳里给你们下了迷魂药。”

“你的意思是，你的琵琶曲根本就是糊弄人的？”

她“啪”地掷下酒盏，飞来一记眼刀。

我缩了缩脖子，连忙道：“不是，我的意思是，你弹的那首美妙而动听的《春江花月夜》根本没有毒，真正迷乱我们心智的是迷魂药？可是迷魂药哪来的这么大效果啊？还能让人说出真心话？”我终于说到了重点。

“你听过酒后吐真言吗？”她挑了挑眉，盯着手里的酒盏一边出神，一边喃喃自语，“酒只入肠，不入心，不会让人吐真言。反倒是人在借着酒，说出心里话罢了。”

“反正说来说去就还是心里话就对了。”我咕哝。

“怎么？你一直在意燕尘那天回答的‘情，乱心，误人，不可沾’？”琵琶女嘴角一勾，一副把我的心事看得透透的模样。

谁说大宴江湖不玄幻的？我看她就是有读心术的本领！

还记得当时我和燕尘偷溜进凤尾山庄内院，在出内院的途中撞见了琵琶女。当时，她装神弄鬼地弹琵琶，问了我们情为何物？

当时燕尘的回答便是：“情，乱心，误人，不可沾。”

简单翻译一下就是：什么爱情不爱情的，这东西在我燕尘眼里一文不值。想到这里，我自己替自己满上了一杯酒，咕咚咕咚喝了下去。

这酒可真的太苦了，我被辣得呛到了喉咙。

关键是这琵琶女好死不死，还要在旁边补刀：“姑娘你可真是可怜，你的心上人，他为了替别的女人清洗冤屈，深入虎穴就罢了，你居然也会为了情敌如此不要命。”

…………

琵琶女，我劝你善良。

人生已经如此艰难，有些事情就不要再拆穿了好吗？

就算被拆穿！那也要像我现在这样……抵死不承认。

“我没有！我是为了国家社稷着想！什么情敌啊，没有的事情。”为了看上去更逼真一点，我还学起武侠话本子里那种洒脱侠客的动作，抄起一壶酒就凌空往嘴里灌……“喀喀喀！”

结果，我差点儿没被呛死。

琵琶女看着我，笑而不语。

她等我呛完，忽然道：“现在酒有了，陪我喝酒的人也有了，就差一样东西了。故事最是下酒，我这里有个故事，你是听还是不听？”她眼神有意无意地放在了那些菜碟上。

我为了不被她第三次下毒，点头如捣蒜：“美人姐姐，我听我听！”

琵琶女故事里的女主角叫豆芽儿。

豆芽儿从小在太湖边长大，在及笄之前，她双眼所及之处只有漫无边际的湖水，以及肤色黝黑的伙计们。太湖的水很蓝，伙计们的笑容也很暖，可是豆芽儿总觉得缺少了些什么。等再长大了一些，她知道了伙计们每次扬帆起航都是去了太湖以外的地方。她偷听回到水寨的伙计们谈论的话题，渐渐对那个“太湖以外的地方”产生了好奇和憧憬。

尤其是那些她未曾听过的词汇：织锦、勾栏、胡笳琴……

她开始问爹爹：“外面的世界是怎么样的？”

爹爹却一改平日里宠溺她的模样，极为严肃地警告她：“外面的世界并不如你想得那样美好！我们现在过的日子，正是外面的那些人终其一生都梦寐以求的日子！不要再想那些有的没的！”

爹爹还用流落到水寨的那些弃婴说事：“外面世界的人也都是恶的，他们连自己的亲生孩子都能抛弃，还有什么阴狠手段是他们使不出来的？”

其实豆芽儿知道，爹爹说的是对的。

她从小见过不知道多少从太湖上流一路漂泊至此的弃婴。

有时夜色正浓、湖风微凉的时候，豆芽儿会偶然撞见他们倚在围栏那头偷偷哭泣。

她也从水寨里的老人口中无数次听过那个故事，最先创立这水寨的先辈们就是差点被当时的当权者屠村，一路逃到了太湖边，就此远离朝堂，远离江湖。

每每这时，她就愈加认同爹爹的说法——外面的世界并不是那么美好。

可是心底又总有一个念头会不受控地冒出来，纵使外面的世界不那么美好，她也想亲眼去看一看。

本来她这份莫名的憧憬会被时间一点点磨碎。

不巧的是，在豆芽儿及笄那年，上天给了她一个让这份憧憬成真的机会。那年春天，水寨里突然闯进一个人，第一个主动来水寨，而不是被迫漂泊至此的外面人。

可与所有小言话本子里那种风花雪月的初见场面相反，豆芽儿第一次见他是如下的场景：那男子被套在一个大麻袋里，就露出两只脚，远看像一只行走的麻袋，水寨里的两三个伙计一路架着他带到了豆芽儿爹爹的跟前。再然后，“麻袋精”一脚被伙计踹倒了，狼狈地跪在了爹爹面前。

当然，以上都是豆芽儿半掩在货堆后头暗中观察来的，她爹从不让她知道一些不好的事情。有关这个闯入者的事情就被算在“不好的事情”内。她隔得远，听不到那头说了什么，只能大概猜到这个男子犯了什么事情，犯了众怒，被带到了柴房关押。

接下来的数日，这男人终日被关押在柴房里，靠水寨里的老伙计丁大叔一日三餐送饭活着。直到有一天晚上，水寨里庆祝水产大丰收，大碗喝酒，大口吃肉。水寨里大伙儿关系极好，人员又多，大家互相敬酒敬个一圈，喝下来就醉了个八九分。不一会儿，水寨的校场上已经横七竖八地睡着一群大汉，其中包括每顿给那“外面人”送饭的丁大叔。

鬼使神差地，豆芽儿接替了丁大叔的职责，趁着大伙儿都醉得不省人事，她去柴房给人送晚饭去了。

水寨的柴房很是独特，木板门下头开了一方小小的洞口，外面以银锁锁着，打开只可供一只手穿过。

豆芽儿想：平日里，丁大叔就靠这个小洞给那“麻袋精”送饭吧？

于是她依葫芦画瓢，打开了银锁将小碗的饭菜放在口子上。然后里头伸出一双好看的手，捞了那晚饭进去。

接着里面传来碗筷碰撞的声音，听起来吃得很急。过了一会儿，里面又传来温润的男子声音：“你不是前几天那个送饭人。”

豆芽儿吓了一跳，她可是一句话也没说啊？

那头继续道：“不必惊慌，之前送饭那人每次都要羞辱我几句，才把饭菜送来，饭菜也都是隔夜的，没有这么热乎。”

“哦……那人……那人他今天有事情，我来替他送饭。”

“谢谢。”

自小豆芽儿身边都是粗犷的大汉，没一个像这样文绉绉地说话。她感觉十分新鲜，且新鲜的还不止那人说话的方式。往后一个月，豆芽儿每晚睡前都要来给麻袋精送饭，然后隔门和他聊天。他嘴里说的那些事情也全是新鲜的。从他嘴里，豆芽儿知道了织锦、勾栏，以及胡笳琴，更知道了洛阳花、长安月，还有北方的白雪，边城的黄沙。

原来外面的世界，远比她想象得更大。

在麻袋精口中，那个光怪陆离的世界中，豆芽儿对胡笳琴最感兴趣，或者说是对乐器最感兴趣。麻袋精给她口头描述了许多乐器，可豆芽儿光靠那些干巴巴的描述，对从未见过的东西压根勾勒不出模样——其中除了竹箫。

麻袋精随身带着一柄竹箫，期间也多次把竹箫给豆芽儿把玩。不出声的乐器等于白看，可这箫声清亮高远，一吹就要把人都招过来了，等于找打。

关于这个两难的问题，麻袋精选择了后者。

在一个天阶夜色凉如水的夜里，他提前让豆芽儿躲在了一旁隐蔽的角落，然后在她不知情的情况下，吹响了竹箫。那箫声如泣如诉、呜呜作响，如同秋水漫漫而来，又如同明月自湖面上升起。她被震惊得不能自已，原来人间还有此等美妙的物什，能把她数十年看到的景色在顷刻之间都表达出来。

豆芽儿知道那首箫曲名唤《平湖秋月》，那都是后话。

当时水寨的伙计们闻声赶来，然后把吹箫的人海扁了一顿，让他找找做阶下囚的自觉。

“后来呢？”

此时已经是月上中天，琵琶女也将先前答应给我讲的故事讲了一半。可不知怎么的，琵琶女忽然讲着讲着就卡壳了，半天没有说话。

“喂，你是不是喝醉了啊？在看啥呢？”我眼瞧琵琶女望着夜空的眼神愈发迷离，生怕她醉倒了，站起身来在她面前手舞足蹈。

半晌，她终于回过神来。

“后来？后来那麻袋精被人带出去了……不过，过几天他又回来了。他来来回回好几趟，把豆芽儿的爹气得七窍生烟，可又因为他已经和先前来救麻袋精的人约定好了绝不杀他，就只能不停地加强水寨的防护措施，但还是没能拦住他。他好几次差点淹死都要来找豆芽儿，只为了给她捎一份冰糖糕，或者是一柄胡琴。”

我感动道：“哦，‘问世间情为何物，直教人生死相许’！我哭了，你呢？”

我看向琵琶女，只见她的眼睛里竟然……竟然泛起了泪光！天寿啦！女魔头都会流泪啦！不过她怎么光顾着喝酒流泪，不继续讲故事呢？

“然后呢？”我伸着脖子问道。

她不满我打破了她顾影自怜的气氛，横了我一眼，继续仰头而尽一壶酒。

“美人姐姐，你不去写话本子真是我大宴一个天大的损失！所以你能不能行行好，把结局告诉我呢？”我气沉丹田，将毕生吹嘘溜马的功力都给使上了，可是琵琶女不为所动。

她数次要开口，结果都闭上了。

这女人真是够恶毒的，对我来说，听一个没有结局的故事，比下毒更狠。

在她如此耍了我多次之后，她终于开口了，不过说的却是：“我看时间差不多了，该带你和那个小白脸团聚了。”

团聚？这女魔头终于良心发现，要放我和江浸月离开了？

我的美丽心情在我被她的小厮架着去见江浸月的时候达到了顶峰，但又在被她的小厮给双双绑上马背上时……瞬间降到了谷底。

女魔头的小厮将我和昏迷不醒的江浸月捆成猪蹄子似的绑在了

马背上，然后狠狠地踢了那马一脚，再然后……马就开始朝着路的尽头疯狂奔跑。

要知道，她的住处在半山腰，而在半山腰的山路上瞎跑，是会掉下山崖，一命呜呼的。

于是，等我意会到女魔头的杀意后……像被杀的猪一样嘶吼："救命啊！"

"你叫吧！你叫破喉咙也不会有人来救你的！"不远处那个踢了马屁股的小厮不怀好意地冲我回道。

…………

敢情琵琶女给我讲的那个故事是睡前故事，一睡永远起不来的那种"睡前"。

过了不知多久，眼下烈马狂奔，尘土飞扬。悬崖就在眼前，而一直昏睡着的江浸月许是因为在马背上过于颠簸，居然醒了过来。

不过他一醒来，就得知他即将完蛋的消息。

"江浸月，我们要死了。"我的泪水哗哗地流。

估计那小厮是看江浸月本就昏厥，料他翻腾不出什么水花，给他绑的绳比我宽松许多，就拦腰绑了一根大麻绳。江浸月花一秒钟了解完他即将掉下山崖的事情后，他做了两件事：利用手的力量翻身上马，再将我圈在怀里。

望见他这一副誓死要保护我的架势，我慌了："江浸月，你疯了吗？你现在这样摔下去，加上我的重量，你会死的！"

他却笑了，笑得青山都失色了："扶摇，即使穷途末路，我也要拼命为你博得一线生机。"

第八章

好一坛老陈醋

梦里，我梦到江浸月和我一起掉下山崖……我活了下来，但是全程紧紧护着我的江浸月死在了崖下。如此场景，在我脑海里反复了多次。

直到我感觉脸上忽然一阵彻骨的冰凉……我狠狠打了一个哆嗦，惊醒了。

此时身旁传来了一个喜悦的声音："姑娘啊，你终于醒了。"

我揉了揉脑门，朝那人一看：一个笑得非常和蔼的大叔。见我视线下移，他还把手往背后飞速一藏，手里似乎拎着一个提桶还是啥的。

我想起来了！我和江浸月坠马的时候，那山崖边正好有许多树木，在那里横七竖八地野蛮生长。于是我们俩坠崖途中就不停地摔在那些灌木上，缓冲了坠崖的力道。

那么多灌木，想摔死都很难。可是这么折腾，腰间盘也是要碎的。再加上临死前的心理冲击，我们落地后就双双昏厥了过去。

临失去意识前，就看见眼前这个大叔把我们"捡"走了。

回忆完毕，我再看床边这个大叔就带了些对救命恩人的崇敬心情："大叔，你不会一直在我床边守着吧？大恩不言谢，我李……我李翠花有机会一定报答您的大恩！"

按照我以往看的那些武侠话本子，此时大叔说的一定是："唉，莫要客气！能结一善事，也是你我的缘分。"

然而救了我的这个大叔不按剧本来。他说的是："报恩什么的另算，你能先赔偿我的财产损失吗？"

…………

我这才知道，原来我和江浸月坠崖途中压倒的那些灌木都是眼前大叔种植的草药。据他自己说，那些草药专门生在悬崖边，撒种难，采摘难，可珍贵了。呵呵，我看破不说破。傍晚，我特意跑去悬崖边远远地看了一眼那些被我和江浸月压断的灌木大多是一些普通的树。总之，这大叔想敲诈就对了。

但无论如何，是他收留了我们不假。唉，破财消灾，权当是给照料我们的钱吧。

另外，这大叔是个药材商也不假。

大叔的茅草屋离我和江浸月掉下来的悬崖不远，此地人烟稀少，环境却十分优美。他承包了附近十亩多的地，种植了许多药材。但我放眼一看，大多是一些普罗大众在京中哪家药材铺子都能买到的板蓝根、车前草、黄芪啥的……连我都认得出的草药，可见有多不珍贵。

可饶是这么不珍贵的草药，仍是被这厮卖成了天价。

更惨的是，我不买还不行。

我除了手臂上有些许擦伤以外，几乎毫发无损。可江浸月就不一样了，他抱着我在石子地上滚了好几圈，浑身上下都是伤口。等我被那大叔领着去逛了一圈他承包的药材圃回来，已经是日落黄昏，而比我昏迷更久的江浸月也终于有了转醒的迹象。

然后，那个黑心药材商趁机开始了他的第二波敲诈。

他膀大腰圆的，往我面前一杵，愣生生隔开了我和江浸月。他道："我这里四方草和一点红最多，止血效果杠杠的，一百两一钱，你要不要买？"

"……你去抢钱吧你！"

"那好。这位小公子真是白瞎了眼睛救你，把自己搞得伤那么重！本来他应该要换药了，可惜你不肯买这个药，那咋办？只能让他伤口溃烂等死了呗。"

"……我买！"

算你狠。

我一咬牙，掏出了此次出宫前带的全部家当，买下了以供江浸月恢复到可以下地行走的伤药分量。

一手交钱，一手换草药。我在门外焦急地等了些许时候，直到听见一声熟悉的“扶摇”，才长舒一口气，赶忙进去查看。

江浸月醒了。此时，他已经换下了喜袍，穿上了农家纯天然无公害的青色布衣，领口和手腕等能露的地方都露着，以防再次擦伤伤口。

我坐在他的床边，看着他那如皓月一般白皙的皮肤上横着的那些深深浅浅的伤口，忽然一阵自责：“你本来可以不用卷进来的……”

“好了。”江浸月打断了我的话，缓缓地倾过身子，刮了刮我的鼻子，轻声道，“你在梦里已经感谢我很多次了。”

他身上还散发着浓浓的草药味，我被他近在咫尺的气息惹得一阵惶恐，下意识就惊叫而出：“啊？”

“我猜的。总之，不许再谢我了。”

我沉默地低下头，不安地搅着手指，之后一边看着窗外的日暮西沉，一边和江浸月说些有的没的。以前我们在脆琵阁的时候就特别能侃，可不知怎么的，这次我竟然找不到什么话题了。或许是因为燕尘多日没在我身边出现了吧？

多可悲啊，没了燕尘，我就没了话题。

说到燕尘……他现在身在何处？在做什么？有没有发现我已经不在云踪坞了？有没有……为我担心？

想及此，我有些出神。

我难掩落寞，对还在喜滋滋说着趣事的江浸月挤出一个微笑：“都半个时辰了，估计那大叔晚饭做好了。你好好休息，我去盛晚饭。”

江浸月所住的客房离药材圃很近，那黑心商家做饭的灶台却离这里有些远。我猜测，这独特的设计可能是方便他将药材强买强卖给被他收留在客房的倒霉蛋，又生怕自己失手纵火烧了他的吃饭家伙吧。

我一路从药材圃走到灶台，远远地看见一个背影已经坐定在那里。我准备迎上去教育教育他有没有点服务业的自觉，可等我走到了灶台前，我要说的话却卡在了喉咙里。

因为此时从灶台处走出了三五个人影，他们身披大宴官服，人手一柄宝剑。

我脑袋里嗡地一响，再急忙去看坐着的那道黑影……刚才天色太暗，又离得太远没看清。现在我可看得太清楚了，这背影比那黑心商家精瘦许多，披着一件绣有獬豸的暗色披风，气场强大，让人不寒而栗。

我正好奇他为何会出现在这里时，谁知他的好奇不比我少。那人转过身来看到我，惊讶道："皇上？！你怎么会在此地出现？！"

我缩了缩脑袋，强颜欢笑道："狄大人，好巧好巧。"

这位狄大人全名狄二木，在奚正寺任奚正寺卿，负责着大宴上下的大小案件。

不错，大宴是有大理寺卿的，而之所以上次的清水镇瘟疫，此次的军中伤药事件，我都没有知会他，是因为此两件事都涉及了我的名誉……是了，他为人过于刚正不阿，而且对我素来有偏见。

就比如眼下，他见了我说的第二句话是："皇上，没想到你竟然做出此等事情！"

一见面就给我定个罪行，当真是旷世奇才。

我忍，看在我老爹和他有交情的分上，也要忍。于是，我问道："狄大人，朕可以知道……自己犯了什么罪吗？"

狄二木说自己在前几日接到了一封匿名信笺。大宴的国制，但凡是有关线索的，都可以匿名寄往大理寺。然而万万没想到就是这个让我得意很久的制度，如今成了搬起石头砸自己的脚的"石头"。

我不在京城的这段时间里，有关燕尘军中草药出事的事情已经被传得尽人皆知，大理寺卿狄二木自然也在内。

据狄二木自己说，他得知此风声后立刻着手去查办此案件了，正在他全无头绪的时候，那封写有线索的信笺出现了。线索有关沈桐芊那批草药所有经手人的信息。

“于是，老臣这几日层层剥茧，排除了一个又一个的经手人，最终查到了最先供货的这个药材贩子。而我的助手们刚才也在灶台下搜集到了他承下那笔单子，并授意作假的证据！”

等他说完来龙去脉，我发现此次狄二木倒也没有乱来。

我下了个结语：“行吧，以你的角度去看这件事情，似乎也说得通……”

在我说话期间，狄二木就这么横眉冷对地看着我，一脸“你编，你继续编”的神情。我被这眼神盯得发怵，赶紧澄清道：“怎么？狄大人还在怀疑授意他作假的人是朕？可是这件事真的不是朕做的！狄大人，你扪心自问，朕虽然平日里行事是有些不修边幅，可是军中的伤药有关我大宴将士的生命安全。如此丧尽天良的事情，朕怎么能干得出啊？”

眼下那个药材贩子已经提前得了风声溜之大吉了，我有口说不清，只能通过自贬来一证清白。幸好这狄二木也不算太笨，他听我说完，沉思了一会儿，似乎觉得我说得有理。

“扶摇，此地发生了什么事情？”

正在我和狄二木僵持时，江浸月来了。

且他此时的造型，一袭单薄的青衫，领口半敞，脖子与手腕处还有着隐隐约约的伤口……煞是销魂。

我一拍脑袋，完了。

果然，江浸月身娇体弱地这么一出场，狄二木瞬间炸了。他咬着牙关，气得都快哮喘了，最后他指着江浸月艰难地道：“你！身为门客，居然在大宴官员面前直呼皇上闺名……还如此衣衫不整，成何体统？”

江浸月头一次见狄二木，被这阵仗吓得有些发蒙，且知此时他说多错多，只好低头不语，顺带拉高了衣襟。我瞥见他因此举伤口复疼，在那里强忍疼痛……我一时间保护心起，不着痕迹地往他身前站了站。

朕的蠢臣，应该由朕受着。

而那头的狄二木，也开始了自己的表演。

他又是对天长啸，又是以头抢地："先祖爷！老臣对不起你的信任！没能监督好新皇做一个明辨是非的好皇帝！你若在天有灵，干脆一道天雷惩罚老臣吧！老臣就算拼了这条命，也要让真相大白！还燕将军一个清白！"

敢情狄二木已经把我的作案动机都拟定好了，因为忌惮燕尘功高盖主，心生妒忌，于是使出狠辣的手段，将脏水泼在全权负责此次出事草药单子的燕尘身上。

眼瞧一根筋的狄二木做好了不畏我这个"强权"也要揭露我的罪行，替燕将军讨公道的打算，我只能表示，我亲爹不愧是亲爹，给我留了个这么个烂摊子。当初我爹招狄二木为大理寺卿，据说就是看中了他刚正不阿的性格，可我老爹忽略了，狄二木这厮的刚正性格与他的探案技术成反比啊！

爹啊！你在坑女儿啊！

我无奈上前，扶起狄二木："别别别，狄大人，你别这样。"

我示意他身旁的随从退下，才轻声道："其实……其实朕是和燕将军一起彻查此事的，具体的事情，等朕回京再详细与你说好不好？"

此乃缓兵之计，其实我真正想的是：等我回去再好好想想哪些可以和你说，哪些不可以，以免你这个老古董再给我的罪状多加一笔。

谁想，狄二木依旧不认账："呵呵，替燕将军查案？天下何人不知皇上你十分忌惮燕将军？不知道皇上能够以性命做赌注，以身犯险来替燕将军洗清冤屈……是为了何？"

"是为了何？"他又强调了一遍。

…………

我总不能说是因为我倾心于燕尘吧？

我被问得骑虎难下，只好将这口锅背稳了。

月色寥寥，我和狄二木面对面坐着。他还在那头和我老爹隔空对话，而我呆呆地盯着那藏在夜色中的灌木丛，只觉得自己被气得胸闷气短。

忽然，灌木丛那边一阵声响，随即有什么小兽似的物体以飞快的速度朝我奔来，不等我反应，那只“小兽”已经扑腾了我一脸。

他将我紧紧抱着，紧到我都快喘不过气来了。

“喀喀喀……喀喀喀……”

我一阵猛咳，他终于手下松了一些。

同时狄二木也不和我老爹隔空对话了，他朝着我这边点头示意：“傅公子。”

我这才反应过来，原来偷袭我的“不明兽类”是傅天南这家伙，我叫道：“傅天南，我快被你勒死了！”

“扶摇姐，我不管，你就让我再抱一会儿……我差点就以为你翘辫子了。然后，我也随之被燕尘哥给迁怒到翘辫子了。”傅天南温情不过三秒。

我不悦地哼哼：“哦，原来你不是怕我死了，是怕燕尘。”

说燕尘，燕尘到。我好不容易推开傅天南，燕尘已经不知何时定定地站在了我的面前。

“这一路上的风沙可真大……”我喃喃自语。

要不然，燕尘的眼里怎么会隐约含着水色呢？他还穿着来时的那件玄衣，只是此衣已经污迹斑斑，也不知他这么些天找到这里来经历了什么。但这一刻，我只觉得狄二木的叨叨、傅天南的哭唧唧都已渐渐无声，我的耳里唯有山间清风与他粗重的喘息声，眼里唯有天上明月与他杏花沁水般的双眸。

而在此短短的数秒钟里，只见他朝我走了一步，我甚至差点以为燕尘就要像傅天南那样上前来给我一个拥抱了。

结果，狄二木横插一脚，极为浮夸地作了个揖：“见过燕将军！”

燕尘一怔，随即才留意到了狄二木和江浸月他们。于是他又退后了一步，对我恭敬道：“皇上……没事就好，臣……救驾来迟。”

言语间满是克制。

比起燕尘与傅天南是如何寻我到这里的，更为火烧眉毛的事情是狄二木的误解。燕尘了解了事情的大概后，款款向狄二木回了个揖：“狄大人，此事的确是误解。”

接下来燕尘的一番解释，分明和我此前说的差不多，可狄二木分分钟就信了。

末了，他朝燕尘抱拳：“既然燕将军都发话了，那老臣就先行回京，等燕将军到大理寺一聚谈谈此案详情了。”

“是，有劳狄大人。另外，还请狄大人在此事尚有疑点时，切莫将今天所看到的，告与其他人知晓。”燕尘处理政事，永远妥帖周正，让我放心。

他三言两语间，就卸下了我身上背着的那口沉甸甸的“黑锅”。

等狄二木走后，棘手的事情一解决，话题就落到了“救驾来迟”一事上。单看燕尘与傅天南极差的脸色，我也能大概猜到他们寻到此处有多不容易。可是这番酝酿了许久的话语，在出口时却变了味，味道极酸，还带着些娇嗔：“燕将军，此时此地赶来救朕怕是千辛万苦、跋山涉水……花了不少的工夫吧？辛苦辛苦。”

燕尘皱眉。

而我已经后悔说了这番话，我什么时候变得……如此这般小女子的矫情？

然而说出口的话，就是泼出去的水。

燕尘的忠实小迷弟傅天南先是跳脚道：“扶摇姐，你不觉得你有点过分吗？”

据傅天南说，在我于云踪坞中即将成婚的当晚，我盖着喜帕坐在晚宴席上的时候，燕尘恰好赶到。他与傅天南混在了那群人后头，遗憾的是找不到与我说话的机会，因为二当家全程抓着我的手，不离我半步。

“当时，燕尘哥已经计划要在你和二当家回去的路上劫走你，可奇怪的是，我们在半途看见那二当家蹲在茅厕门口，一副等着谁的样子。我们以为你在里头，还在那里等了些许时候，但那里离校场太近，行事容易被发现。”

我忽然意识到，他们以为的二当家……我和江浸月对了个眼神，果然，是江浸月请来的那个江湖人士，没错了。

原来，燕尘没来得及救我的原因里面还有着如此多的巧合。经傅天南这么一解释，显得我刚才耍小性子的样子更像一个昏君，我羞愧地低下了头。

此时，傅天南继续补刀：“唉，你就是被燕尘哥给宠坏了。你刚上任那会儿，没少遇到刺杀吧？哪次不是燕尘哥拼了命去救你的？”

我都记得，那时燕尘虽也有些被燕老将军训练出来的功夫底子，可到底没经历过实战，与刺客交手总是落于下风，每次都要被他那群手下嘲讽。纵使这样，他依旧乐此不疲地亲自来救我，然后再沦为军中笑柄，如此循环往复，将他身为少年将军的骄傲与自尊都抛于脑后。

思及此，我的心一软。

傅天南继续道：“这次只不过是被江浸月那个小白脸半道给截胡了，燕尘哥赶到吊脚楼的时候，你已经和那小白脸私奔了！”

我的脸一红：“你能注意用词吗？江浸月下药蒙晕那个二当家，装成新郎也只是为了救我啊。”

“装成新郎？”全程让傅天南代为发表心中不满的燕尘听到这里，忽然脸色大变，一副欲言又止的模样。

我大概猜到他要说什么，多半是要说我“有失体统”。

“我看那个小白脸就是想和你私奔！”傅天南一口咬定，“而且还尽添乱。如果他没跟来，就不会有狄大人怀疑你的事情了！”

傅天南将话茬带到了方才全程在一旁不出声的江浸月身上。

而此时燕尘也踱步上前，上下打量了江浸月一眼。他不怒自威：“为何你来救人，就偏偏会出这种事情？”

“将军此话何意？”江浸月哑着嗓子道。他已经站了许久，伤口都沁出了血。

我有些心疼，却也知道当下如果上前只会添乱，只好眼睁睁看着。

我的好门客啊，不是朕不想帮你，而是……而是将军在上，我在下啊。

只见燕尘眉梢一挑，额前的鬓发也随山风飘荡。他眼神如墨般漆黑：“没有别的意思。本将军只想让你认清一件事情——你保护不了，而我能。但还是谢谢你这段时间替我照顾皇上。”

燕尘软硬兼施。

且后半句听着……怎么跟我是他归属物似的？

可以燕尘现在的气场，我不敢抖半分机灵，只好亦步亦趋地跟在他身侧。

成功会合后，当晚我们一行人跟着燕尘一路下山，于当地小镇的客栈里临时落脚休整了一夜。结果我在客栈见着了燕家军的鸿三，那一瞬间，我惊了一下。原先我们出发前以防突生变节，就命鸿三如见我们半月内还没半点消息，就直接带兵攻进云踪坞，可现在离半月的期限还有数日……

我眼神一黯：“难道人没救出来？！”

燕尘没好气道：“如果人真的没救出来，鸿三现在还有工夫在这边吃橘子？”

我一想，也是。

此时，鸿三颇为有眼力见道：“皇上，小的是自说自话来的，因为担心燕将军，就像燕将军担心你一样担心……”

燕尘打断道：“喀喀，被关押在云踪坞的士兵们都已被成功救出。我燕尘的部下第一次因为不熟水性被抓，可不再会有第二次。放心，他们都没你让人操心。”

我语塞。后来，我才从鸿三的口中得知，原来刚被救出的燕尘部下们因为不放心他们将军，执意留了下来。那日，他们见着了我被那船一路劫往此地，却不知我具体在此山脉的何处，这两日就陪着燕尘将这山脉翻了个底朝天。

我更愧疚了，说好的去救他们，到头来反而被救了。

不过，说到这山脉……等傅天南、江浸月他们都各自在客栈开了房间安顿妥当，我钻进燕尘的厢房内，将门窗都关严实了，道：“你在半山腰可曾见过一间雅阁？”

燕尘喝了口茶，淡淡道：“见着了，但已人去楼空。”

果然，那琵琶女与这药材商先后消失。他们果然一早就知道狄二木会来此地查案！

我眉头一皱，坐在了燕尘身侧，问：“此事，燕将军你怎么看？”

“上一次，他们借瘟疫之事大肆传你非天命的谣言，此次又来了个请君入瓮，让你不得不入局，最终又借狄二木之手，让你再次背上陷害忠良的恶名。很显然，这幕后之人想要的……是你的皇位。”

“英雄所见略同。”我夸奖道，顺带也夸了夸自己。

其实想要我皇位的人很多，自我继位以来就从未断绝。一个废柴女帝身居高位，总有很多人看不过眼。甚至燕尘……我都曾怀疑过他总有一天会厉害到取我而代之。可同时我也知道，如若真的有那么一天，那也绝对是我犯下了无法弥补的过错，或者做了让他无法饶恕的事情。

到了那时，燕尘会在掌声与期待中欣然上位。

因为他所保护的一直是李家的盛世江山，如果有一日，这江山因我而变得不再繁盛，那在江山与我之间，他自然会取前者。

这虽是一件让我倍感落寞的事，但这一切不过是囿于我脑海多年的一个假设，这一天不会真的到来，我也不必过于杞人忧天。

说回眼下的神秘篡位者。

“此人阴险狡诈，想让我背上莫须有的罪名。”和燕尘一起讨论，我的思路逐渐清晰，不知不觉分析出了声，“这幕后之人还非常清楚大宴各级官员的秉性，所以特意给狄二木线索，甚至知道我会为了替你洗脱冤情而自愿入局……”

“哦？”全程听着我过人的见解，被惊艳得一言不发的燕尘忽然出声打断了我。

他一副觉得十分有兴趣的样子，更是搬了搬椅子，又朝我的身侧靠近了三寸，道：“连外人都知道皇上一定会为了我自愿入局了？可末将不解其意，还请皇上代为解释一下。”

窗外清夜无尘，月色如银。江南小镇的客栈不大，却精致。燕尘住的这间厢房似乎是新整修过的，崭新的楠木雕花窗子在烛火下散出好闻的草木味道，而那影影绰绰的月光从雕花纹路里倾泻而下，映在燕尘的周身，就如同染了萤火粉的翅蝶，在振翅蹁跹。

他那双落了月光的眸子怔怔地盯着我，不挪半寸。

我的心里蓦地打起鼓来……

燕尘到底想听到何种答案呢？

我自愿入局，当然是见不得燕尘蒙受冤屈。可这“见不得”也分两种，一是见不得大宴的镇国将军被诬蔑，二则是……见不得自己心尖上的人受此诽谤。而我的“见不得”以上两种全占了，可到底是后者更多一些的。

在此情此景下，我梗在胸口的暖意有一刹那就要跑出来了，可最终还是理智占据了上风。说多错多，我干脆闭上嘴巴。

燕尘没等到答案，悻悻然低了低头，随后恢复了常态：“话说回来，江浸月扮成新郎的那晚……”

他还对这茬耿耿于怀呢？我低声制止道：“燕尘……不提这件事我们还是好君臣。”

“我是想问，他有没有做出什么出格的事情？”他略一思忖，又道，“算了，我未在的这两天，皇上与江浸月独处时都做了些什么，一一上报。”末了他又添了一句，“这对幕后之人的侦破很关键。”

“哦，那好吧……”

虽然以我的智商很难想明白这些事和幕后之人的侦破有什么关系，但我选择无条件相信燕尘。我仔细回想了一下：“牵手……然后他替我描眉……没了！等等，硬要说来……最多还一同骑了马。”虽然是跟捆猪蹄似的那种骑法。

听罢，燕尘眯了眯眼，眼底有什么一闪而过。

第二日一早，我们一行人启程回京，只是燕尘似乎是近来与沈桐芊走得过近，沾染了一身抠门的恶习。客栈有足够的马供我们一人一匹回京，可燕尘偏偏少买了两匹马。

对此他表示：“江公子，抱歉了。本将军经费有限，只能委屈你与傅小公子同骑一马了。”说此话时，他还没收回手上那沓剩余的银票，某种程度也算是抠门抠得光明磊落了。类似于我还有好多余钱呢，可我就是抠，你能拿我怎么办？

至于傅天南那里，他的强烈反对其实很好对付。燕尘用一句“军中士兵犯错都要领罚，这就是你没看管好皇上的惩罚”堵了傅天南的嘴，再来邀请我同乘一匹马。

至于这骑马的姿势，我坐在他身前，他负责勒马驭马。

回京的路上时有颠簸，每每此时他圈我的力道就会加重，而我只觉得挤得慌。于是，途中我曾抬头真诚地发问：“燕将军，这就是你对我自作主张、差点把自己嫁出去的惩罚？”

结果，燕尘手下顿了一下，连带着马也停了停。这突然的停顿让我差点脸撞上马背，等我稳住了平衡，转头再看燕尘……他的脸色已经拉了下来，连带着语气也有一丝不满："皇上觉得这是惩罚？"

我不敢吱声了。

自打燕尘与我在山脚重逢以来，这两日他极度喜怒无常。我摸不清他想听什么，那么闭嘴不说话总是对的。

可随后燕尘加快了驭马的速度，在急转弯时还会来个惊天大漂移……过程太刺激，我不得已几次环住他的腰。而每每此时，燕尘的黑脸似乎又有转好的迹象了，嘴角甚至微微上扬。

我算是明白了……他根本就是在展示自己高超的驭马技术！

回到京城，燕尘做的第一件事情就是找我对了对说辞，串了串口供，然后上大理寺找狄二木说理去了。江浸月则是告病半月，于石鼓书院的厢房内养病。

至于这桩军中伤药作假案，人是救回来了，可真正的犯人没抓着，等于说仍然有一人要站出来替这件事背锅。此人还得从燕尘、沈桐芊与我之间择其一。关于这桩案件到底谁是主导者，民间谣传了多个版本，可以我们仨在民间的口碑……舆论导向显而易见。

其中传得最为广泛的，是那日狄大人准备以身犯险也要公之于众的那版：女帝李扶摇因忌惮燕将军功高盖主，在伤药中做手脚，企图给燕将军扣上以权谋私、色令智昏的罪名。

你瞧，狄大人根本不必煞费苦心布告天下，想象力丰富的大宴百姓只需京中酒楼里的一点酒边风，就能把我彻底划为坏到透顶的昏君。

可我没想到的是，据几日后六福子探查来报，沈桐芊的名声比我也没好到哪里去。可与我不同的是，沈桐芊对此不甚在意，她甚至申请在我寝殿里多留几日。不为避风头，只为能隔绝一切杂事，静下心来把手上那本书给看完。

她倒是闲适，可难倒了我。先前为了防止沈家夫妇担心，我们没将此事告知，而沈家远在江南，远离京城这八卦集中的是非之地，关于他们女儿的讨论十天半个月也传不到那里。可如今半个月到了，他们闻了讯，又不知从哪里得知了他们宝贝女儿正住在我寝宫里的事，于是派了沈家在京城的掌柜伙计们，天天在宫门口请他们家小姐回家，说老爷夫人想死她了云云。

可沈桐芊不愿意回去啊。我两头为难，且上门来找沈桐芊的还不止她的爹妈，我的寝宫里迎来了一个稀客，傅天南。

他似乎是刚处理好手头上的事，匆匆前来。一到我寝宫，他轻车熟路地灌了一壶茶，愤世嫉俗道："外面的舆论很是嚣张啊！我都看不下去了！"

我心中一暖。傅天南虽然时常胳膊肘不向着我，可有时还是挺令人感动的嘛。

"红颜祸水、奸商、爱钱……这些词形容一个女孩子家，谁能受得了？"他沉痛地扼腕，面目哀伤。

"等等，你说的这些词是形容我的吗？"

"扶摇姐，你就别逗我了，'红颜祸水'这种婀娜的贬义词形容的怎会是你？"

…………

见我脸色下沉，他补了一句："你是龙颜！"

…………

我的笑容逐渐消失。

"那什么，我能去偏殿看望下沈小姐吗？"说着他又嘬了一口茶，神色慌张道，"别误会哦！我不是对沈小姐有非分之想，我……我只是关注大宴的钱袋子，关注大宴的经济命脉！"

其实我没怪他。虽然傅天南此举见色忘义，可喜欢沈桐芊着实是一件让人提不起兴趣来的八卦。试问京中贵胄子弟，谁不对沈桐芊怀抱一丝旖旎的遐想？

"我甚至推测，傅天南先前要跟我们去查案，也是因为这件事情牵涉到沈桐芊。”我枕在庭院的藤椅里，边嗑瓜子边发表见解。

一旁的六福子应和道：“不用推测，准是这样。我刚才看见傅小公子手里还提着几支用油纸包裹的糖葫芦串儿……如此殷勤，非奸即盗啊。”

说起来，沈桐芊的感情线也一如她到底有多少钱一样扑朔迷离。这么些年来，对她献殷勤的不少，可也没见着她收过谁的礼，大到京中风水宝地的一栋宅邸，小到一只荷包……她从来不收。

对她而言，只有钱货两讫，没有人情往来。也就因为她这视爱情如粪土的性子，我才默认她喜欢燕尘。她虽对燕尘也算不上是多么热情，可比起其余男子，却是走得最近。

“但……傅天南的这几串糖葫芦的结局，必定是凄惨的。”

我话音刚落，傅天南面带桃红，喜滋滋地出来了。而他手里握着的签子，上面的糖葫芦一个都不剩……只能说，是不是这几日宫中的吃食太过磕碜，把我们的沈小姐饿狠了？

我无暇再去管沈桐芊的事。这几日，我被莫须有的罪名气得心气不顺，钮黑黑见此提出了去梨园散心的建议，而六福子也难得主动提出陪我一起去。结果我刚踏进梨园，就被梨园老板喊住了。

他道：“公子，来得早不如来得巧！你来得真及时！”

我疑惑地一问，才知道原来是游秉托了梨园老板，说要上我“主子家”找我，且就在三日后！

我当时心头“咯噔”一下，差点就地昏过去。不仅仅因为上次与游秉的尴尬一别，更因为……我主子家什么的……

“我是燕将军的贴身小厮！负责他起居的！一般人见不到的那种。”

这段回忆犹如平地一声惊雷，在我脑海里炸开。

当时我还自鸣得意，觉得这是一招妙棋，直接把游秉的退路给堵死了。可眼下看来，似乎我才是被堵得死死的那一个。

然而我还妄想挣扎一下，我企图先下手为强，上游秉宅邸主动推辞。结果，谁知那游秉也是“走得早不如走得巧！离开得真及时”。不错，这几日，他也如鬼魅一般，人影子都见不着了。

得，这约我是赴定了。

想要完美地赴这场约，可谓是高难度。难在两处：一是游秉这里，我为了圆谎，必须在他登门拜访的当日潜入燕尘的将军府，扮成他的贴身侍女；二则是燕尘这里，我绝对不能让他发现，登门之人就是《白衣将军俏皇帝》的作者！不然，我这老脸可就丢大了！

两者取其中，我已经想到了一个勉强能蒙混过关的计划。

约定当日，我先是上了将军府，然后在后院见着了正在锻炼的燕尘。他见着我，放下了重百斤的铁墩子，道：“皇上，今日是什么风……”

别风不风的了。

“将军，朕有一事相求！”

我同燕尘道：“朕想近距离了解一下我大宴镇国将军的日常起居。体恤忠良，从我做起。”

燕尘反问道：“那皇上想怎么个体验法？”

“做一下午你的贴身婢女。”

我还生怕燕尘会对此起疑，甚至在来之前想好了回答的内容。谁想燕尘当场应承下了，并分分钟为我亲自取来了衣裳。快到让我怀疑，他是不是一早就在府中准备好了一套与我尺寸相合的婢女装，被我气着时就幻想着我给他做婢女差使？

待我穿戴好，他又言：“这套只是寻常婢女的打扮，末将身侧从无贴身婢女，无以供皇上参考，还望皇上辛苦一下，自行摸索。”

这不是重点，重点是燕尘的婢女……寻常吗？不，很不寻常。

彼时，我站在他卧房，贴着窗子眺望湖对面那些正在做盥洗活儿的婢女，不禁好奇道：“喀喀，燕将军，话说……上次朕来将军府上怎么不记得她们脸上化了如此粉嫩的桃花妆？”这到底是脆琵阁还是将军府？

他一脸无辜道："唉，我也不清楚，大概是京中的一股潮流吧？只是凡事要做到完美，皇上既然想全方位体验，那自然也要化同样的妆容。若是坚持只让我一人见着你这扮成婢女的样子……那么好，只能由我亲自上阵，为陛下梳妆了。"

还能怎么办呢？为了两头不穿帮，我也只能豁出去了。

原来燕尘方才去拿婢女服的时候，早就捎带了一份能化出桃花妆的用物。

我只好迈着沉重的步伐，走到桌前坐下。

燕尘的手是拿流星锤的手，是能将敌方将领挑落在马下，再杀个七进七出的手，是举幡横在大宴关口、阻挡千军万马的手……却独独不是替女子梳妆描眉的手。他的手乍一看与京中琴师的手无异，如葱节般修长，可一旦与其肌肤相触，就知道他掌心、指间皆是深深浅浅的茧子。

就像眼下，他一只手抵着我的下巴，一只手替我描眉。他指间所及之处满是粗粝的磨砂感，我被惹得有些发痒，可又不敢睁开眼，毕竟我怕一睁眼，就看到燕尘把眉笔耍出小李飞刀的感觉。

和江浸月的轻柔与细致不同，燕尘大刀阔斧，几下就替我化妆完毕。

我抱着必死的决心往铜镜里一照……惊呆了。

"燕尘，你怎么画得这么好？！"眉间轻描几笔，眼睫处的桃粉色飞红一气呵成。桃花妆被他这么利落地一画，倒是生出了些英气的味道。

燕尘专注地替我画完最后一瓣桃花，沉沉道："年少时所喜的，一辈子也不会忘记。"

我一怔。

我差点儿给忘了，儿时的燕尘最擅长画扇面，花鸟鱼虫信手拈来。另外，他还喜欢替我绾各式发髻，盘云髻。花苞髻行云流水。从如今这化妆的技术来看，我乐呵一笑："想不到燕将军还是一个十分念旧的人呢。”

至于那句“年少时所喜的，一辈子也不会忘记”……

我还没来得及细想其中更多的深意，门外一声通传，吓得我一哆嗦，我连滚带爬钻到床榻的帷幔后头。燕尘还十分贴心地过来替我掖了掖帷幔，把我藏得更深。

他前去开门前还和我对了一个眼神，写满了各种“不可说啊不可说……”我登时生出一种在此地和燕尘偷情的奇妙感觉，脸颊“噌”地一下泛红发烫。

此时，燕尘已经走到门口。

“将军，府门外有人求见，戴着一顶大斗笠，看不清脸……”我仔细一听，这声音似乎是老实人鸿三。当下我心里生出一些疑惑，似乎平日里这档子事情都是由活跃度最高的雀七来赶头阵的？

不过，这些不寻常的细节都比不过门口杵着的那尊“大佛”让我头疼。等确认鸿三离开后，我拦住燕尘，正义凛然道：“体验婢女体验到底，我去代你会会来人，这才是一个贴身婢女的职业操守。”

燕尘笑而不语，点了点头。

于是，我一路捂着脸狂奔到门口，果然瞧见了那顶熟悉的大斗笠。我冲着斗笠低声道：“你怎么回事？我上次不是说了吗，燕将军不想让任何人知道他在追话本子，你这样突然出现让我很难办啊。”

游秉没反应。

我思忖自己的语气是不是太急、太重了一点，再说人家特意上门来，没准是有要事情相商。于是，我妥协道：“这样吧，晚上我去你的宅邸找你，不见不散，行不？”

游秉终于应承了下来。

回去之后，我随口找了个借口与燕尘道了别，然后先回了趟宫。毕竟，我需要完成婢女装换龙袍，龙袍再换男装这一系列动作。虽然这身男装对于早已勘破我为女子的游秉来说形同虚设，但对于我隐藏自己的真实身份依旧至关重要，万一梨园老板突然上门来寒暄呢？

等我来回这么一折腾，造访游秉的宅邸已是傍晚，而他也早已在庭院等待多时。他准备了几碟下酒小菜，好巧不巧，还正巧都是我喜欢吃的。

考虑到上次的尴尬情形，我寒暄得都小心翼翼：“大大今日做饭没着火……真好。”

他笑而不语，挥手示意我入座，并替我斟了一壶热过的米酒。

我抱着那杯米酒，有些手足无措，道：“大大此番特意上将军府，找我所为何事？”

游秉递来一本册子，道：“你上次不是想要剧透吗？喏，最新的话本子，还未来得及递到梨园。你是除了我以外第一个读者。”

我双手小心翼翼地捧过那一本薄薄的小册子，然后翻开扉页，草草地浏览了一遍，还真是货真价实的最新一话。待确认后，我将册子小心地放在一边，严肃地打量起游秉来。虽然我看不见他斗笠后的表情，但据我敏锐的直觉推测，他现在一定自觉搞定了我。

呵呵，难道游秉以为我是那种因为最新一话的《白衣将军俏皇帝》，就不计前嫌、毫无隔阂相待的人吗？

好吧，我是。

我端起酒盏和游秉碰了个杯，动情道：“什么也不说了，游秉，以后你就是我李翠花的好姐妹！”

他轻声一笑：“得此姐妹，实乃小生的荣幸。”

一人饮酒，容易醉；两人对饮，则容易成为推心置腹的闺中密友。彼时，我和游秉四五杯米酒下肚，我已经在喝醉的边缘，嘴里说的话也从拍马屁渐渐变为有些倾诉的意思。

而当前我最大的心结，自然是……

“我替我们皇上鸣不平！虽然她已经习惯了以不太好的形象出现在大宴百姓茶余饭后的谈论里，可如今摊上这个莫须有的罪名……她还是有点难受。因为这和单纯的愚蠢不一样，这是坏……呃……”我颓废地伏在案几上，时不时像鲤鱼吐泡泡似的打几个酒嗝。

而游秉就在旁边听我胡言乱语，时不时替我拍背顺气。

听到一半，他忽然道：“我或许有个法子能帮助咱们的皇上出出气，但就是……”

“嗝……就是什么？”

“有点小孩子气。”他思忖了数秒钟，又添了句，“但不小孩子气的做法，我做不到，恐怕这普天之下也唯有燕将军能够做到。”

我对游秉花式提及燕尘，再花式夸奖燕尘已经见怪不怪了。于是我淀定地坐着，看他吹。

游秉在那头继续道：“今日京中有人诽谤皇上，诋毁皇上，那是因为有人在暗处作梗，而那些诽谤与诋毁之人，不过是一把为人利用的利刃罢了。所以一劳永逸的办法，就是除去那拿刀之人，而非为刀之人。”

我似懂非懂地点了点头：“那如何除去呢？”

“这小生就不知道了。都说了，只有燕将军能做到。”

…………

得，说了半天，不还是夸他的心上人吗？也没见他说出个有用的法子来。

许是游秉自己也觉得尴尬，他岔开话题道：“对了，天干物燥的，你要不要上点梨花膏？”说着他伸出手掌，从怀里掏出一方精致的小铁盒。他打开盖，的确是沁人的梨花味道。他往自己的手上抹了一大块，然后趁我手持册子时，他用手背轻轻蹭了蹭我的手。

有了上次“隔纱吻”的前车之鉴，我缩了缩手。

“挤多了，分你一半。”

“哦……”

话说，他挤得那是相当多，多得我抹开之后手上尽是滑腻的感觉，滑腻到游秉突然触碰到我的手心，我都慢了半拍才反应过来。

我倒是感觉不出他手上的触感，只觉得温热，且那股子温热能将梨花膏都融化。

我当即又缩了缩手。

谁想这次，他是铁了心要融了我手心的梨花膏。他捉了我的手，沉声道："别松手，再让我多握一会儿。"

…………

"最近我写新章节时又遇到瓶颈了。我没牵过女子的手，所以要牵着才能更好地感受男主角的视角。"说着他还有意无意地震落了只此一本的最新话。

我飞速地捡起那本小册子，又飞速将手塞回游秉手里。

大佬的意思，我懂。

天下没有免费的剧透。为了提前让所有人追上话本子，我得在适当的时候"出卖"灵魂与肉体。但看在他他仅仅是牵个手的份上，这桩生意不亏。

第二日，梨园正式开售最新一期的《白衣将军俏皇帝》连载，六福子照旧第一时间替我代购了回来。而我发现，这公开版的比游秉昨夜私自给我的，竟多了一段情节。

京中多家实打实存在的酒楼被提及了。

而它们的出场方式则是这样的：女主角吃了食物拉肚不止，随后官兵去查封，发现这几家酒楼炒菜时所用的油都是地沟里的，猪则是死的、病的，于是酒楼一一倒闭。

我读着读着，总觉着好像有哪里不对。

我唤来六福子："你看这些酒楼的名字，是不是很眼熟？"

六福子凑过脑袋一看，同样惊讶："皇上，这些酒楼不就是编排你编排得最狠的那几家？"

三日后。

由于《白衣将军俏皇帝》流传度实在太广，据说杏花楼的老板知道此事还是从他那宝贝女儿那里知道的。京中的百姓一时间恨屋及乌，这几家被点名的酒楼的生意瞬间冷清了不少。

而我知道此事是因为杏花楼的老板带头，伙同这几家被点了名的酒楼老板，一起告到了御史大夫那里，说这作者游秉是愈加狂妄了等等，然后傅老爷子就进宫向我禀报了此事。

等傅老爷子离开后，我望着那话本子突然憋不住笑意："果然是孩子般的出气方式。"

第九章

天缨国进贡战马啦

听说京城外的许多百姓对皇帝的作息时间有着很深的误解，这一点，从京城外头传进来的宫廷题材话本子里就能窥见端倪。比方说，皇帝设定必定要每日早朝，可他也不想想，群臣住所远近各异，每天早上让其长途跋涉来宫中议事，这根本就是一件效率低下的事情。最最关键的是，我身子骨也吃不消啊。

所以实际上，大宴的上朝制度从来都是无事不早朝，小事走奏折，急事则是入宫与我单独商议。

在这样的制度下，一旦是群臣到齐的场合，那必然是有大事发生。而今日这件天大的事，且算是喜事，因为友国天缨国给我大宴送来了他们最新培育出来的战马品种。

宫中有一处马场，以阶梯的形状搭建，方便马儿在中间跑，人则围绕着坐成一圈欣赏。天缨国此次进贡的马匹毛色锃亮，使者一牵马进场，我方本土的马儿就在那儿疯狂地嘶叫，毫不避讳地发出求偶信号。

然而兴奋的还不只是马，六福子也很是兴奋。他仗着现在是大夏天，每个来客的头顶上都支着一顶薄纱帐子，别人瞧他不见，便拉着我的衣角直拽："天缨国真是大方！这么漂亮的战马我第一次瞧见嘞！"

"那是，所谓敌人的敌人就是朋友嘛。"我心不在焉地答道。

天缨国和梁国同样乃是邻国，同样不堪其扰。可因为本身国力不够强盛，是不会正面交锋的，只能抱抱大腿才能活下去。而天缨国选择的大腿，就是大宴。他们擅长培育马种，因而从我爹那一代起，他们几乎每隔几年就要奉上新马种，类似于小弟上缴保护费。

小弟上供本是件好事，大哥表达友好同样是好事，可当这表达友好的形式是，骑上战马绕场一圈，而骑马人是我的时候……就不那么好了。

我的马术稀巴烂，而这战马则是相当难以驾驭。

待我与天缨国使臣们寒暄完，便轮到了我遛马，或者准确来说，是马遛我的时间了。我佯装淡定地从高台上一级一级而下，走到了牵马人面前。牵马人替我穿戴上了防护用具，最后俯在我耳边来了一句："可惜这次，皇上无腰可环了。"

不错，此牵马人乃是燕尘。使臣将战马交接给镇国将军，这是规矩。可他方才说的那句话，不仅十分不合规矩、不合时宜，还很是暧昧不清，让我分分钟回想起了几天前与他回京路上共乘一马的经历。可眼下他提起此事，莫不是……他发现我好几次在平坦的大道上也趁机环他腰肢、故意吃他豆腐的事情了？！

似乎一不小心勘破了真相，我的脸"噌"地一下红过猴屁股，支支吾吾道："咯咯，关于那件事……"

我还没来得及想个理由，燕尘就打断了我。

"看来奏效了。"说罢他俯身凑近。在外人看来，他是在替我整理身上的防护衣，只有我知道，他正在对着我的脸来回打量，"似乎没那么紧张了，方才末将见皇上走下来的时候双腿直打哆嗦。"

啊喂！你看马啊！别老看我！

"待会儿皇上上了马也还紧张的话，就继续想些别的事情，或者……末将看方才那件事的效果就甚好。"

…………

托他的福，我现在满脑子都是那日我吃他豆腐的画面了。

我在这头发窘，燕尘却突然变了神情，沉声道："我刚才前去马厩牵马的时候，问过天缨国使臣了。这匹战马受过特殊的培育，性子十分温顺，像六年前那样的事情……不会再发生了。"

我心里也跟着变了情绪，倏地一暖。

是了，我之所以对此事如此胆怯，我不擅马术仅为一方面，最大的原因还是来自于六年前那段不怎么愉快的回忆。那时我继位不久，却是第一次遇上天缨国进贡战马。与往年一样的开场仪式，却是以前无古人的糗样告终——我被战马摔出十米远，然后修养了大半个月。再后来，天缨国前来请罪，道是他们已习惯我爹高超的马术，此次未将战马驯化完全，实是有罪。

有罪不有罪，我不知道，我只记得当初差点没把我摔死。另外就是，在之后很长一段时间里，燕尘都不再放我一个人单独骑马。他在，他便拉我共乘一马；他不在，他便亲自挑选最温驯的马、最结实的轿子，让我以马车出行。

而六年后，燕尘一早在京城郊外练完兵，就赶去迎接天缨国的使臣与战马了，在这期间，他与我没有见上一面。我原以为自己掩饰得很好，没有人会知道被我硬是憋回心里的怯懦和阴影。

可这一切的掩饰，在他那里却都是徒劳。他依然是那个最懂我的人，即使我们已经不再似年少时那般亲密，我与他之间的默契也仍旧未改一丝一毫。

从回忆里出来，恰好眼前的燕尘也为我戴上了头部护具。他的手掌轻轻地按在我脑袋上，给系带打最后一个结时，从我的角度看过去，像是他极轻地拍了拍我的头。

他道："再说，别紧张，有我呢。"

时隔多年，这六字箴言于我依旧是最奏效的定心丸。

且这句话不是一句空话，他的确在我身旁陪同。因六年前的那场事故，天缨国使臣也欣然答应了燕尘在旁陪同的提议，且送进大宴宫中的良种战马总是成双出现。燕尘骑的那匹是雄马，我的为雌马，恰巧为一对。就在我们俩缓缓绕场的途中，这一对马中"眷侣"那是相当把持不住爱意，无论我如何控制缰绳，屁股下的雌马总能撞上燕尘的那匹。它们贴得近，导致我和燕尘也时不时身子挨着身子。

本应他在后头保驾护航，愣是变成了与我并驾齐驱。

我在与来臣挥手致意、寒暄的间隙偷偷看燕尘，结果每次都和他来个大眼对小眼。不错，他的眼神像是在我身上生了根。

最最最关键的是，我一和他对视就如同触了电，心里乱七八糟的歹念都一股脑儿跑出来了。比方说，现在我和燕尘的样子好像小两口新婚第一日面见来宾啊。

“嘻嘻。”想着想着，我痴笑出声。

随时观察我的燕尘第一时间提出疑问：“皇上，想到什么好事情了？”

慌乱中，我随口胡扯道：“朕只是觉得使臣的脑袋有些秃，阳光有些好，阳光照在他头顶都反光了呢……这样看着看着就笑了。”

谁知，燕尘这厮突然化身爱凑热闹的八卦人士，他挤过脑袋也要看上一看。

而此时那对马界“眷侣”恰好又来了个激烈碰撞，这一来一回，我身下一个不稳，脑袋一个前倾，只觉嘴唇与什么东西一擦而过。等我反应过来，我正对上燕尘滴血一般红透的耳朵，而他那因常年戴着头盔而白腻的脖颈上，赫然沾着一道浅浅的红印子！

原来刚才被我唇瓣擦过的……是燕尘的脖颈？！

惊讶的不仅是我，只听马场的四面八方传来了倒抽凉气的声音。我已经能预见，今天这一幕必定又要掀起京城八卦界的腥风血雨啊，类似于“速报速报！多年处在将军之下的女帝李扶摇已经放弃抵抗，改为出卖色相了”……

当然，厚脸皮的燕尘自然是不会惊讶的，他甚至还要添点油加点醋道：“皇上，原来这就是让你想了大半天的事情？”

“你可真是感人不过一盏茶。”我又羞又恼道，羞在那蜻蜓点水般的吻，恼在亏得我一秒钟前还恍然觉得年少时的燕尘回来了，懂得呵护我了呢，结果只是幻觉罢了。

幸好还剩小半圈，胜利就在眼前了，我就不和他计较了。

然而事实证明，在一件事没有彻底完成前，千万别在嘴上或者心上太早立下旗帜。比如我刚才心想，胜利就在眼前了，结果下一秒，我只觉身下忽然一个猛烈起伏，本来还在和它情郎说着情话的马匹突然发狂！

它朝天嘶吼，发了狠甩背。

那模样比不愿被驯服的烈马还要凶狠几分。

死死拽着缰绳的我撑不了几下，就快要被甩下马背。当时，我只觉自己胯下都已腾空，身体也已跟倒栽葱似的往一边甩去……

那一瞬间，我恍惚看到了如六年前一样的下场。

落地之后，我感受到了猛烈的撞击，奇怪的是，我没有感觉到摔断腿那种揪心的疼痛。而此时马场上的人也都聚了过来，使臣在我身边围了一圈。看起来像是被吓得差点没了魂儿的六福子，坚强地扶起我之后，朝我身后望去，声音都带了哭腔："燕将军！燕将军还能活吗？"

我的脑袋里嗡地一响。

燕尘替我承受了差点摔断腿的痛。

当天，马匹发狂的那一刻，我的脑袋里一片混沌，直至看到膝盖被磕得流了满地血的燕尘，我才后知后觉反应过来，还原出七八分那一刻发生的事情。当时，燕尘身下的那匹马几乎同时发狂，然后他在被甩出的同时还兼顾了我，将我整个身子拉在他怀里护着，最后用他的血肉之躯替我承受了伤痛。

然而，当下那短暂到都不够六福子连跪带爬奔下来的时间里，让燕尘做出那个决定的原因，我却连一分也还原不出来。是因为在沙场上征战多年的习惯使然？还是因为身为一名镇国将军必须保护皇上的职业素养？或是……

这问题不能细想，细想会扎心。

眼下我最应当做的，就是赶着去查看燕尘的伤势，做在他伤病期间除了大夫和燕家军外看到的头一人。

话说起来，那日六福子的一嗓子实在是浮夸。他被大片的血迹吓了一跳，于是大喊燕尘快不行了，导致我没被摔死，差点被他的话给吓死了。

其实燕尘的伤没到致死的地步，但伤势也不轻。他的膝盖重重摔伤，又失血过多，被大夫勒令这几日都得在府中静静修养。

我捎带着六福子与钮黑黑抵达燕尘府上时，雀七正守在燕尘的卧房门口。见我到来，他面色不悦道：“大夫说将军要避免走动与忧思过重，皇上请回吧。”

六福子反驳道：“皇上这不是都到燕将军跟前了吗？将军哪来的走动呢？”

“我不是指这个！”雀七瞥了一眼，道，“皇上就是燕将军最大的忧思。”

六福子撩起袖子：“嘿，你这人怎么说话呢！”

“哎，算了算了，雀七小兄弟也是护主心切，朕明白的。”我做起了和事佬，最关键的是，雀七那句“皇上就是燕将军最大的忧思”什么的，听上去让我还有一些小愉悦呢。

而此时房内也传来了熟悉的声音，我顺势溜进了燕尘的房间。

此时燕尘穿着一件白色的里衣，肩头搭了一件玄青外袍，正伏在案前看文书。见我来，他起身想要行礼，被我硬生生给按了回去。

我急切道：“燕将军不好好遵医嘱卧病在床就罢了，怎么还处理公务呢？”

他朝外面那抹雀七的剪影一瞥，比了个嘘：“上战场受的伤比这个伤严重多了，御医不过是没见过大场面，夸大其词罢了。”

夸大？夸大他个头！我在他一旁坐下，凑近了看发现他的脸色比刚才我站在门口看时，更为苍白，不仅毫无血色，双脚也如同两根木头似的，不弯曲地横在了地上。

“这都快像木人一样不能动弹了，还说御医夸大……”我不满地小声咕哝，心疼了好一会儿才想起来说此行的正事，“今日早朝将军没能到，朕已经同众爱卿达成了共识。”

“何事？”

“将军此次护驾有功，朝中都提议要朕给你一个奖赏，但考虑到将军什么也不缺，所以有关这个奖赏的内容，朕擅作主张换成了……咯咯，朕的一个许诺可好？”其实此番话我自己说出口都觉得心虚，如今这将军在上，皇帝在下的局面，又有什么东西是燕尘必须通过我的许诺才能得到的呢？

唉！

但幸好燕尘很给面子。

他粲然一笑：“好，这个礼物末将欣然收下了。另外，其实我这么一摔也不都是祸。至少算是弥补了我六年前护驾不力的遗憾。”说此话时，燕尘的语气极柔。虽然我知道让他语气变得轻柔的是病痛，可那句话依旧如同一根细绒羽毛挠过我的少女心。

我有些局促地起身。

“燕将军的心态能如此好，那朕也就放心了。”我用极为官方的说辞向燕尘发去了慰问。

不等他回答，我继续道：“你饿不饿？我给你下面吃啊？”然后我转身去厨房下面的一刻，偷偷哽咽了。

做一个暗恋将军的女皇真的好难！

心上人为了保护自己差点摔断腿，还时时刻刻记着六年前的事，我得时时刻刻按捺自己想扑倒在燕尘怀里大哭一场的冲动。

等我好不容易调整好心绪，便捧着一碗钮黑黑代为下的面端给了燕尘。

他道：“皇上，你的厨艺进步了。”

“嗯。”我假装四处望风景。

等吃饱喝足，燕尘问我：“此事有没有什么论断？此次天缨国一共进贡战马八匹，四对，其中一对是受过特殊的驯养，专门供你骑乘的。而我听雀七说，在那件事之后，天缨国的人查看了剩余的六匹战马，无一匹像我们骑的一样突然发狂的。所以很明显，这不是一桩意外，而是早有预谋。”燕尘说至此处，黑曜石一般的眸子里闪过一丝危险的光芒。

他嗅到了阴谋的味道，更嗅到了我有所隐瞒的味道。

燕尘试探道：“末将这几日实在是出行不便，雀七那小子又不肯多说。皇上，你们早朝时连赏赐于我的礼都谈论到了，就未谈论战马发狂一事？”

我眼神躲闪，道：“你也知道的，天缨国的人一向办事拖沓，但我已经命人去查了，你先好好休息几天行吗？大宴不可一日没有燕将军你啊！你要保重身体啊！”

“不可一日无我的人中可包括皇上你？”

…………

还记得我在云踪坞的时候就感叹过，燕尘是个能伸更能屈的铁血真汉子。他平日里示人以威武雄壮的形象居多，可当他一旦想给人下套，或是为了单纯的恶趣味，他的形象就变了很多。他可柔弱，可卖萌，可当小弟……更可像现在一样，一副风一吹就要倒下的模样。

他眼睫如蒲草，眼眸如墨点，双手拢了拢那件玄青色外袍，神色还有些不乐意。

我哄，我哄就是了！

“朕是大宴的皇帝，自然也算在大宴里啦。”

他得逞地一笑：“那好，末将会好好休息的。”

我连哄带骗才在燕尘那里蒙混过关，可却骗不了自己。

其实天缨国战马一事早已有所进展。正如燕尘所言，此次天缨国一共进贡战马八匹，共四对，唯独我们骑的那对出了事情，天下哪里有这般蹊跷的事情？燕尘出事后，我连夜命令下去，彻查此事。

约莫是此事涉及燕尘的安危，手下人办事的效率十分高。排除了那一对战马在来大宴途中所接触过、经手过的所有人，最终怀疑到了这两匹突然发狂的战马所吃的饲料上面。

天缨国离大宴极远，那里多为草原地带，马草、水分充足且新鲜。最初，天缨国与我大宴刚开通外交时，他们进贡的战马到了京中无一不腹泻不止，最终别说配种了，活着都是马儿命大。自那之后，他们进贡战马时，都会自带战马食用所吃的饲料。

而此次进贡战马又是第一次特殊驯养的。

来之前，马场的一个伙夫特意找到使臣，说是特殊驯养的一对战马需要特殊的吃食，还嘱咐千万别搞混了。

可眼下看来，那独一份的马饲料可能有问题，而提供饲料的那伙夫很可能就是想故意加害于我！

那么，问题又来了，我寻思着我与天缨国别说深仇大恨了，连不痛不痒的冒犯都未曾有过，而他们军中一个小小的马场伙夫，又是出于何种目的，费尽心思要加害于我呢？

总之，这件事不简单。

我能想到的事情，天缨国那边自然也能想到，他们同样察觉到了这件事的严重性。这不，几个使臣也几天没合眼，彻夜等待宫中御医们关于那批饲料的论断。

巧的是，我刚从将军府上回宫的当天夜里，论断就出来了。

的确是那批马饲料的问题。

里头除了马草，还多了许多研碎了的黑豆。

马吃黑豆不易消化，会造成胀气，而马是不会打嗝与呕吐的。在赶至京城的这段路上，它们持续进食了过多的黑豆。更绝的是，只要不骑乘，这种饱腹感不至于让马儿过于难受，可一旦有重物压身……后果便是马儿发狂，一心只想将重物摔下。

此事的罪魁祸首已定，天缨国使臣先是为其进贡的战马第二次失控，给我道了歉，并且承诺会给我们一个交代，然后火急火燎赶回天缨国捉伙夫去了。

两国相隔甚远，没个小半月他们也到不了那里。只能庆幸作案人员是军中的马夫，而国无大小，军中纪律皆严明，谅那人事后也逃不出去。我现在唯一能做的，不过是等着天缨国给我一个答复罢了。

日子还要照常过。

第二天清晨。

今日有早朝，我起得特别早，可是总觉得好像有哪里不对，六福子居然在全程服侍我。原本六福子要两头跑，要照顾三个人，但前不久沈桐芊终于离开了皇宫，六福子身上的担子自然轻了下来。

“可你身上的担子也不至于这么轻吧？”今早在六福子在我眼前晃悠第八次时，我终于忍不住发问。

他往我桌前摆得满满当当的早膳堆里又塞了一碗红枣银耳羹，动情地道：“我岂止是少了一个人要服侍，现在的六福子是皇上一个人的六福子。”

我打了个寒战，今天的六福子怎么如此反常？都老搭档了，还搞这档子肉麻的话。我问：“那老爷子那边呢？不用你服侍了？”

“是啊，太太上皇他最近招了一个新的小侍卫。”

“啊？新招的？可是老爷子不是看谁都不是好人吗？这个小侍卫到底有多大能耐？”

“老天赏饭吃呗。”

“此话怎讲？”我一个头两个大，有关一个小侍卫的事情怎么越说越玄幻了？

六福子神秘兮兮地告诉我：“交接工作的时候我见过那个小侍卫一次，他……他长得和皇上你有几分相似嘞！”

…………

对于这个未见其人，就闻其不寻常的小侍卫，我莫名产生了一种妒忌之心。想我堂堂李家这一代的独女，打从娘胎里出来，就没和谁共享过父爱外加祖父的爱。可如今，这平地冒出来的小侍卫居然赢得了老爷子的心，还是凭借与我相似的外貌！

是可忍，孰不可忍！

等上完早朝，我便找了宫中负责招内宫侍卫的滕侍卫长。谁知在一番盘问后，得出的答案往我原本就熊熊燃烧的嫉妒之火上又添了一勺油。

原来这小侍卫一早就被老爷子看中了。在老爷子还没痴呆那会儿，有一年，他突发奇想乔装打扮去岭南那边采摘荔枝吃，结果，在荔枝林里迷了路。再然后，就是被当地的一户种荔枝的农民给救出来了，而那个小侍卫便是那户农家的独子。

再然后的故事，无非又是一场老套的知恩图报。

我不禁感慨，我老爹和我爷爷还真是亲父子，不仅都特别容易为了吃、看戏这种不务正业的事情让自己陷入危机，还特别喜欢大谢特谢救他们于水火的人。譬如，我老爹为了感恩沈叔叔一手捧其成为大宴第一皇商，而我爷爷则为了感谢那农户家的儿子，便委托了滕侍卫长，让其在这些年来暗中观察那户人家的动向，以防他们被贫穷压倒。

结果，皇天不负有心人……啊呸，是人生在世，世事难预料！岭南连年水灾，加上荔枝收成不景气，前些年这户农家还真被贫困压倒了。于是，蛰伏了这么些年的滕侍卫长终于宝刀出鞘，在岭南当地办了一场以去岭南府衙当差为借口的官方招募会，实际上却是让那小侍卫在岭南府衙掩人耳目地做了两年，再悄悄给挪进了京城，调到他老人家身边当差。

“皇上，事情就是这样了。真的，小的发誓，这千真万确就是小的知道的所有内情了！”滕侍卫长在我的逼问下说出了前后因果，紧张到不停地拭着脑门上的汗水。

这滕侍卫长在宫中已经当值三十年有余，当上这侍卫长还是仰仗我爷爷那时的看重、提拔，因此他对老爷子十分衷心。除去那位自我有记忆起就在爷爷身边服侍的王公公，他对于老爷子，那绝对是六福子对于我一般的存在。

好的是，但凡有关爷爷的事我都可以问他，坏的是他会替爷爷隐瞒我一些事情。

比如他方才说的那番话，看似逻辑缜密，但还是被我抓住了一些可疑的地方。我眼睛一眯："朕还有最后两个问题要问。"

"皇上请……请讲！"

"为何当年太爷爷在岭南迷路的事情，瞒得这么好？连我这个孙女都不知道？"同样是知恩图报，想我老爹当年只是车轱辘没在泥里、差点赶不上越剧演出这么鸡毛蒜皮的事情，在他回京时都闹得尽人皆知。怎么的，当时退位多年的太上皇就不配拥有姓名？"差点走丢"这么大的消息，都不足以引起京城众说书先生的注意？

滕侍卫长拉近我，小声得好似蚊子叫："皇上，请你别这么大声谈论此事行吗？当年太太上皇去岭南采荔枝时就我一人陪同。太太上皇进林时还把我屏退在外，后来出来时又耳提面命地告诉我，千万千万别把此事告与第三人知晓。"

我点点头，不禁感叹滕侍卫长的确是忠心耿耿呀！说保密就保密，口风紧到主子的孙女都时隔数十年才知。

滕侍卫长继续道："因为当时太太上皇说了，此事一旦泄密，我得被治个疏于职守的罪名，我的脑袋他也保不住。"

…………

哦，敢情是我误会他了，啥忠心呀，不过是求生欲罢了。

"那爷爷没痴呆那会儿，为何要命你让那小侍卫在岭南府衙做个几年才来宫里？如此掩人耳目又为了啥？"

"哦哦，这个呀。那是因为太太上皇生怕他进宫服侍的事情被他爹娘知道了去，防止他爹娘担心呗。毕竟有句话说得好，一入宫门深似海，从此脑袋是路人。"滕侍卫长说着此话时恰巧一阵阴风吹过，吓得我一哆嗦。

等我了解完毕，便捎上在门外等待已久的六福子，直上水澜居。

路上，六福子疑惑道："皇上，一个小小的侍卫而已，你为什么这么上心啊？六福子陪你这么多年，也没见你对我这么上心过啊？”

我打了今天的第三个寒战，这离立秋还有一个月，六福子也不用如此急着悲寂寥吧？今天怎么就感性得有些不太寻常啊？

我一本正经地道：“那是因为凭借我身为女人的第六直觉，那小侍卫是个有故事的人……跟着我，一起走近小侍卫背后的故事。”

自打老爷子的六十大寿那天，我和燕尘一同来提早贺寿之后，我已经许久没来水澜居了。而且，如果今早不是有心问了一句六福子，我还不知道在老爷子身边服侍的人已经换了有一小段时间了。

还记得上次来水澜居的时候，这座建造在皇宫深处的养老院落还是颇有“人闲桂花落，夜静春山空”的意境的，可这次来……

“嘎嘎嘎……”我刚进门，没走两步就撞倒了一只鸭子。

…………

我再抬头一看，发现水澜居变成了开心农场！里头不仅有鸭子，还有各种鸡鸭鹅各种家禽，它们叽叽喳喳地围在一起乱窜。而在这鸡飞鸭跳、满地鸡毛的场面里出现的唯一人类……一路火花带闪电地扑腾到我跟前。

他轻捧起那只鸭子，注视着人家的鸭头，道：“答应我，别每天都想着偷跑出去了行吗？外面的世界很精彩，外面的世界也很无奈。”

…………

待他教育完鸭子，他终于注意到了杵在水澜居门口迟迟不动弹的我和六福子。至于我为何不动弹？只因此时面对一个与鸭子对话对得津津有味的少年，我的内心不禁有些抵触。谁想这少年对我也同样抵触，他放下鸭子，警觉地道：“你是谁？你来做什么？你别以为你是六福子的朋友，就可以擅自面见太太上皇！”

…………

我被他的智商惊呆了。

他怎么会笨到问出“你是谁”这种蠢话的？要知道，我下了朝就直奔这里，此时身上那件象征着身份的龙袍还没脱呢。

我气得上前两步。

他却睁大了眼睛，大呼小叫道：“别过来！别走了！”

他越是这么说，我越是走得急。

结果，脚底板忽然一热，甚至差点滑倒！这非一般的触感，莫非是……

“我都说了别走了，鸭鸭刚才大便了，你没看到吗？”

“……你一句话就不能说完整吗？”我咬了咬牙。

我原以为我和这个小侍卫的见面会充满火药味，结果谁能想到，这场见面会充满臭味呢？

不止见面场景与我想象中的差了十万八千里，这个小侍卫也与我想象中的差了好几截。我原以为一个从农家独子到太太上皇贴身的小侍卫，腹黑说不上，但怎么说也得是有些聪明劲的。结果恰恰相反，小侍卫咋咋呼呼，还笨到不认识龙袍。

直到我拉来滕侍卫长解释一番，他才明白我就是皇上。看来他不是没有“皇上”这个概念，只是单纯地不认识龙袍。但这也已经够不谙世事了。

解除误会后，他耷拉两下袖子，冲我行了个不太标准的侍卫礼：“原来是皇上到此……我，啊不对，是小的还请皇上不要怪罪。”

六福子拉过我，悄悄说道：“是不是很像？”

“啊？哪里像了？”我不解其意。

“这小侍卫面对皇上您的时候，那毕恭毕敬、如履薄冰的样子，可不就像极了在朝堂上皇上面对燕将军的时候？”

不说话，没人把你当哑巴！

不过说起来，我已经很久没有眼前这个待遇了，看来这小侍卫的确是不谙世事，对朝局知之甚少。面对如此难得的老实人，我赶忙扶起他："你莫慌，朕只是来和你话话家常。"

闻言，他乖巧地搬来一把藤椅放在堂前，让我坐下。

小侍卫说他名叫吴念，自他有记忆开始，就一直住在那片荔枝林里，不是在种荔枝，就是在采荔枝，甚至连集市都很少去。他记得小时候偷偷跟着邻近几户农家的小孩儿一起去附近镇子的集市上玩耍，结果回来后被男女混合双打。

我总算明白他为啥如此不谙世事了，我感叹："可怜的孩子。"

我望着那群"嘎嘎"叫的小东西，问道："话说吴念小兄弟，你为什么要养这么多的……鸡鸭鹅啊？"

"小的是看水澜居实在是太空旷了，所以想添点活物让这里热闹起来。"

"的确是有够热闹的……"

"皇上也这么觉得？"吴念眉开眼笑。

哦，我差点忘了，这小兄弟是个单纯到不知反话为何物的人。他觉得自己的劳动成果得到了肯定，高兴到转圈圈，跑到鸡棚鸭窝里给我如数家珍地介绍它们的品种。

那时阳光正盛，照耀在他那懵懂的面庞上，将他的眉眼、鼻子、嘴巴都镀上了金灿灿的鲜明轮廓。吴念笑起来时那双眼睛像月一样弯弯，加上他自带的纯净气息，更像一轮初升的月牙儿。

真好看哪。

有一瞬间，我看愣了。我拉过六福子，偷偷道："我同意你的看法，他的确长得和我有点像。"

趁着老爷子还没起床，我赶紧溜了。并非不想念他老人家，而是我身边没有燕尘，他老人家的"宝贝孙女"不在，我身为"大将军"去看他老人家总感觉有些怪怪的。再说，替老爷子把关他的贴身小侍卫已经是我的一片孝心了。

出了水澜居，我搓搓手掌："好了，现在我爷爷的贴身小侍卫也把关了，该干正事了。走，上将军府看望燕尘去！不对不对，朕要先去换一双鞋，再洗个澡……”

结果，六福子没跟上，我一回头，只见他杵在原地欲言又止，欲说还休。

我心头忽然冒出一股不祥的预感……

他站在原地，弱弱地道：“那个……皇上啊，咱们不用去了。”

“为何？”

“燕将军这会儿应该已经……已经出京城了。”

“什么？！”

“昨晚他不知道从哪里听闻了马饲料的事情，觉得此马夫的身份很是蹊跷，于是决定……决定亲自去探查。”

“那他带了随行御医没？！”

六福子不安地搅动手指，继续弱弱地道：“带了……带了钮黑黑。他说厨子算半个大夫，药疗不如食疗好。”

…………

我忽然意识到了什么，恍然大悟。“难怪你一早上一副悲伤逆流成河的样子！”完了，我又恨其不争道，“你怎么胳膊肘往外拐呢！”

燕尘离宫的事情打击了我幼小的心灵，六福子毅然帮钮黑黑隐瞒我的事更是压倒皇帝的最后一根稻草。

但此事同时也助长了某些人心中蠢蠢欲动的小火苗，比方说江浸月。

这几天，他在石鼓书院里佛系养伤，在云踪坞留下的伤口早就愈合了，可苦于燕尘在京中，他也不方便随时入宫。这下燕尘远行，而我又食欲不振、精神不济，他终于找到了绝佳的时机进宫来陪伴我。

那天，我正在书房里批阅奏折，他悄然来到了书房，进来时还携带着一阵白茶花的香味，然而我无心理会。

江浸月也就这么不打搅地陪伴了我一天，直到日暮西沉，我又一次屏退了前来送晚膳的六福子，他终于忍不住开口了。

“燕尘以前征战的时候受的伤肯定比这还严重，这点伤在他眼里或许只算得上是隔靴搔痒。且，他既然这么做了，那定是有分寸有把握，扶摇你又何必在这里唉声叹气呢？”

“你这样下去只会饿坏了自己。来，我喂你喝粥呀。”说罢，他端起六福子放在案几上的荷花粥，轻轻地舀起一勺，放在嘴巴前吹了吹，再哄小孩子似的递到我嘴边。

我避开他期待的目光，又深深地叹了一口气。

江浸月精准演示了什么叫作“越描越黑，越帮越忙”。他不说倒好，他这么一说，我反而更愧疚了。

我鼻子一酸，道：“你说得对，前两年边关战事不断，他四处征战的时候，伤得肯定更重。每次风光回京背后指不定有多少血汗，又有多少次死里逃生呢？”

我推开他执着瓷勺的手，又道：“况且他这次还是为了救我而受伤的，结果他还要顶着伤痛，为了战马的事情奔波。我心里太不是滋味了。”

…………

江浸月深吸一口气，继续开解道：“其实也不单是为了救你，也是在救大宴，这是他身为将军的职责。扶摇，你别钻牛角尖了好不好？不要自责了好不好？”

“对，你说得没错。他以前征战为的也是保护大宴，而大宴一旦沦陷，第一个倒霉的就是身为大宴皇帝的我。所以，四舍五入，他还是在为我辛苦，为我劳累。”

…………

江浸月终于放弃了劝说。

他沉声道：“扶摇，我就要出宫了。”

“你说什么？！”这句话让还沉溺在对燕尘担忧中的我，真正将心思回到了江浸月身上，“为什么？是遇到什么事情了吗？”

江浸月轻叹一声：“数月前，你招募门客就是为了气燕尘吧？当初燕尘提出的让门客去石鼓书院学习之事也无后话，我学习了那么久也没见被准许入宫陪伴你。如今，我的处境甚是尴尬。”他自嘲地笑了笑。

江浸月仅靠替人答疑解惑就稳坐脆琵阁的头牌之位，不是没有道理的。他有一颗七巧玲珑心，对凡事都看得过于通透，譬如我的这点小心思就没能逃过他的眼睛。

早在爷爷的六十大寿那会儿，江浸月像一个真正的谋士那样站出来出面替我打圆场时，我就对他倍感抱歉，也早就料到他请辞门客回脆琵阁的这么一天总会来临，却没料到这一天来得会如此突然。

他堪当良相，我却不堪得此良相。

“脆琵阁那边总要有人坐镇，我离开的数月里，那里门庭也冷落了不少，那边很是需要我。” 说着江浸月将那碗荷花粥放到我手边，讪讪一笑。他停顿半晌，终究没有把剩下的半句话补全。我猜想，他大概要说的是“这偌大的皇宫，却没有他的容身之地”。

我讷讷道：“你已经决定好了吗？”

“嗯。”他笃定道。

随后他恢复了平日里那副温暖的模样。窗外的星子落在他眼底，衬得他的双眸通透，好似林间迷路时偶然遇见的狐狸。

他道：“做你门客的这段日子虽然短暂，也不能时时陪在你身边、刻刻替你排忧解难，但其间发生的一点一滴，我皆会铭记于心，以余生珍藏。”

说罢他倾下身子，握住了我的手。他这一握，十分有分寸感，只沾指尖。然而他的下一个动作，就不是那么有分寸了。他低头，同时将我的手背拉近，直至我的手背与他的鼻尖相抵，他轻嗅我的手背。

大宴民风从来不迂腐，两情相悦的男女互相轻吻手背也是常事。

可江浸月如此克制的动作，却让我觉得比“手背吻”还要来得缱绻、暧昧。

我火速抽回了手。

从何时开始，江浸月会对我做这些带着眷恋的小动作的？大概是从他开始做我的门客开始。

在石鼓书院里，他用一手漂亮的瘦金体写就的那沓诗；后来跳下湖中，将我捞起时的果敢；还有那次在我皇爷爷的寿宴上，我差点在群臣面前出丑时，他的挺身而出；在云踪坞时赌上性命，为我拼得的一线生机……

说起来，之前在那方红阁中江浸月对我也是极好的。譬如见到我来就喜笑颜开，目送我走就眷恋不舍；为我穿白衣，为我喜茶花。可那时候，我对这种“好”不会感到一丝一毫的愧疚，甚至有些心安理得。因为我以为这种好，是众人皆有的，是我付了银子换来的。

直到那次我落水，从江浸月口中得知了他与我多年前的一段孽缘。再加上他对我若有似无的暗示，我就算迟钝也感受到了其中的不同寻常。

是了，他对我的好是有别于他人的，是独一份的。

可难过的是，我却不能回应这份好。

纵使江浸月穿再多的白衣，浸再多的茶花。

但……

曾经沧海难为水，除却巫山不是云。

他不是燕尘。

眼下夜已深，江浸月也已经准备起身告别。离开前，他最后道：“扶摇，可以答应我一件事情吗？”

我背过身不看他：“哦哦，你说。”

“等我回了脆琵阁，你要像以前那样，遇到烦心事就找我谈心。不许躲避，不许愧疚。”他一字一句道。

“好，我答应你。”

这个世界是怎么了，一个两个都让我愧疚难当。

我李扶摇平生最大的优点，或者说是缺点，就是欠不得他人的恩情。眼下江浸月的意思，便是在暗示我，如果能像以前一样去脆琵阁点了他，和他谈谈烦心事，聊聊家常事，便是回报他这些日子的恩情的最好方式。

那么，我自然也会如他所愿。

第十章 选亲大会

江浸月离宫后，宫中一切又都归于平淡，京中也无大事发生。在这约莫一个月的时间里，入了秋，可这天气依旧酷热难当。不上朝时，我便听着庭院外的恹恹蝉鸣，或是批阅奏折或是想想燕尘，偶尔实在闷得慌，就履行与江浸月之前的那个承诺，有事没事就去找他聊聊天。

值得高兴的是，江浸月恢复了他进宫前那副精致男子的模样。譬如，我最近两次去找他，他正在潜心研究如何调配美容养颜的神仙水，绝口不提他在宫中当过门客的二三事。

见他这样，在我心头悬着的那块大石头总算被放下了一半，至于这另外的一半能否放下，那还得看燕尘。

又过了约莫三天，燕尘回来了。不仅我等他等了许久，众大臣也等了他许久。表面上我在诸位臣子的建议下半推半就上了将军府接风，实际上我心里却是迫不及待的。

可当我见着了燕尘，我想我心里悬着的这块石头是放不下了。

那日，燕尘从天缨国回来的时候，神色很是异常。他眉头紧蹙，似乎在出神地想着什么事情，人一到将军府，便命雀七替他牵走了马，取下了披风，再就是脚下生风地朝……后院去了。

在前堂等待多时的我眼睁睁看着他略过我，心中莫名有些失落。

其间驻守将军府的鸿三目睹了这一尴尬现场，他急忙道："皇上，我们将军不是故意忽略你的。你看将军这不还带回来了人吗？应该是有要事要处理。"

经他一提醒，我才发现燕尘身后果然跟着几副生面孔，且他们的穿着、打扮看上去十分褴褛，与将军府格格不入。

难不成他们就是生事的那几个马夫？

我怀揣着疑问火急火燎地赶到后院，却只看见燕尘一人坐在了石椅上，他带回来的那群人已经都不在了。此时的燕尘浑身上下散发着“生人勿近”的气场，而我思忖着我怎么也算不得是生人，于是凑了上去，在燕尘身边坐下。

饶是坐得这么近了，燕尘也发呆了许久才注意到身侧的我。他脱口而出，道：“扶摇……”

这下发怔的换成我了。

我在位的时间越久，燕尘直呼我大名的次数就愈少。刚上位那会儿，我因为不习惯燕尘一口一个皇上长皇上短的，还曾提出过异议。结果那时的小燕尘正经、严肃地说要替我尽快树立君威，而他作为我的左膀右臂，必须以身作则，故而坚持那么叫我。

如今，他时隔多年如我所愿地叫我“扶摇”，不习惯的反倒成了我。

我讷讷道：“喀喀，将军，你刚才在想些什么？”

燕尘没着急答话，他难掩疲惫，一双杏眼沉沉，没了光泽，反倒像是将乌羽揉碎了在眼里，又带着类似深夜里因噩梦惊醒时的一丝脆弱。

朕的彪悍大将军呢？眼前这个虚弱的燕尘实在太反常了！

我有些着急地在燕尘身上看了一圈又一圈，问道：“是不是你的伤口裂开了啊？疼不疼？”

被我这么一咋呼，燕尘的神色似乎清明了些，反倒宽慰起我来：“无碍，末将方才只是想到了一些往事。”

我稍稍定下了心。我懂得做人不能“哪壶不开提哪壶”，虽不知燕尘口中的往事是哪一段，但以他方才的神色推测……那必然是一段让他伤心的往事。于是我不提，并岔开话题，道：“那生事的马夫抓到了吗？”

燕尘摇了摇头。

我一惊：“怎么会？天缨国的军中纪律已经如此松懈了？连一个马夫都看不住了？”

“不是，他葬身火海了。”

燕尘说，他离京的时间只晚了天缨国使臣一日。天缨国走官道，而他抄小道，没多久就追上了使臣团，并与他们一同前往天缨国调查此事。结果，他们一行人到了军中马场，却发现那出发前拦住使臣、提供战马饲料的马夫所住的小茅房起了火，连房带人都葬身火海。

等燕尘说完来龙去脉，我打了个寒战：“这背后之人做事可够狠的，居然为了中断线索，对自己的手下都能下此狠手……”

燕尘若有所思。

我却忽然想起了什么，道:“那你带回府中的那一批是什么人？”

“我爹的旧部。”燕尘沉吟。

我算是知道傍晚让燕尘伤心的那壶里装的大概是哪段往事了。

“镇国”二字，看似生前身后名，一人之下，万人之上，其实单这“镇国”二字，就背负了千万斤。

燕尘的爹娘皆是在战场上战死的。

现在想来，儿时的我与燕尘关系交好，那也是必然的。正所谓“同天涯沦落人，相逢何必曾相识”，更别说我和燕尘还是打娘胎就相识的，关系不得更亲近嘛。

在我们孩提时期，我和燕尘皆承受了丧母之痛。

其实有关我们李家的八卦传说，流传度最广的并非我们爱追剧，而是李氏一族命中带煞，克妻克配偶。譬如我娘在我出生的当天夜里因难产过世；我的祖母，也就是水澜居里那位老爷子心中的白月光，则是在我爹年少时就早早因病离去，没能和老爷子共白首。

综上所述，我李扶摇儿时那么粗犷的性格也是无可厚非的，谁让带大我的都是糙老爷们呢？

而燕尘的母亲，则是我大宴迄今为止唯一一个不爱红装爱武装的女将军，坊间皆称之为“蜀锦征袍自剪成，桃花马上请长缨”。而这位桃面女将却在燕尘儿时的一场战役中身亡，其夫君燕霜烈也同样如此。

七年前，燕老将军死在了落燕坡。落燕坡在一山城中，本来那座山城四面环着的山被大宴人称作屹然山，可因燕霜烈之死，那山地上如刀锋一样横出的那座山峰，就此被命名为落燕坡。与其妻战死之处——雪见湖相隔不远，落燕、雪见，隔空相望。

但不一样的是，雪见湖边的是一场光明磊落、酣畅淋漓的战事，而落燕坡上，却是一场充斥着阴谋与背叛的惨剧。

燕霜烈惨遭副将背叛。

那座山城素来是梁国与我大宴两国交战时的必争之地，可同时，那城的地势十分险要，且四周十里内无农家敢定居，更无农作物。两国每每于此山地交战时，便是考验两国粮草力量的时候。

在这里，粮草路，等同于命路。

而七年前，就是燕霜烈手下的副将之一，切断了征战将士们的命路。

他因为记恨燕霜烈一直与他意见不合，甚至相悖，而向梁国出卖了军中用来贮藏后方补给的粮仓位置。结果梁国连夜烧毁粮仓，致使全军将士最后饥饿难挨，又被敌方乘虚而入，最终才会全军覆没。当我爹率领援军赶到那边时，看到的就是数万大宴士兵的冰冷尸体。

而还原这一切的是几个侥幸逃脱的后勤小兵。

这桩旧事对整个大宴来说，都是一桩不可再提的旧事，因为过于惨烈、过于令人痛惜。对于燕尘来说，更是一段鲜血淋漓的回忆。

而这几个突然出现的旧部，无疑是再次将这道伤口撕扯了开。

彼时燕尘和我说完此事，就不再多言，而是定定地看着他庭院里那棵棠梨树。他刚从天缨国赶路归来，一路风尘仆仆，还未歇息半刻，满脸都是憔悴，嘴边也隐隐带着青色的胡茬。落日熔金，也将他身上的威严与气势一并给熔了。

那一瞬间，我忽然意识到，眼前这个狼牙棒、流星锤不离身的燕尘和儿时那个文文弱弱的燕尘，其实本质并无改变。

他也有脆弱的一面啊。

于是鬼使神差地，我又向他凑近了些，牵了牵他的衣角，小心翼翼地道：“燕尘，有旧部能死里逃生，这是天大的幸事。”

他沉默。

“你别憋着好不好？如果你难过的话……喏，我的肩膀给你靠。”我的天哪，事实证明，面对心上人脆弱的一面，平日里作风再硬汉的女子都会化身一朵甜甜解语花的！

我还没来得及害臊，肩头忽然一重。

比我李扶摇化身温柔女子更为劲爆的是……燕尘竟然真的照做了！

他将额头轻抵在了我肩头。

那一刻，我只觉得天地之间只剩下燕尘和我的呼吸声。他每一寸的呼吸都近在我的耳畔，他从额头传来的暖暖温度一点点地透过那层衣料，再一点点融进了我的心里。

白茶花随风簌簌落下，茶白色的花瓣镀上了落日的色泽，蘸了金闪，犹如漫天星河不小心碎了一个口子，误落人间。此刻，时间慢到让人感受不出流动，而我也被这一刻的静好熏得昏昏沉沉，脑袋里开始冒出各种稀奇古怪的想法。

比如，世人看到的，皆是燕尘大杀四方的一面，而唯独我见着了那份深藏在寒铁盔甲下的脆弱与孑然一身。

想到这一层，我有些窃喜，还有些发飘。

这心里一飘，身子就跟着抖了抖。

结果，耳边幽幽地传来一句：“扶摇，别动，再让我靠一会儿。”说罢，他的头还愣是往我的脖颈更里处又埋了埋。耳根本就是我的敏感部位，他如此呵气……简直就是在玩火啊。

我的脸“腾”地一下，热得发烫。

然而燕尘对此动作甚是满意，他维持了此姿势许久……久到我即将在风中石化，他终于恋恋不舍地起身。

燕尘的脸上也终于有了些许笑意，看来我的抚慰效果很到位。逆光中，他缓缓抬手，扶在了他自己的后颈处……

难道是在暗示我的脖颈软软的很舒适？

我娇羞一笑，甜声道：“哎呀，燕将军不用道谢了，我们俩谁跟谁呀。”

结果他道：“皇上，你实在是太矮了，末将的脖子甚疼。”

说罢他坐直了身子，用手比画了比画我脖子的高度……正好到他的肚脐眼以上，肩膀以下。

我有理由怀疑，燕尘早些年去南疆征战的时候一定是中蛊了，类似“不嘲笑李扶摇的身高，就会吃饭不香”的蛊毒，不然还有什么理由能让他对戏弄我身高一事……这般乐此不疲？我气得脑仁疼：“燕将军知道这叫什么吗？这叫过河拆桥！”

这叫心动不过三秒！这还叫撩完了就跑！

燕尘，我劝你善良！

当然燕尘如果有此觉悟就不是燕尘了。他将我的警告当作耳旁风，甚至得寸进尺地将下巴轻抵住我的脑袋顶。这下换作是我埋在了他的脖颈。

此时，他幽幽地道：“依末将所见，从身高来看，还是我做皇上的依靠更为合适。”

“燕小将军。”

此时庭院里突然有人出声打破了甜蜜与苦涩齐飞的气氛。

我猛地一回头，发现不知什么时候，庭院里居然多了三个人。确认过眼神，是燕尘带回府里的旧部，眼下他们好好洗漱了一番，也换上了大宴国制的军中服饰。

然而这不是重点，重点是……我垂着脑袋对燕尘小声道：“他们什么时候出现的啊？又看去了多少啊？”

“看他们的样子……不多不少，全部看到了。”燕尘坦然，甚至嘴角还有一点小得意。这是怎么回事儿？

转念一想，他的确用不着害臊。

毕竟柔弱的是他，主动的是我。呃……刚才那幅画面，可不就是我乘虚而入、趁火打劫？那几个旧部相当于他的长辈，那在他们眼里，我这个皇上当得该有多么浪荡啊？

果然，眼瞧他们看我的眼神都不太对劲了……我一秒切换成正经皇帝的模样。

我张开怀抱，展露出三百六度无死角笑容："几位将士，朕代表大宴欢迎你们回家。"

谁知，我说完此话，现场大概安静了一盏茶的时间。

然后为首的一个旧部将士小心试探道："你谁啊？"

…………

我差点忘了，这三名旧部将士就职于燕老将军那会儿，那时的皇帝还是我老爹呢。而他们三个又恰好是先遣部队，换句话说，就是常年驻扎在边关，在梁国与大宴两国的交界处来来回回，自然是不经常看到当时的公主我了。

可等三人清楚我的身份后，他们也没做出什么表示，更没行什么礼，甚至脸色有些难看。

事实证明，不管是朝堂上那班我爹的旧臣，还是跟前这几个燕叔叔手下的旧将……对我的态度都莫名相似呢！

但不管他们如何看轻我，我仍然要尽我所能做个称职的皇帝。我道："有句话我问了，三位将士不要生气……那个，你们是如何流落至天缨国当马夫的？当年又到底发生了什么？"

三位将士你推我搡，终于派出一个代表回了我的话："回禀皇上，我们三个是先遣部队，通常不跟随大部队，而是先行深入敌营，所以幸存了下来。"

"至于为何会流落至天缨国马场……那是因为等我们回到营地时，发现燕将军已经牺牲，心中悲痛。"说至此处，为首的那个旧部咬紧牙关，花了很大的力气才让自己憋住情绪，继续道，“我们走了很久，没有水喝，也没有东西吃……快要饿死的时候，正好遇到去天缨国做生意的商队，被他们救下。去到天缨国，我们发现商队正好是做车马生意的，为了报恩，就留下来当起了马夫。”

这个故事总觉得漏洞百出啊！比如，幸存的将士为了报恩什么的就甘愿做起马夫是什么操作？他们就没想过回大宴？

“等等……”

“皇上，你还有什么想问的吗？”我在思考如何开口的时候，为首那人突然出声，吓了我一个激灵。

他眼神阴鸷，杀气浓郁，我都快被他的目光杀死了，哪里还敢问什么呢？

再说结局是好的，就不必拘泥于过程了。

等我和三个旧部不那么愉快的会面结束了，临走前，我悄悄拉过燕尘问道：“三位旧部将士连皇帝换了人都不知道……这是传说中的不知今夕是何年啊。七年啊，军中上下都变了多少遍，你打算怎么安排他们三人？”

燕尘同样小声道：“带队友，我擅长。”

燕尘说到做到。

那晚从将军府回来后，我就甚少看到燕尘了。除了在此期间的一次早朝上，燕尘闪亮登场，类似于昭告各位大臣，尤其是武臣，暗示他们在接下来的日子里对待这三位旧部将士的态度，那必须是春天般的温暖。

昭告完毕，他便全身心投入带队友一事中去了，整天不是在带旧部熟悉新的军中纪律，就是在京郊的演武场观看旧部重新拾掇起武功，再不济，那也是吩咐燕家军全员出动，满京城地寻找时下最新、最畅销的描写大宴风土人情和礼仪穿着的书籍。

燕尘很忙、很努力，然而效果极为不理想。

那日，燕尘火急火燎地进宫，我与他在议政的偏殿碰面，只见他眉头都皱成了一团。

“皇上，末将有一事相求。”

六福子替我们斟茶时小声道：“燕将军难得如此得体，看来此事的确是天大的事啊。”

六福子说话难得有个准头，还果真是天大的事，燕尘说：“末将请求离京。”

得，原来是来请假找顶头上司来盖章了。

“所为何事？又准备去多久？”

燕尘迟疑了，我慌了。

“一名武将在京城能学到的东西实在太少了，我决定带三名旧部去边关熟悉那边的事宜。”他顿了一下，道，“大概数月的时间。”

关于燕尘亲自带队友的事情，在刚带回旧部那晚我就和他讨论过。燕尘说他亲自带三名旧部，是为了保护他们的自尊心。

你想啊，足以让燕尘一眼就认出的旧部，那自然也是当年在燕老将军麾下拥有名号的人。可如今，他们经历了长达七年的磨难，不仅武功荒废，对现下军中的情况也一窍不通。说句难听的，已经是个废人了。而此时，如若燕尘还将他们分派给自己的手下去带的话，他们只怕是更会伤透了心吧。

没有人比燕老将军的独子更适合带燕老将军的旧部了。

然而，我最关心的是：“数月是几个月？”

结果燕尘这次倒好，他干脆沉默了。

我了然。

燕尘这是在用沉默告诉我，他也不知道让三名旧部重新融入大宴军中的氛围，并在其中担任一个算不上是太低的职位且让人心服口服……要花多久的时间。看来他自己也知道，他这个请求有多么疯狂。

燕尘堂堂一个镇国将军，边关要防、京中守卫、调兵遣将、练兵锻剑……哪一件事情少得了他？

身为大宴皇帝，我只知道一个镇国将军是没那么多时间带着旧部从头学起的，数月的时间花费在未知的结果上，实在是太不值得了。

可身为李扶摇，我只知道这三名旧部对燕尘十分重要，非常非常重要，如果没能将曾经陪他爹出生入死、如今死里逃生的旧部安排好，那他会后悔一辈子的。

权衡间，我已经做好了决定。

“我给你两个月的时间。”我掏出玉玺“啪”地一下盖了章。

我亲自演示了什么叫“批假一时爽，想念要你命”。

燕尘离开的两个月里横跨了秋季，也横跨了多个节日。

七夕节当天，朝堂上忽然掀起了一股歪风邪气，群臣们忽然说起了大宴的适龄男女青年们，然后将目标人物精准锁定为燕尘。由此可见，就连催婚这档子事情，我的臣子们也不会想到我。

他们随口一提，却勾起了我的思念。

七夕节当夜，宫中一派热闹。宫女们对着月影，手拿银针在那儿乞巧。而我则在寝宫里偷偷吃着白日里沈桐芊给我捎带进来的一批巧果。我捏起一只巧果，问六福子：“你看这巧果的形状，像不像燕尘的流星锤？”

六福子：……

等到了中秋节，我到水澜居去办了一场家宴，还对老爷子用上了“您家孙女外出有事，特意让本将军来陪您老欢度中秋”的胡话，结果老爷子又揍了我一顿，说什么“我孙女为政事如此操劳，你身为左膀右臂，居然还有心思陪老人家吃螃蟹”。总之，他“孙女”做什么都是对的。但当晚我还是死皮赖脸地留了下来，与爷爷、六福子、滕侍卫长、小侍卫吴念，还有吴念养的那群鸡鸭鹅……一起度过了中秋夜。到了我最爱的吃螃蟹环节，我抓起那只螃蟹，哀戚道：

“你们看这螃蟹的模样，像不像燕尘朝服上的神兽刺绣？”

众人：……

没几天，又到了重阳节，傅天南恰巧回京陪他家中老年人过节，就顺带约了我一起去登高。登至高处时，我举起手中的茱萸，动情道：“南弟，你看这茱萸的形状，像不像燕尘那身盔甲上的镀金兽面里衔着的铁环？”

傅天南：……

终于，在十月末的某一天，六福子冲我道：“皇上，你有病！”

“我看我平时是太纵容你了……”

六福子赶忙摆摆手：“不是，六福子不是在骂人，我是说……你得了相思病！”

好吧，我承认。

果然生我者父母，知我者六福子。他陪伴在我身侧多年，虽然不知道当年我表白失败的事情，但作为为数不多知道我在追《白衣将军俏皇帝》的人，同时作为十二个时辰贴心陪伴的人，他也不会一点没察觉我对燕尘那点歪脑筋，只不过……是持反对态度罢了。

他甚至希望我站出来反抗。

这不，他又唱反调，道：“可六福子有件事不解。前两年，我们与梁国战事吃紧的时候，燕将军不是三天两头就要去边关吗？那时候也没见皇上你如此想念啊？甚至还很愉快地追起了话本子，每次燕将军前脚刚走，你后脚就跑去梨园了呢！”

这个问题问得很有水准。

就这么说吧，当一个人能在日常生活就尝到甜头的时候，谁还会一头栽进话本子里，幻想着和类似燕尘的男主角恋爱呢？是了，我明显感觉自打云踪坞归来，燕尘对我的态度有所好转。

这让我彻底偃旗息鼓的少女心再次死灰复燃了！

我甚至有一个大胆的猜测，那就是，燕尘可能慢慢开窍了，察觉到了他藏在内心深处对我的喜欢。不容易啊，我这是守得云开见月明啊！

我挑挑眉："你难道没发现燕尘最近对我的态度好了很多吗？"

"的确……"六福子做沉思状，然后茅塞顿开，道，"唉，燕将军为了请个假也是够拼的。"

…………

六福子可真是京城第一抬杠小能手。

但看在燕尘快要归来的分上，我也就大人不记小人过了。

燕尘离宫的时候正是立秋前后，现在眼瞧就快立冬了，我和他约定的两个月时限也很快要到了。

就在六福子和我抬杠的三日后，燕尘回京了。

同时有个稀客进宫找到我，有事禀报。

乃是兵部主事高子澄大人。

初冬入夜的皇宫像冰窖一样冷，可高子澄的额头上愣是"噌噌"冒着冷汗，时不时拿出一块小手绢擦拭脑门。他汇报道："皇上，燕将军回京后，可有进宫面圣？"

"没有，据朕所知，燕将军这才刚抵达京城呢。一路车马劳顿，这个点他应该歇息了。"我勉强支撑精神，内心想，哪像他一个文臣中的武将、武将中的文臣，精力旺盛，抓住宵禁的尾巴来找我商议朝事？

高子澄自然是不知道我心里头的不满，还在那头自顾自道："皇上有所不知，依老臣看，燕将军这是不敢复命啊！"

"为何？"

"皇上有所不知，燕将军在边关营地待的这两个月里，曾尝试交给那三个旧部将士或大或小的事务，结果，结果……"高子澄脑门上的冷汗更盛了，他一边擦汗还一边扭着个大脑袋往偏殿四周望了几圈，仍是战战兢兢地道，"结果，效果都不甚理想啊！"

他这句话算是说到点子上了，我瞬间被冲散了困意，正了正身体继续听他说。

“皇上有所不知，其实我们告个假回去半个月都觉得恍如隔世，更别说是七年……大宴历代里的官员也没有七年后复职的先例的呀。”

高子澄这是话里有话啊，我开门见山，道：“高大人有话不妨直说。”

“臣是希望皇上在明日的朝堂之上能劝劝燕将军，别再为那三个旧部如此费心了，给他们三位安排个闲职就算了却此事了。”

…………

我的臣子们真是绝了，以前还只是把我往燕尘身上推，现在直接是把我往火坑里推了。平时一口一句“皇上你有所不知”，到了要在老虎嘴边拔胡须的时候，倒是要我去直言劝谏了。

谁不知道此时燕尘定在为此事心情不顺着呢，在这个节骨眼和他唱反调……被迁怒不说，好感度肯定也要大跳水。

而燕尘对我的好感度，这才刚提升没几日呢。

思忖再三，我婉拒道：“高爱卿啊，这不好吧。”

“皇上放心！明日皇上的直言劝诫绝对不是一个人的战斗，皇上先起个头，届时臣，还有兵部的陈大人、邹大人、史大人……都将一起出声为皇上声援！”

…………

敢情兵部的那几位都在这儿等着呢，而高子澄不过是被派来当说客的。

我被赶鸭子上了架，箭在弦上，不发也得发。

第二日一上朝，大殿里就弥漫着一股说不清道不明的氛围……

主要是平日里的早朝，通常都是各部派了品阶较高的几位大臣来参加。毕竟大殿里就那么点地方，也不可能就听你一部之言不是？

除非……该部有话要说，有要事要讲。

比方说今日的早朝，我放眼望去，那兵部的人可以说是占了一大半啊。

这样的阵仗，加上高子澄他们脑门上的豆大汗珠，都让大殿之上的气氛愈加凝重，等燕尘进了殿，那气氛更是已经可以用“剑拔弩张”来形容了。

等燕尘陈述了一遍他不在的这两个月大概发生的事情，以高子澄为首的那帮大臣们忽然齐齐地看向了我，小眼神里写满了期待。

我轻咳一声，道：“燕将军，人要向前看，正所谓来路无可眷恋，值得期待的只有远方。”

燕尘眯了眯眼，道：“皇上所说具体为何意？”

此时，大臣们看向我的小眼神愈加火辣了！

我深吸一口气，道：“意思就是……你腰间那柄狼牙棒都有些磨损了，朕在考虑，近日命人打一副新的赠予将军。”

他眼神一凛。

我急忙加码，道：“将军那套盔甲也旧了，我再命人速速打造一件新的一同赠予将军。”

“如此，那，末将便谢过皇上了。”燕尘嘴角一勾，朝我递来的眼神里除了谢意，似乎还有些别的什么。但我也来不及细看了，因为某些人的目光……比他的更扎人啊。

是了，高子澄他们正在看着我，看着我，目不转睛。

看什么看！你们有胆，你们自己说啊！

我避开视线。

结果，此番眼神交汇倒是成功吸引了燕尘的注意力。

“话说……高大人平日里不是推脱说一直囿于兵部事务走不开，甚少来参加早朝的吗？”燕尘一步步逼近高子澄，他每逼近一步，后者就抖上一抖。等燕尘到了跟前，高子澄已经被吓成了一只受惊的仓鼠。而他身旁的陈大人、邹大人、史大人……此时的面色也非常难看。

燕尘乘胜追击，发问道：“难道是有要事要禀报？”

此时也不知道是谁推了高子澄一把，他一个踉跄，跌到了燕尘的正跟前。

只见高子澄先是战战兢兢，然后是信誓旦旦地道："是……是是是这样的！燕将军，您该考虑一下自己的终身大事了！"

可见催婚会迟到，永远不会缺席。

高子澄真该感谢今天上朝的兵部官员们都是已婚男子，这才让他的话更为可信了。

不错，高子澄急中生智，在上午的大殿上，在燕尘的逼问下……他先是提及了数月前的七夕佳节时，大家就提起燕尘是为京中大龄单身男青年中的代表，再是摆出了大宴军中各位将军目前的婚恋状况，谁家今年已经抱第三个娃啦，谁已经都当上爷爷啦……

最后代表一众的武官，向燕尘提出了催婚的提议。

但这不是重点，重点是当时燕尘分分钟同意了。

几日后，一天下午，我正在书房里愁眉莫展。而在我的面前是堆得如同小山一样高的花名册，每一本都是我那群好臣子们推荐的良人，所谓的做燕夫人的最佳人选。

我长长地叹了一口气，沮丧道："六福子，你说说看，燕尘这是什么意思？"

"还有什么意思，表面意思呗。如今燕将军已年十九，是大龄男青年了，渴望身边有个女子也实属正常。"六福子边说边愉悦地整理册子。

我瞬间更丧气了，六福子和我战线不统一，我连个倾诉对象都没有。

其实我在意的不是燕尘想不想成家，而是……他为何偏偏要答应高子澄的建议，在京中适合的女子中选亲呢！要知道，按照大宴的朝制，将军择亲对女方的身世背景有着不低的要求，高至宰相下至五品官员。

可问题是，按照朝制，这再高……也高不到皇上啊！

那么，是不是可以间接证明，燕尘对我态度好转仅为我的臆想？甚至……没准他早已对这份名单上的某女子心有所属？！

我又叹了一口气："唉……"

谁能想到我的少女心才复苏没多久，就又被燕尘用石墩子给埋了呢？看来是时候再去梨园买醉了……

"皇上在叹什么气呢？"

书房门外忽然有人不请自来，用脚指头想也知道此人是已经将忽视我这个皇帝当成日常的燕尘。

可这次我不仅不恼怒，甚至还有点开心。没准他是来取消选亲的呢？没准那日早朝上他只是不好开口呢？又没准这几日他仔细一想就觉得后悔了呢？

于是，我试探道："燕将军，我正在为你的终身大事烦恼呢！"

"哦？那皇上可有整理出合适的人选？"

燕尘言语戏谑，听上去不仅不想取消选亲，甚至还有点小期待？

有时候人从期望到失望，中间只隔着一句话。我有些失神地往案台上一指，讷讷道："有的……朕仔细瞧了一下午，左边这堆花名册上的女子家世、品性、样貌都不错。"

如果注定如此，那我至少也要为他挑选最好的。

我继续道："那个……沈桐芊也在内。沈叔叔虽然不为官，可我问过礼部的主簿大人了，他说……"

"甚好。"燕尘打断道。

且不知为何，他的脸色变得有些臭。

看来某些人从开心到臭屁，中间也只隔着一句话。

接着燕尘踱到门外，从雀七手里拿了什么东西，又回到了书房，对我道："其实末将此番是来通知皇上，我燕家既然是武将世家，那择夫人必须也以比武来定，所以我准备于三日后举办选亲大会。"

"行吧，你的婚事你做主。"

燕尘忽略我丧气的态度，递来一件折叠得十分整齐的护甲，与一柄轻盈的弓箭，提点道：“届时还请皇上穿上这件护甲，带着这柄弓箭到场。”

我有些气急败坏：“我又不在参选名单里，要带这些东西干什么？！”

话一出口，我才发现这句话好像有点……过于明显了。我偷偷瞅了一眼六福子，果然他一脸恨铁不成钢的表情。

再看燕尘……

他居然笑了！

那种很努力地抑制自己但还是没忍住笑出声的那种笑！

我还在为燕尘的喜怒无常咋舌。

他倒好，颇为公事公办地道：“皇上命人打造的盔甲已经送至我府上了，末将甚为满意，所以想回一份礼呀。”

“原来是这样……”我弱弱地收下了这份“回礼”。

我差点都忘了我在前几日早朝上答应了燕尘，送他新盔甲和新武器。其实那副新的盔甲是两个月前就计划打造的，可我没料到宫中人的手脚会这么快。

可饶是如此，我依旧想不明白，我为什么就要在他的选亲大会上穿得像是要去和那群莺莺燕燕打一架的模样？

燕尘没回答。

而是丢下一句“到时候自有用处”，就喜滋滋地离开了。

三日后，燕尘的选亲大会风风火火置办起来了。

举办地点在京郊的营地，由礼部主办，我则作为名义上的主婚人，实际上是一个吃瓜群众出席。话说这吃瓜群众还不止我一人，除却那些将闺女、侄女、外甥女上荐的各位大臣，还有一些和这场选亲会八竿子也打不着的人，比如傅天南。

他甚至来不及和我打招呼，在校场边坐定后就全程将目光锁定在……沈桐芊的身上。

我看不过这段三角恋的戏码，干脆撇开眼去看此地的陈设。

要说如此铁血的选亲现场实属罕见，此地乃是一处靶场，十米开外整齐地竖着许多箭靶。我正寻思着燕尘葫芦里卖的什么药呢？此时他也终于在那头闪亮登场。

他刚在营地的校场点完兵，匆匆赶到了靶场，顺带着还有几位不知谁家的小姐跟着入了座，看模样是刚才偷跑到校场去观看燕尘点兵了。

要说这也不能怪她们，要怪就怪身在营地的燕尘实在是……太帅了。

对于将军来说，在校场点兵的活儿，类似于我上早朝，那是一件关乎门面与形象的事情。一如我上朝穿龙袍，燕尘点兵时便身穿银铁盔甲，身披红缨袍。

而今天燕尘穿上了我送他的新盔甲。

深秋的景色萧瑟，靶场满是浓郁的杏黄色，而燕尘便身披着秋色，朝这边款款而来。那身单看稍显笨拙的盔甲经由燕尘那么一穿，居然有一丝浑然天成的感觉。那盔甲唯独露出脖颈间的一截里衣，那里衣为玄青色的底、暗金色的刺绣，雍容与霸道两个气质居然融在了燕尘一人身上。

可其实这也不稀奇，因为燕尘的面庞也一样。

温润如玉的五官，偏偏眉眼间有那么一寸像是用寒铁刀锋铸成的，带着冷气与杀气。这张脸哪怕我看了足足十九年，每次还是会被惊艳到。

当然最让我感到惊讶的，还是燕尘会选择在选亲大会上穿上这身盔甲。

我心里登时升起一股莫名的情绪，当一名男子身穿你送上的衣物选亲，可偏偏这候选的人中又没你。这是一种怎样甜酸掺半的心情啊？

我一时看愣了，直到身旁的六福子拍醒了我。

他道：“皇上，你发什么呆呢？燕将军在等你的回答呢！”

“哦哦。”

那头的燕尘将我这句应承误会成了是说给他听的，他抱拳道：“好，那皇上就赶紧准备一下吧。”

今日选亲大会的规则，一如选亲大会的地点一样简单粗暴，在场的各位小姐随意取靶场里的一柄弓箭，射中靶心者就有资格进入下一轮。

而燕尘让我准备的事情是做个示范。

我寻思着我可太苦了，友国进贡战马需要我骑马示范，如今燕尘选亲的流程还得我来示范，我也总算明白了燕尘让我全副武装的用意。

我小声嘟囔：“合着我就是个大宴吉祥物……”

“嗯？”

“呵呵，没什么，燕将军继续你的教学。”

此时，燕尘正做着指路人，一路领着我到了靶台，另外还在絮絮叨叨一些射箭的技巧，然而我一点也没听进去。

我不懂燕尘何苦要让我出这个丑，抗议道：“对于一个平日里跑个十米都要喘的我来说，这太难了，我记不住。”

燕尘颇为淡定地泼了盆冷水：“是挺难的，尤其以皇上您的资质，所以还需末将手把手教。”

不等我反应，他忽然凑近。

当我感受到冰凉的气息包裹而来，燕尘已经将我的整个人揽在了怀里。浸了秋天寒意的铁盔甲散发着丝丝寒意，可燕尘的手却是滚烫，他的右手附在了我的手掌上，左手轻轻扶着我的下颚。当那滚烫的温度由他的指间落在我的肌肤上，我才真正了解了“手把手”的真正含义。

“直视前方。

“慢慢呼吸。

“再果断地射出箭矢。”

他在我耳边沉着声，逐字逐句道。

燕尘在指导我射箭的心法口诀时，顺便不着痕迹地替我调整了弓的高度、拉弦的力度。

等他双手离开。

“就是现在。”他笃定道。

我屏住呼吸，松手，箭飞驰而出。

那一瞬间，我的脑袋里一片空白。

直到靶场另一边爆发出雷鸣般的掌声与叫好声……我才发现自己做到了！我做到了！

我佯装淡定，其实心里的小麻雀已经跃起三丈高。我转身对一旁的燕尘小声道：“射箭比骑马好玩多了，我也是第一次发现，作弊挺有意思的。”

说着，我还冲他递去一个“你懂的”的眼神。向燕尘方才在旁亲自调整角度，外加那柄他亲自命人打造的弓箭投去了由衷的感谢。

燕尘也回了我一个小眼神，可这眼神像是他的肌肤温度一样滚烫。

他说的是：“如刚才皇上的示范，正中靶心的，便是我燕尘的心上人。”

等我示范完毕，再回到座位上，傅天南不知什么时候已经横跨好几个座位到了我跟前。

且在我入座的第一时间吹捧道：“扶摇姐，你今天穿得真美！我从来没见过这样的护甲嘞！火红色的护甲，手腕上还绑着红缨飘带，我敢打赌过不了几天，京中小姐的最新潮流就是这副装扮！燕尘哥则是一身玄青色酷炫盔甲，一黑一红，真是靶场上一道靓丽的风景线！嘿嘿，你们是约好了穿情侣装吗？”

…………

傅天南可以说是很努力地在拉郎配了。自打我无意间发现了他属意沈桐芊的蛛丝马迹，再回想起往日他夸我和燕尘登对，或是分析燕尘其实是喜欢我的云云……这怎么想怎么觉得这小子就是别有用心啊——他生怕沈桐芊被选中。

然而他的这个担忧……简直太多余。

等到选亲大会正式开始，到场的京中小姐们都纷纷展现了自己英姿飒爽的一面……才怪！

靶场那头乱作一团。有的在哄抢弓箭，那场面堪比梨园哄抢《白衣将军俏皇帝》，还有的好不容易射出一箭，结果那箭矢差点横插在她老爹的脑门上。更有甚者，连那根弓弦都拉不开，杵在原地半天，对着那根弦拉上又拉上，跟弹棉花似的。

彼时燕尘在我身侧，若有所思地看着不远处的鸡飞狗跳，发出了来自灵魂的发问："依皇上看，今日这些女子中，谁最适合做我的夫人呢？"

这个问题就很有灵性了。

我一脸真诚，道："既然将军诚心诚意地发问了，那么朕也就直话直说了。丞相家的女儿虽说貌美如花吧，可惜刚会走路的时候，她就对你吟那种奇奇怪怪的诗，可见是个容易受外貌蛊惑之人。日后如果真的与将军成婚，那保不齐会被其他美男子给勾去了魂儿，所以不适合。"

燕尘的嘴角有了笑意："我看也是。"

"然后这高子澄的侄女，虽然力气不小，在军中也小有威名。可是将军刚才也看到了，她用力过猛，差点伤到了她老爹。正所谓互补的，才是最好的，她和将军一样走的粗犷路线，这日后成了婚，不得天天比武？煞气太重，所以不适合。"

燕尘的笑容更盛了，他点头："皇上考虑得真周到。"

至于选亲大会上的某位一号种子选手……

我煞有介事道："沈桐芊的确是样貌、家世俱佳，除了爱钱一点、抠门一点，似乎品性也还凑合，但偏偏她连弓弦都拉不开，啧啧……"

是了，那个杵在原地“弹棉花”的就是沈桐芊，而傅天南则站在离她最近的位置，手舞足蹈。我感叹，果真是情人眼里出西施。估计在傅天南的眼里，沈桐芊的姿势并非弹棉花，而是敦煌壁画里的飞天仙女在弹奏美妙琴音！

我将目光回到燕尘这里，继续胡说八道：“最最最关键的是，将军不是在选亲大会上说，唯有射中靶心的人才有资格做你的夫人吗？可现在看来，那必须是一个都通不过啊。”

当我做完总结，燕尘已经笑得眯起了眼。

他凑近我，道：“皇上说得很有道理，很中肯。”

不知怎么的，我有一种错觉……我怎么觉得我越是编排那些京中小姐，燕尘就越是开心？

“不过……”

我还没解开这个问题，燕尘就又给我卖了个关子。

我急忙道：“不过什么？”

燕尘若有所思道：“其实还是有一人正中了红心。”

“啊？谁？”我急忙探着脑袋朝那些箭靶上一一看过去，愣是没见着京中小姐里的谁是射中了靶心。

我松了一口气，抬眼瞪燕尘：“是将军糊涂了吧？或者是眼花了？别说靶心了，连箭矢落在靶上的都没几个。”

“是，应该是末将记错了。”燕尘应道。

只是他记错就记错了，眉眼带笑地看着我干什么？

知不知道这样会让我产生一些错觉？

我被看得十分不自在，只好扯开话题：“燕将军是不是根本没打算娶其中任何一个？”

“是。”

他答应得爽快，使我心中有些小雀跃。

接着燕尘还有条不紊地罗列了他此举的原因。

“其一，这场选亲大会不过是为了应付高子澄他们罢了。他们大费周章，全体出动，只为劝谏我纳一位夫人，如果我不按照他们的提议举办这场选亲大会，那他们岂不是很没有面子？

“其二，他们的确需要如此欢乐的事情，来松一松紧绷的神经，不至于总将目光放在不该放的地方。”

我一愣，看来燕尘一早就猜测到他归来的那日，兵部大臣们齐聚一堂所为何事了。

而这场选亲大会，无疑是给了高子澄他们一个台阶下的同时，也成功转移了话题，暂且保住了旧部。

原来是为了这个……他回答的不是我想要的答案，而“燕尘心悦我”的错觉也果真只能停留在错觉层面，永远成不了真相。

我有些失落，但还是扯出一个微笑，道：“将军的情商实在是高，为了给足同僚们面子，不惜花时间来演完这场毫无意义的戏。”

他扭头问我：“谁说毫无意义？”

“通过此次选亲，我至少确定了一件事情。且因为确定了这件事情，我才能放心大胆地去做接下来的事情。”

燕尘说此话时，目光全程黏着我。那灼灼的目光甚至让我怀疑，他所确定的事情很可能和我有关。

可是他到底确定了什么事呢？

难道是……

确定了我其实还蛮会放箭的？

…………

第十一章 不可说的童年阴影

燕尘曾经和我说，他举办选亲大会的目的之一是让武官们乐呵乐呵，之二是转移视线。当时我信了，可约莫一个星期后，我只想对燕尘咆哮："朕信了你的邪！"

首先，武官们非但没乐呵，这几日还忙得焦头烂额。据说京中的弓箭被抢购一空，他们整日忙着催自家女儿练箭；其次，众武官在忙着提升自家女儿武力值的空当，也没把那三名旧部的事情给落下，时不时进宫来给我吹耳旁风，让我准备准备，联合兵部大臣们再来一次直言劝谏。

这一来二去，我和朝中一干人等，为替燕尘挑选他将军府的女主人一事忙活了半天，到头来竹篮打水一场空。

后来，我被高子澄缠得烦了，此事也拖无可拖。加上想到自三名旧部被燕尘从天缨国带回来之后就再没探望过，于是在选亲大会结束后没多久，我挑了一个下午，去兵部看望三名旧部。

他们这次随燕尘从边关回来，便被燕尘暂时安排在了高子澄这里。挂着库房的闲职，实际每日不过就是在后院操练操练拳脚或是搬运搬运货物。

那日，我抵达兵部库房时，他们正巧在进行前者，我也算是目睹了三人目前的武功水平。

他们仨在那儿"嚯嚯嚯"打着木桩子，我冲六福子小声道：

"唉，的确是岁月不饶人啊！也难怪高子澄会隔三岔五来宫里撺掇我。这三位的拳脚功夫看着……似乎我也能与之一战？"

"皇上，燕将军在靶场上给你作的弊，让你对自己的认识有所偏颇了。"

…………

不会泼冷水的六福子就不是好的贴身小太监。

随后的流程无非是静待他们练好武，再与之寒暄寒暄。虽说到时那场面想想就十分尴尬，但我还是预备一会儿硬着头皮上。

谁想我在库房后院里没坐多久，燕尘就来了，无情地打乱了我原本的计划。说起来，他已离京两月有余，选亲大会一结束，他便全身心投入工作，忙得神龙见尾不见首。

果不其然，燕尘出场时一副风尘仆仆的模样。

他见了我的第一句话是："皇上来探望他们，怎么不事先知会我一声？兵部煞气重，没有末将随行怎么行？"

我呵呵一笑："我这次是简装出行，也是简单看望。有必要找兵部的探子禀报，还分分钟来盯着我吗？再说了，将军这几日日理万机……"

"再忙也总有时间留给皇上你的，再说，这三名乃是我爹的旧部。"

我不悦地撇撇嘴，这是在警告我别乱动他的人？

结果，燕尘又添了一句："而皇上也是我的皇上。"

"喀喀喀……"我被茶水呛出了眼泪。

要说燕尘这话也对，毕竟这三名旧部算起来也是我老爹的旧臣，我的确算不上他们的皇上。只是这番道理从燕尘嘴里说出来怎么这么奇怪呢？

六福子替我拍了拍背，燕尘又为我斟了一杯茶。

燕尘望着外头还在"嚯嚯"打着拳的三人，道："所以皇上下次再来探望，记得找我。"说完他又将目光放回到了我身上，"但末将此行来也不单单是为了给你们当桥梁、当纽带来的，末将有件东西要赠给皇上。"

"上次是护甲与箭，这次又是什么神兵利器？"

燕尘推开狼牙棒、流星锤，从腰间取出一个用布包裹得仔细的东西摆在了桌上。

我的注意点有点歪："将军腰间居然能挂那么多东西……实乃

练家子，佩服佩服！”

他的回答更歪了：“末将的腰力一向不错……”

“好了，我要拆礼物了！”我打断了某个少儿不宜的话题，将那东西解开结一看，里面是一只汤婆子——有钱人家必备的冬天取暖神器。

接着燕尘开始了自己的讲解。

他似乎瞧出了我和六福子脸上的小失望，几番强调：“这不是一只普通的汤婆子。”

“普通的汤婆子里面的热水很容易凉，眼下这种天气放在被窝里大概两三个时辰就凉得跟冰块似的。可这只里面有着特殊的构造，内胆有三层，还用了不同的材料。总之，水温不容易冷却，也不容易过烫。”

听到这里，我和六福子的情绪逐渐高涨。

特别是我。

“这汤婆子简直为我量身定制啊！这么好的主意，你是怎么想到的？”

“北方之地，常年天寒地冻。乃是末将上次去边关，机缘巧合之下从临镇一户人家学来的。”燕尘一脸“求夸奖”，而我也如他所愿，接下来对他进行了长达一炷香时间的全方位夸奖。

不是燕尘小题大做，更不是我溜须拍马。

而是冬天如何取暖一事，对我来说一直是个老大难的问题。

还记得燕尘继承他老爹的衣钵后，第一次出征那次。出发前，我因为放心不下，一路偷偷紧跟军队，一直送他到京郊。但其实他早就发现我了，于是在京郊树林里，他忽然翻身下马，三下五除二就捉到了混在队伍末尾的我。

少年燕尘朝着自己的手哈气哈暖了，然后紧紧地裹住了我的手。

而他说的是：“听说北方地方寒冷，肯定有特殊的取暖方式，到时候我偷学一两招。”

当时，少女李扶摇被这句话甜进了心窝子，可依我现在的角度看来，当初整装待发的大军如若听到，一定是要气得七窍生烟……他们一心保家卫国，可谁能想到他们的少年将军居然还夹带着私心，还想着趁机找取暖方子呢？

唉，人家武侠话本子的男主同样是动不动就为女主找遍天下，可人家找的是解药啥的，放我身上却是取暖的特殊办法。

而个中原因主要是因为我害怕炭火。

我已经七年没用过炭火盆了。冬日，用炭火盆取暖最为暖和，宫中大小宫殿里也都靠这个取暖，其中除却我所在的寝宫与书房。

我对炭火盆这东西有着不可说的童年阴影，这心理障碍直接导致我寝宫的宫人们都得陪着我受冻。譬如六福子，他嘴上说着“皇上，风雨中这点冷算什么”，其实我知道，六福子每晚伺候完我睡觉，都跑钮黑黑那里就着御膳房的灶头取暖。

这不是，眼下六福子听说有此等神器，眼睛都发直了。

他问：“将军这里就这一只吗？”

燕尘微笑：“公公可以自己做，我只给皇上准备了这一只。”

“行吧……”六福子灰溜溜地退了出去，气呼呼地加入门外练武三人组了，他出去时还不忘把门关上，意思是眼不见为净。

看看！六福子对我与燕尘的恋情唱反调，原因就在这里了！他对六福子态度很差，差到我都看不过去，甚至想为六福子鸣不平！

此时燕尘起身：“皇上，末将为你灌一壶热水让你先试用一下？”

“好嘞。”

灌完热水的汤婆子才是有灵魂的汤婆子，我捧着燕尘牌汤婆子，喜不自禁：“将军，你记不记得你小时候为我守夜的事情？”

“转眼已经过去很久了。”燕尘若有所思道。

他一句话也把我的思绪带到了很久之前。继少年燕尘第一次出征归来，那次他悲催地发现不用炭火取暖的法子哪里这么好找啊，边关严寒，甚至人家用的炭火更加足量呢！

于是那时的燕尘改变了方向，由挖空心思找特殊的法子，改为寝宫烧炭火时替我来亲自守夜。我勉强答应了这个法子，燕尘就开始了他的夜间守护者使命。

可这个法子实行不过半个月就被我无情取缔了。

我的人是暖和了，可是梦魇不断。那段时间，我总是梦见燕尘葬身火海，半夜里一惊醒就横冲直撞地去前堂找燕尘，再趴在他的怀里哭一阵。

燕尘则像哄三岁小孩似的，将我哄踏实了，才放我再去睡觉。

等于说我的睡眠状态丝毫没改善，由半夜被冻醒变成了半夜被梦魇惊醒。而在那段时间里，燕尘白日里要忙于军务，到了晚上还得兼职做我的守夜人，偶尔还得充当六福子的位置，安慰做噩梦的我。

这么折腾下去，玉面罗刹都快变玉面病猫了。

思绪从冰冷的寝宫回到库房后院。

燕尘和我就着一壶热茶，聊聊那时我们的君臣情，且他的感慨不比我少。

“那时末将血气方刚，天寒地冻的，替皇上值守一整晚都不会觉得冷。”

看来我们回忆到一块儿去了。唉，我就快哭了！

他紧接着道：“可是现在不同了，末将年纪稍长，身子上的问题越来越多了。再过几天，还要犯老寒腿呢，那真是一刻都冻不得啊。”

…………

我默默从桌上的小方盒里掏了几颗枸杞，丢在了燕尘的茶杯里。

我丢完枸杞，忽然被冷得打了个激灵。

再看手上，不知道什么时候覆了另一双手。而那一双手的主人非但不觉得愧疚，反倒握得更紧了一些。

燕尘定定地道：“说了，末将现在冻不得。屋内又只有一只汤婆子，皇上不会连这点小要求都不满足我吧？”

他说得好有道理，我根本无法反驳……

眼下，门外传来的依稀打木桩的声音，衬得室内愈加静谧。燕尘的脸颊被冻得有些泛红，不对，也有可能是被这汤婆子暖红的，反正不会是……喀喀，因为羞涩脸红的。

他和我同执一只汤婆子，关键这汤婆子的尺寸那叫一个小啊！于是，燕尘的双手和我的双手就不可避免地交叠触碰在了一起。

手心里传来的暖与手背上递来的凉交织着，我的心跳仿佛因为这种微妙的温差跳漏了一拍。

而那两双手的主人——燕尘的嘴角噙着浅浅的笑，低垂眉眼，那副心无旁骛、一心想取暖的单纯模样，反倒让我觉得自己的思想那是相当的龌龊。

可偏偏这位单纯的男子将指腹在汤婆子上又是抹，又是捻……导致我的心也因为他若即若离的触碰而忽上忽下。

我和燕尘明明一句话也没有说，可我的心里居然冒出一股子旖旎的想法：汤婆子、燕尘、阳光，冬天能有这三样，我李扶摇的人生就此圆满了。

“这难道就是传说中的此时无声胜有声？”

十分不合时宜地，我顿悟了当年石鼓书院夫子教授的一句诗。

“扑哧。”燕尘十二分配合地发出了嘲笑的声音。

“燕将军！邹大人派人紧急来报，说是叫你赶紧回京郊大营。事情不能做了一半就不管了呀。” 雀七真乃破坏气氛的小能手。

“好，我知道了。”燕尘被打断了取暖，十分不耐烦。

转身对我说话时倒是耐心很好：“皇上，继续好生感悟你的诗词呀，末将先行一步。”

我倒是没急着走，主要是被三位旧部喊住了。燕尘前脚刚走，他们也“嚯嚯”完了木桩子，纷纷赶来和我聊人生了。

他们仨抱拳："皇上，我们有个不情之请。"

"哎呀，客气客气，你们请说。"

"燕小将军为了妥当安排我们三个，这段时间耗费了不少精力和时间，我们实在是愧疚！可我们三个的确是离开战场太久了，重新回到边关，参与边防要务是不可能了。"

方才在现场观摩几个兄弟操练的我，在心底里表示无比同意，可我嘴上依然要煲一口"鸡汤"："三位将士不要泄气嘛！正所谓是万事开头难……"

他们无情打断了我："不知道宫中可否有适合的活计给我们仨兄弟做？"

我在脑内飞速一想。

按理来说，镇国将军能安排这大宴上下的几乎一切军中职务，简单来说，他们管燕尘要什么职位没有啊？可他们三个偏偏要找我这个皇上要，这是什么路数？

最关键的是，纵览我在宫中交好之人的职位……不是水澜居"铲屎官"，就是梨园话本"代购员"，再或者就是"衣食父母"，简称炒菜的。

如果给他们安排这些职位，如若燕老将军泉下有知，那定是要被我气活了。于是，我婉言拒绝道："三位将士，并非我不愿意安排，而是我能安排的军中职务都是些芝麻绿豆的活儿，正所谓是杀鸡焉用牛刀……"

他们继续无情地打断了我："皇上，是这样的，我们仨兄弟并不在乎职务的大小。找到皇上讨活计做也是下下策，我们想先从宫中的简单职务先熟悉起来，多种事务轮岗也行，只要早日找到能胜任的。我们想早日给燕小将军一个交代！不再成为燕小将军的拖油瓶！"

我被感动了。

综上所述，这三位旧部最大的要求就是，该职位能不经过燕尘这一关审核就给安排到岗的。

经过我与三人的热烈讨论，宫中满足该条件，又适合三人做的职务，那便是我寝宫的守夜人。

这不仅是三位将士给燕尘的惊喜，也是我预备为燕尘奉上的一份独一无二的惊喜。

想想我还有点儿小激动呢。

第二日入夜，亥时，我的寝宫前。

“所有要注意的事项就是这些啦，三位将士大大们，可还有什么不明白的吗？”

六福子正在好声好气地给三位旧部说明值守寝宫的注意事项。

闻言，三个旧部乖巧地点了点头，便各就各位上岗了。

我寝宫的侍卫一职说白了也是一个外表看起来风光的闲职，对于三位能否胜任的问题，我也压根儿没担心。

况且，整个计划中最难的环节——瞒住燕尘，也已经完美完成了。

今日恰逢三个旧部在兵部库房值夜班，于是他们仨趁着要运送库房器具，光明正大地出了兵部，而晚上兵部又鲜有人在，换句话说，那边哪怕是他们仨值守个通宵，也不会有人发现。

今天恰好是小雪节气。

小雪气寒而将雪矣，地寒未甚而雪未大也。

寝宫外冷如冰窖，而我怀抱着燕尘昨日赠予我的汤婆子，就着温暖沉沉地入睡……

半夜，我是被硬生生热醒的。

我只觉得周身无比灼热，那种热已经不是温暖，而是如同被火炙烤一般的灼烧感！我猛然惊醒，醒来后不自觉地大口喘气。可奇怪的是，任由我再努力地大口吸空气，我依旧无法摆脱那种灼人的窒息感！

甚至感觉越来越喘不过气！

“六福子……我要水……水……头晕……六福子……”

我的脑袋像是被蒙了一层东西。

不能运转，不能思考。

“皇上！皇上！你们快点啊！快泼水啊！快点啊！快——！”

混沌间，一嗓子吼得我打了个激灵，将我分散的思绪愣是给吼了回来。

此时我才稍稍反应过来，刚才那一嗓子是六福子的声音！他正在宫外急着救火，而我……则是正在火中！

我慌忙间跳下床一看……自己岂止是身在火中，我正被火海包围，无处可逃。

我曾千万次梦到类似的场景，可我又笃定，眼前的这一切不是梦。

火苗如同淬了滚烫铁水的毒蛇，在房梁上缠绕着，不安地朝我窜动着。它们占据了这间寝宫的角角落落，筑成一面面触之即死的火墙，将我包裹其中。

隐约间，我听到六福子还在外面哭哭嚷嚷。

于是，我下意识里循着六福子的哭喊声，企图在火海里找出一条可以出去的路。

然而这一切都是徒劳。

强撑着让自己保持清醒已经花光了我的气力，已经没有多余的力气用来寻找出路。没走几步，我就如软脚虾一般摔倒在地。

只能用尽全力喊叫：

“六福子！我在这里！我在这里！咯咯咯……”

只是我每喊叫一次，窒息感就会越强烈。

几次下来，我只觉得眼皮越来越重，意识也越来越弱……眼前的场景化作浓郁的火红。

恍惚间，似乎有人从火红中款款而来。

他长身玉立，身影如同一柄不会倒下的刀剑。

“父皇？是你吗？

“扶摇，可能就要死了……”

昏昏沉沉间，我忽而感觉身子一轻，整个身子被一股清冷的气息包裹着。

“没想到死亡的感觉居然是这样的……”我呓语似的呢喃。

居然还有点舒适，甚至有一种独特的安心感。

“李扶摇！你要是敢睡过去，我就立刻带兵造反！”

头顶传来的嘶吼又是把我吓得一个激灵。

“谁？谁要造反？”

我猛地抬头，差点撞上那人的下颚。呃……但差了一寸，我正与那人大眼对小眼，他急促的吐息就在耳边，他的双眸如同西湖里最深的那一潭湖水，里面盛满了害怕。

在我的记忆里，我从未见过燕尘这副表情。

“燕尘。”我低声喊了一句。

他有些凶神恶煞，道：“你这只猪终于醒了。”

即使他凶得要死，可这句话依旧给了我无比的安定感，可紧随而来的是恐惧感。

“燕尘，你来救我了啊。你不应该进来的，这里所有的出路都被堵死了，我们逃不出去了。你不应该来的……”

他只当没听到，反而变本加厉，更加凶神恶煞：“李扶摇！你给我听好了，接下来按我说的做！”

“好。”

“闭上眼睛，然后紧紧抱住我。”

为什么要闭上眼睛？仅存的一丝理智让我对燕尘的话产生了怀疑。我攀着他的肩头，顺着他看去的方向往前一看。这里应该是寝宫的后门，熔断的房梁歪歪扭扭地横在地上，这里虽然比其他地方的火势小一些，可火苗依旧没到了小腿根。

我立即反应过来燕尘接下来要做的事情，大叫道：“燕尘！不要！”

然而燕尘继续只当没听到，唯独语气放得又轻又缓，温柔得如同西湖糖藕上最甜的那圈蜜糖：“扶摇，我保证，我们一定会平安无事的。乖，闭上眼。”他一只手将怀中的我又抬高了些，一只手轻轻覆在了我的眼睫上。

接下来的时间或许很短，于我却是无比漫长。

燕尘正在以他的肉身跨越火海！

我无力地钻在燕尘怀里，清楚地感受着他身体的颤抖，却无能为力；清晰地听着他那带着隐忍与克制的喘息，却什么也做不了。

内疚与困顿袭来，我昏睡了过去。

我再醒来已是两日后，睁眼看到的是一脸凝重的六福子，还有一摞儿太医院的老太医。

见我醒来，六福子抹了一把眼泪，告诉我：“皇上，你昏迷的这两天，宫中就要变天了。”

六福子口中“要变天”的事情大约有三。

一是我的寝宫被烧毁，一丁点儿也不剩。这意味着那片地基上即将第三次重新建造宫殿；二是燕尘的小腿在起大火的那夜被烧伤，经过紧急救治保住了腿，可是是否会留下疤痕那还得看命。

同时，那场大火的起因找到了。

乃因一个炭火盆。

早先我就说过，炭火盆在冬日取暖最为暖和。宫中大小宫殿里也都靠这个取暖，其中除却我所在的寝宫与书房。

然而，现在这个本不应该在我寝宫出现的炭火盆，却成了致使这场大火的原因。

那么，这个火盆是谁带进来的呢？

这便是大事之三。

六福子又告诉我："人已经抓住了，只是……这两日，燕将军和你双双卧病在床，犯人现在在刑部关押，但无人敢提审。"

他支支吾吾的模样让我心里升起一股不祥的预感。

看来犯人不简单，还得我亲自提审。

于是，我醒来不多久，自我感觉身子稍微舒爽了，就在六福子的搀扶下，去刑部见了将炭火盆带进我寝宫的若干人等。

当我看到那三张熟悉的脸时，第一反应是：是不是哪里弄错了？

不错，被捉住的人乃是那三个被我亲自带进宫中的旧部！

刑部的提审大牢又湿又冷，他们仨只着单衣，表情阴鸷，脸上不见愧疚与害怕，反倒满是愤恨和不甘。

然而他们一脸忠义地说"不想拖累燕尘"的样子还在眼前，前后不过隔了三两日，怎么就变成了这个情形？

我一时间不知道说什么，反倒是他们先开了口。

"你不必假惺惺的，一人做事一人当。炭火盆是我们带进去的，火也是我们纵的，一切都是我们做的。"

我正在为三人的坦白咋舌。

为首那人冷笑一声，语带嘲讽，道："但是谁叫你该死！父债女偿！天经地义！"他猛然朝我扑腾过来，被冻得青紫的双手在铁栏杆上敲得梆梆作响。

那歇斯底里的模样就像要把我给生吞活剥了。

随后三名旧部表示拒绝我的提审，他们只愿意接受燕尘亲自接手此案件。

事情的发展超出了我的预期，我万万没想到我与燕尘无条件信任的三个人、燕霜烈老将军的得意麾下，居然会为了杀我，费尽心机演了那么长、那么逼真的一场戏。现在想来，边关事务或许非他们所不能为，而是不想为，为的就是有机会跟随燕尘入京，再有机会瞒着燕尘与我单独对话。

再以"给燕尘一个惊喜"的名义，在我这里讨要一份宫中的活计，不，是近我身的活计。

真是好一场大戏。

从刑部回来，我有些失神地对六福子说道：“他们言之凿凿的样子，让我觉得自己真的有什么事情做错了，可我却毫不知情……”

那句“父债女偿！天经地义！”像是魔音绕耳，我怎么也忘不掉。

六福子从钮黑黑手里接过一碗银耳莲子羹：“皇上，别瞎想了。能用这么狠绝的手段加害于你的人，绝对不会是什么好人！”

是。

六福子说到点子上了。

在一千万种能置我于死地的方法中，燕老将军的三名旧部偏偏选择了最狠辣的一种，狠辣到让我怀疑，他们不是单纯地想要我死，而是类似于一种替天行道、一种惩罚。

我的寝宫与书房中从不放置炭火盆，只因一段童年阴影。

我的爹爹，大宴的先皇，正是死于炭火盆引发的一场火灾。

七年前，燕霜烈将军战死沙场的同年，两个值夜的小太监将火炉里面的炭闷灭后，随手倒在了楠木格栅旁，没想到火没有完全熄灭。加上寝宫皆为木结构，未完全熄灭的炭火死灰复燃，将爹爹的寝宫烧为灰烬，同时在寝宫中的爹爹，因为窒息昏厥，而后因蔓延的火势而身亡。

那是我花了整整七年也无法抚平的痛。

我永远记得那一夜，火势冲天，我连滚带爬赶到爹爹的寝宫，在门口声嘶力竭地大吼大叫。

以及得知爹爹无法生还时，那种痛彻心扉、冷彻骨髓的感觉。

而那夜我宫里的那场火灾，不就是原模原样复制了我爹爹当年的死法？

父债女偿……父债女偿……

“皇上，你怎么了，你别吓六福子啊！”

六福子一句话把我带回现实。

我怔怔地醒来，对上六福子急切的目光，小脸蛋急得红彤彤。

“啡！”他火速塞了一口榴梿酥，见我吃下，他才长舒一口气，拍了拍自己的小胸膛，“还好，还是那个贪吃的皇上。”

…………

也不知道他在瞎担心什么呢。

“皇上，六福子差点以为你犯火灾后遗症了！呜呜呜，吓死我嘞！”他后怕道，“太医们说了，这次火灾，皇上受到了不小的刺激，接下来几天很可能会犯后遗症，说不定就变痴傻嘞。”

…………

也不知道太医们都在胡说什么呢。

不过这番话倒是提醒我了。

火灾的后遗症……

“六福子，准备准备，随我去趟将军府看燕尘去！”

“啊？哦，我忘记和皇上说了，燕将军虽然落了个烧伤，可旁人依旧拦不住他，他早在皇上之前就下床忙着处理公务去了。那三个旧部就是由他逮捕归案的，皇上现在去将军府上应该也没人在。”

原来燕尘早就见过了那三名旧部，只是还没来得及提审。

我心里莫名有些发慌，他们都对燕尘说了些什么？

探望无所谓地点。

无非是燕尘在哪儿，我就去哪儿。

从六福子那儿得了消息的我，立刻动身前往兵部。我抵达兵部时，燕尘正在军机堂同高子澄他们议事，驻守门口的雀七将我拦在了外面。

且他的语气比这寒冬还要冷上几分：“皇上，你不好好在宫里休息，跑到兵部来做什么？！”

“这话你应该先问问你们将军吧？”紧随其后的六福子替我呛了回去，“你家将军这是只许州官放火，不许百姓点灯？啊，不对，是只许将军放火，不许皇上点灯？”

外头的气氛剑拔弩张，里头也没好到哪里去。

我拉着六福子在门口等了一会儿，没多久就见高子澄几个兵部要臣一溜儿从里面鱼贯而出，且个个脸上写满了难言之隐，面色差！非常差！

高子澄见了我，急切地蹦跶过来，拉过我，道：“皇上啊，你怎么早不来晚不来……哎！听臣一句劝，你可别进去了……今日诸事不宜，您还是改日再来啊。”

“皇上突然到此，末将有失远迎。”高子澄身后冷不丁飘来一句，乃是在堂下露出半截身子的燕尘，另外半截没在了阴影里，让人看不透他此刻的神情。

可单从那句话，我就十二分地感受到了他今日心情不爽。

高子澄更是被吓得……肥硕的身子抖了一抖。

军机堂，前院。

也不知道是不是今日有些雨夹雪的缘故，我怎么感觉这军机堂今日格外阴森、分外冻人啊？我被燕尘接至了军机堂前院，连同被抓回来的高子澄他们。眼下他们几个大臣垂着脑袋，乖巧地在燕尘身边一字排开，而我与燕尘在太师椅上，面对面而坐。

冷雨夹带着碎雪，从檐上窸窸窣窣落下，发闷的雨落声让原本就阴沉的气息更为凝重。

我再也坐不住了！

我撸起袖子，对准燕尘的衣服下摆，小鸡啄米似的就往他身下杵：“让我看看你的腿上的伤……”

燕尘躲开了。

我没料到他会这般，一个捉空，继而一个踉跄。

眼看就要扑腾到地上……幸好燕尘一如曾经那样替我兜住我的冒失。

可似乎又有哪里不一样了。燕尘捉住了我的手腕，帮我维住了平衡后，便即刻松了手。这世间，哪有人比我更熟悉燕尘？

仅凭这一个小细节，我就察觉出了他那异常的冷淡、疏离。

我有些愣怔，道：“燕尘，你这是怎么了？”

燕尘施施然行了个礼：“皇上，许是这两日睡糊涂了。这里是兵部，高大人、邹大人可都在旁边看着呢，皇上还是切莫失了分寸比较好。各位大人，你们觉得可是如此？”

他的眼神往身边那一字排开的队伍一瞥，几名大臣点头如捣蒜。

“是是是。”

我有些气不过，心想：施官威，我也会。

我往那一字排开的队伍一笑，道：“可是朕确实有重要的事情要与将军单独商议，高大人，你们不如退下？容朕与燕将军单独说几句。”

“好好好。”

他们心领神会，正好找着了顺往下爬的杆，于是纷纷火速退下。

眼下军机堂只剩下我和燕尘，连六福子都在外等待，我也终于能无顾虑地问出自己担忧了很久的那件事。

“燕……燕将军，你准备什么时候亲自提审那三名旧部？”

燕尘沉默不语，只低头摆弄自己腰间的衣带，自他鼻腔里冒出的热气在冰冷的空气中凝结成白雾。那丝丝白雾就如同我此刻的心情一样，忽上忽下。

半晌，他反问道：“依皇上所见呢？”

…………

燕尘不咸不淡的态度成了压倒我的最后一根稻草，将我的冷静与自持都彻底击碎。

接下来的话说出口时已是气急败坏。

“燕尘！他们三个到底对你说了些什么？

“你不要一副拒我于千里之外的样子好不好？哪怕你……你像呵斥高子澄他们一样呵斥我，只要你告诉我，我到底哪里做错了好不好？

“你知不知道我从六福子那里听说你……听说你不顾自己身体，枉顾伤口下床办公务……我有多担心？”

我喊出来就觉得爽多了，可同时也将泪花一起逼仄了出来。这个天气，风干的泪花像是白霜一样冰冷，我只觉眼眶和脸颊火辣辣地疼，但再疼也比不上我的心里疼。

因为待我说完这一大串话，燕尘愣在原地许久。

他似乎在用尽力气忍耐些什么，用力到身子都微微打颤。他攥着拳头，用力到关节都发了白。甚至有一瞬，我以为他会冲过来紧紧地抱住我，告诉我这一切都是误会，告诉我事情的来龙去脉，告诉我其实今日我所看到他的冷漠都是假的。

可惜没有。

他倾过身子，用衣角替我抹了抹泪，轻声道：“皇上回去吧，一场冬雨一场寒，兵部又多铁器，依你现在的身子骨，实在不宜久留。”

这次躲闪的换成了我。

我拍开他伸来的手，埋头迅速擦干了眼泪，又狠了狠心，起身离开。

“将军别送了。”

我李扶摇也是要面子的。

事不过三，燕尘都这般赶我了，我再杵着，那就是不识抬举，就是一块惹人厌却不自知的牛皮糖！

我踏出前院时，不知何时天空已经飘起了小雪。

走到一半，雪花从我眼前簌簌落下，我才后知后觉把伞落下了。于是，我返回去取，结果一个转身正巧撞上了往我这边走的燕尘。

望着那双不再对我澄澈的杏眼，望着那张熟悉又陌生的面庞，一瞬间，我的鼻子不争气地发酸了。

恍惚还是两日前的那天夜里，那时眼前人说的是：“扶摇，我保证，我们一定会平安无事的。乖，闭上眼。”

眼前人做的是将手覆在我的眼睫，而我的眼睫处则是一阵柔软与温暖……

我回忆得出了神，谁想眼上的柔软居然从回忆里带到了现实中。我回过神一瞧，原来是燕尘将自己身上那件大氅披在了我身上，而方才眼睛处的柔软触感就是那大氅上的狐狸毛惹的。

我真是受够了他的忽冷忽热！

“呵呵，将军，太过客气了，这大氅还是留给你自己披吧。”说罢，我脱下了大氅，却被燕尘在肩头一把按住，甚至还替我在脖颈间打起了大氅的结。

他一边打结，一边还道：“不是我有意隐瞒，而是真相总有揭开之时，更不会因为你我有所改变。还请皇上这几日好好休养，等你恢复得差不多了，我再提审那桩纵火案也不迟。”

说来说去，翻来覆去，他还是不肯和我挑明那三名旧部对他所言为何事。

我自讨没趣。

此时，燕尘见我不答话，不厌其烦地又强调了一遍。

“最后再听我一次，好吗？”

唉，我真是太不争气了，分明刚才还被燕尘气得脑壳疼，下定决心和他死生不复见了！可现在居然被他用一件大氅、一句哄骗就给轻易收买了。

李扶摇，你还有没有点底线和原则？啊？

我在心里痛骂自己，这份自省到了嘴上却变成了娇嗔。“明明刚才还一遍又一遍地赶我走。”看那模样巴不得我立刻遁地，消失在他眼前，“现在又一副舍不得的样子……”

譬如，一条放在旁人手上三下五除二就能系好的大氅结，落在他燕尘手里，那简直比宫中绣娘手里的活儿还要难。他系了许久许久，双眼也盯着我许久许久，久到就好像……

我感叹："像是今后再也见不到了似的！"

燕尘自当没听到，继续专心他手上的"绣活儿"，他又好巧不巧站在了寒风吹来的方向。这么一来，我被隔绝了风雪，加上那件还带着他体温的大氅。我身在雪下，心里却是比焐着汤婆子还暖。

半晌，燕尘终于替我打完了那个"世间最复杂"的结扣。

我抬眼，使出吃奶的力气瞪了燕尘一眼，发自肺腑道："燕尘，我觉得你有病。"

某位患者苦笑一声："是啊，病得还不轻。也不知道在今年冬天结束前，能不能痊愈。"

那日，梨花枝上层层雪。

我和燕尘站在军机堂前许久。当我以为那一场雪中送别是我们吵架后的重归于好，却不知日后回头再看，那日无心的一句"今后再也见不到了似的"竟一语成谶。

第十二章

七年前的旧案

我是一个讲诚信的女皇帝，兼一个耳根子软到几乎可以忽略的女子，所以面对燕尘那日的连哄带骗，那我自然是照做啦。这几日，我如他所要求的，在宫里好生休息，但机智如我，还是免不了使用一点小心机。比如，这几日，我一天吃五顿；再比如，我让六福子从宫外捎带来了《白衣将军俏皇帝》的最新册与芸桂坊的胭脂水粉。

这么一来，我总算从化妆、进食、心情……三位一体，全方位去达成燕尘口中的“好生休息”。我想，如此一来，燕尘就再也没有将提审日子一拖再拖的借口了吧？

几日后，白白胖胖的我往燕尘跟前一站，他上下打量了我一眼，笑了：“皇上，我让你休养，可没让你把自己像是喂猪仔一样喂得这么……丰腴呀。”

“不要在意这些细节。”

忽略这句恶意满满的评价，我的计划还是成功的。

燕尘果真说到做到，在我上将军府找他的第二日，就上刑部提审了那三名犯事旧部。

然而我寻思着燕尘那“有话不能好好说”的病症，似乎也只是间歇性好转，并没彻底治愈。因为他虽然提审了三人，也在刑部开了堂，更是按照礼数将刑部负责司监的官员与兵部的主要大臣们全数请齐全了，可被邀请的人中独独少了我。

真是奇了怪了，都到了这个节骨眼上，他还准备瞒我什么？

当日，燕尘将提审的时间提前了一个时辰。而我知道此事还多亏了他多下的一步棋，为了以防我提前去刑部，他派了傅天南入宫来拖延时间。

知我者莫若燕尘，我的确准备提前去。

可燕尘似乎忘记了傅天南是个不知道“守口如瓶”一词是何意

思的人。

况且，我现在对傅天南的认知，早就从两肋插刀的好兄弟变为了“在沈桐芊面前，兄弟如衣服”的重色轻友之徒。所以，对于他突然的造访，我就格外谨慎了些。

当时，傅天南提着几大袋糕点进宫探望我，往我寝宫里一杵，仰头开始直抒胸臆：“扶摇姐，你看这天上的雪花，最终落在地上都变成了雨，那还不如一开始就下雨呢，对不对？”

我嘴角抽了抽，这算是哪门子惊天大废话？

“南弟，那你说，你吃的饭最终都变成了某种花的肥料，那南弟不如一开始就吃那个呢！”

…………

他犯了个恶心。

接着，我做出一副壮士扼腕的样子：“唉！没想到他还是这么做了！那天我还以为他只是说说……”

闻言，傅天南松了一口气：“什么呀？难怪你一眼就识破了我的来意呢！这么看来，被识破，那也怪不了我咯。怪就怪燕尘哥早就和你说过他要提前了一个时辰提审……”

我一惊，抓起披风就跑：“六福子，备马！去刑部！”

而此时，傅天南也后知后觉发现他被我套了话。

于是，他“哐当”一下，柔弱地摔倒在地，一边啜泣一边抱着我的大腿：“扶摇姐！饶命啊！上次在云踪坞我给你写的那个破剧本，就差点没让燕尘哥一狼牙棒把我捶了！呜呜呜……这次我说什么也不让你走！”

我也不慌，凡事都要讲道理。

我沉声道：“南弟，你有所不知。这事有关你李叔叔，如果我不能到场……”

我一搬出老爹，傅天南立马收了手，一副随时准备英勇就义的神情：“不就是一锤子吗？我扛得住！”

算我老爹过去没白疼他。

我快马加鞭抵达刑部时，此案堂审正巧进行到了最关键的地方，三名犯人正在招供自己所犯下的罪行。

可是我的出场显然是打断了提审流程。

上一刻还抱着册子在念三名犯人名字的刑部主薄，最先看到了我，吓得册子都丢了。一石激起千层浪，在场官员们喊得我恍惚身在朝堂。

“皇上……”

“皇上。”

“这……”

我怒道：“你们还知道有朕这个皇上？主薄，还有高大人，朕似乎早就和你们说过，这桩案子提审时，朕必须在？”

“说了说了，只是……”高子澄的小眼睛不住往燕尘身上瞟。

我明白，他也无非是肉夹馍里最挤得慌的那块肉，罪魁祸首还是那块在上的“馍”。我也知道我此时最该诘问的也是那块“馍”，只是……并非我不想。奈何那人风雨不动、稳如泰山地坐镇在旁，一副“我没有，我不是”的模样。

加之，现在正在严肃审案中，我总不能抓走燕尘一顿问吧？但好的是，燕尘也同样拿突然闯入的我没办法。他草草解释了两句，审案便继续。

主薄大人给我加的座位紧挨着燕尘。我入座后，燕尘眉头紧蹙，转过脑袋看我。

我以为他又要同我吵架了，谁知他的语气却是很无奈。

“你为什么就是不愿听我的呢？”

我一怔，心里莫名慌了一下，也不知道在慌些什么。

此时，那三名犯人已经悉数招供，包括如何伪装自己，如何从宫中何处寻得炭火盆，又如何利用炭火盆制造了火灾。

“我们故意没将炭火盆闷灭，然后倒在了柴草堆，再让其起火。”

他们说完这句，全场响起了倒抽凉气的声音，包括我在内。

因为在场的官员多是两代老臣，自然知道眼下三人口中的作案手法，正是当年致使大宴先皇死于无妄之灾的原因。

我心头惊慌的感觉更为强烈了。

此时，主薄大人怒喝道："大胆！居然敢对先皇不敬！皇上、燕将军，臣觉得此三人已是冥顽不灵，不如速速定罪，再将他们送往大牢！即刻发落！"

然而不等我和燕尘回答，堂下之人兀自冷笑起来："呵，对先皇不敬？他堪当这份尊敬吗？！"

"当然堪！"我拍案而起。

众人皆道我李扶摇是废柴女皇，我从未反驳过一次。因为我的确没有魄力，更没有头脑，可是我也有自己的底线，而我的底线就是我所爱之人。

抛开这份偏袒，我父皇也绝对堪当"明君"二字，更别提只是一二分的尊敬。

可是那人置若罔闻，继续冷笑道："你们可还记得燕霜烈将军的死因？可还记得当年落燕坡下那数万将士的鲜血？你们当真以为是燕将军的副将出卖了粮仓位置，导致我们粮仓被毁？我们今日就要告诉你们，事实并非如此。"

"看你们是愿意相信几个连战场都不曾上过的后勤小兵，还是相信当初在燕霜烈将军麾下被他视作左膀右臂的我们！"又是一阵冷笑。

他将牙关咬得吱呀作响。

"真相是那粮仓根本不用毁，因为里面根本没有粮！先皇，也就是你的那位好爹爹！在战事进行到十日之时，就彻底断了补给粮草！"

这句话如同平地一声惊雷。

接下来他们说的一番话更是如同大浪滔天，幽潭潮涌，势要将大宴的形势搅个天翻地覆。

当初，大宴与梁国的大战时常发生在屹然山，而屹然山的地形是连寻常百姓都知道的凶险。众人皆知，在那里粮草等同于命。

我爹爹又怎会不知？自我在石鼓书院上兵法课开始，爹爹就会有意无意考我相关知识。他曾不止一次问我：“如若梁国在屹然山边境发难，那摇儿第一该做什么准备？”

这问题问得我都耳朵长老茧了，这答案我也记得比自己的年龄还牢：“充实粮草！修建粮道！绝对不能让前方的大宴将士们断粮！”

许是梁国和我大宴的交接地形太过艰险，又许是我爹爹尤其注重军队的补充粮草，因此大宴到屹然山有近百条粮道，以防梁国细作或是水匪劫粮。别国甚至称之为“天缨有马，大宴有粮道”。

可显然在场的官员们都忘了。

本来一桩寝宫纵火案，却逐渐牵扯到了上一代的镇国将军的死因，堂内的气氛瞬间凝固。方才还在梗着脖子喊“即刻发落”的主薄大人安静如鸡，刑部的官员尚且如此，更别提那些兵部的官员了。他们一脸讳莫如深，全数的目光都战战兢兢地落在了燕尘身上。

我其实也能够理解他们，因为如今距离这桩旧案已过去了整整七年，无论是旧部口中的“主谋”也好，还是“被谋害之人”也好，所有经手当年放粮的人证也都死的死，消失的消失。

孰是孰非，全凭主观论断。

真正让我寒心的，是燕尘的态度。

他沉默得如同与在场的紧张气氛隔绝，双眼沉静得如同一汪死水。早说过，这世间没有人能比我们彼此更清楚对方在想什么，燕尘眼底的那一汪死水里不是惊讶，也不是难以置信，更多的是愤怒和认命。

没有任何惊讶……大概是因为他早在关押三人时，就从三人口中得知了先皇的死因蹊跷，那三人只是没有告诉他个中细节而已。

心下有了猜测，但我还是确认了一遍。

“燕尘，你早就听闻了？”

“嗯。”

我哑然。

我终于明白几天前我去兵部探望他，他对我的冷漠与疏离从何而来了。

现在想来，那天无理取闹的人其实是我。

后来在雪中，他给我递上的大氅，还有那句“等你养好身子，我再提审此案”，以及他故意错开时辰让我错过今日的堂审……原来这都是他在耗尽最后一分耐心来保护我。

可现在，这块遮羞布被我扯开了。我和他避无可避，必须直面这桩或许牵涉到我们父辈恩恩怨怨的旧案。

我忍痛转身，不去看他，嘶哑着嗓子，低吼道：“我爹生前和燕霜烈老将军的交情诸位大臣难道没有看到？我爹怎么会对如同亲兄弟的燕将军做出那种事情？！”

“帝王之道罢了，你以为你爹当年巩固粮道是为了燕老将军？呵，不过是忌惮梁国！可当有人比梁国更让他忌惮的时候，那他自然做得出‘前方打仗，后方断粮’的乌糟事情！”

另一个旧部接着道：“皇上，我希望你清楚，是人都有两面，虎毒尚且不食子。你记忆中那个好爹爹，与一个好妒的帝王并不冲突，他生怕燕老将军功高盖主，不惜借梁国的刀杀老将军，也是事实！”

“你胡说！”

“我所招供的一切属实，如有半句是假话……”那名旧部狠狠剜了我一眼，嗤笑道，“以上所说的话，我愿以落燕坡下千千万万将士的在天之灵作证！如有半句假话，我甘愿天打雷劈！五雷轰顶！”

那句毒誓如同一口洪钟嗡鸣，将燕尘在内的所有旁听人都震得一言不发。

我更是听得双腿打颤，需要狠狠抓着藤椅，才不至于狼狈地跌倒在地。

本该当场定罪的三人，被再次关押，等候下次提审。

这个决断乍一看是取了平衡之道。但实际上，主薄大人结案时对下次提审的时间只字未提。这在刑部的规矩里，默认作软禁。

而主导了这一决断的燕尘，到底是如何看待那三名旧部口中的话，也可想而知了。

堂审结束后，我同燕尘彼此沉默，一齐从堂中走到了前院。不过寥寥数十步路，我的脚却像是灌了铅，每迈一步都觉得十分困难。

我头一次觉得，站在燕尘身边像是和他隔了一条银河。

此时，一直在堂外等待的六福子、雀七他们分别凑上来，替我和燕尘各自披上了一件大氅，两人还互相狠狠瞪了一眼。

刚才堂内断案都是靠吼的，想必他们在外也都听得一清二楚。

六福子："我们先皇才不会做出那种事呢！你们将军就是听信小人谗言！"

雀七："你叫谁小人？堂上那三个可是我们燕老将军麾下出了名的三员忠将！他们说的岂会有假？"

六福子："我不管！反正皇上是无辜的！"

雀七："马屁精……"

他们一来一回，我和燕尘相视无言。

此时，傅天南又凑了上来。

他本来和我一起来，是就泄露了提审时间一事负荆请罪来的。谁想被他听到了旧朝秘辛……说起来也是为难我这个男闺蜜了，我正要抬手准备让他赶紧回去，结果被他拥了个满怀。

傅天南给了我一个熊抱："扶摇姐，这几天我多进宫陪陪你。"

抱完了我，他又杵在燕尘跟前，踟蹰着不上前。两只胳膊张开又放下，最后语气轻得如蚊子叫："燕尘哥……我有时间也会去陪你说说话的。”

“不必。”燕尘打断道。

他也终于愿意和我开口说话了，只不过一开口就是告辞。他道：“皇上，如同那日在刑部军机堂的情形，我已无心再重复一遍，更不想和皇上再生出更多嫌隙。但我还是想冷静一段时日，末将先退下了。”

燕尘草草说完，就带着雀七离开了。

嘴硬的雀七临走前还不忘最后逞一次口舌之快：“哼，有本事继续找那个小白脸说我们将军的不是啊！”

“你有本事别跑！”六福子追了两步，又回来搀我，他好声好气道，“皇上，我们回宫好好休息吧，我让钮黑黑给皇上做榴梿酥、梅花糕、猪油膏……”

贴心的六福子一心报糕点名来转移我的伤痛，回了宫后，他更是伙同傅天南、钮黑黑两个活宝，每天变着法子让我开心。

可惜的是，在此事有个论断之前，我再也开心不起来了。

那日，三名旧部在刑部说的那番话只是一个开端，撕开七年前那段不可说的过去的开端。在接下来的几日里，刑部主薄听取了三人余下的话，然后整理成文书递交到了我这里，同时给燕尘那里也递交了一份。

那份文书我看了，三名旧部将他们从得知燕将军可能战死沙场，到被燕尘在天缨国军中马场寻到，这中间的七年经过都如数写在了纸上。

原来，当初在大战中幸存下来的先遣部队有五人。

据三人招供，当时这支先遣部队回到屹然山大营，看到的已然是一片荒芜与血腥。当时他们不见燕霜烈老将军的战躯，抵死不相信他们的燕将军已经战死沙场。于是他们当时的第一反应不是痛哭，而是想着回大宴，求证燕将军的下落。

可就在他们回大宴的途中，却屡次遭遇暗杀。

先遣部队中的一名将士更是为了救余下四个人，用自己的身躯替他们挡出了一条生路。他们是习武之人，是日夜浴血奋战之人，那时即使在逃亡途中，依然看清了前来暗杀他们之人腰间的腰牌，乃是大宴将士独有的腰牌！

当即他们反应过来，大宴回不去了，有人不想让他们回去，甚至想杀他们灭口。

“至于为什么不想让我们回去？那自然是怕我们将当年断粮的真相一并带回大宴！”

文书我读到一半，三人的招供手书，字字力透纸背，通过那些字，我都能切身感受到他们的愤怒与恨意。

当时，他们已经数十日没有正常进食，靠啃树皮、吃虫子勉强苟活。

“天无绝人之路，我们在漫无目的的逃亡途中，偶遇了在天缨国做马草生意的商人。之后我们在天缨国活了下来，隐姓埋名做起了马夫。本来我们都快要在日复一日的平凡马夫生活中耗尽恨意，直到我们得知天缨国将要向大宴进贡战马。我们知道，机会来了。”

读到这里，我倒吸一口凉气，一切说不通的，看似没有联系的事情都对上了！

那支幸存的五人队伍，因为被刺杀从五人变为四人，而如今却为何只有三人？剩下的那一个人去了哪里？

我赶紧继续读下去。

而上面写的，和我想的基本吻合。

燕尘曾说起自己去天缨国时，犯事的马夫自焚了。当时，我们还当这是幕后之人做出的狠绝手段，如今看来……竟然真的是那人自己烧了自己，就为了不提前暴露杀意。

他们效忠燕霜烈将军时，燕尘是一个温润小公子，虽然后来他们在天缨国也听说了大宴的风云变化，可是固有的印象还是让他们不敢第一次见面就完全信任燕尘，将当年的事情和盘托出。

我又想起了他们三个刚随燕尘回到大宴的那天，似乎正巧撞见了我在安慰燕尘！我们甚至互相依偎……

思至此，我浑身发冷。

就是这一系列的巧合，让他们三个决定自己实施复仇计划！

现在看来，这颗仇恨的种子在三名旧部的心中已经埋藏多时，发芽也是迟早的事情。

可如今这份招供文书，为当年我爹断粮一事又添了一份有力的佐证，当年幸存的五名旧部曾被戴着大宴腰牌的刺客暗杀。

而这份文书，有一份一模一样的在燕尘手里。他读此文书时，该是怎样的想法，又是怎样的心情呢？

我翻阅文书的时候正是晚上，我暂时居住的偏殿里有一株和燕尘府上品种一样的白茶花树。白茶花的花期比一般花长得多，即使这个天气经常下雪，它也开得正盛。

在月光与白雪的映照下，那白茶花一如那天傍晚燕尘倚在我颈间轻喃一样纯洁无瑕。

只可惜年年岁岁花相似，岁岁年年人不同。

这股子无端的感慨让我想起了很多画面。

我与燕尘年少时的情意暂且不提。

但自从三年前我告白失败以来，今年我与燕尘好不容易再次变得亲密了起来。谁想，到头来却像是做了一场梦，我和燕尘又恢复了彼此猜忌、忌惮的状态，甚至比一年前更甚。

万万没料到这世上居然还有那么一根刺，梗在我与燕尘的心上……这一年里，我与他经历的一切，在凤尾山庄、云踪坞出生入死；他为了护我，甘愿自己代为从战马上重重摔下，差点摔断腿；他向我展露自己脆弱的一面，为我寻觅来的独一只汤婆子；他不顾自己的性命，也要将我从火海里救出……这些都变得一文不值。

招供文书到手后，我和燕尘保持了一如既往的默契，我们谁都没找谁。我想他必定也和我一样，还没做好面对对方的准备。

在此期间，我倒是迎来了两个稀客。

一是沈桐芊的老爹，沈叔叔。

三名旧部直指当年镇国将军的死有蹊跷，这么大的事情早就在朝臣中传得沸沸扬扬。朝臣们虽表面上平静如水，但他们的态度已在细微处有了或多或少的变化，他们私下里盛传：站队的那一天即将到来，燕尘将军就快要起兵逼宫啦!

于是，他们为了这“未来的站队”，暗中筹备了不少。譬如高子澄他们，已连续几次在早朝中告了病假，可逢了燕尘在京郊大营点兵，他们多日的病躯便会神奇康复，不仅吃啥啥香，甚至还能远赴京郊大营，主动替燕尘扛起一部分工作呢。

就连远在江南养老的沈叔叔都听闻了一二。

据沈叔叔的随行小厮说，他家老爷在听闻此事的当晚，连夜就赶进宫中来探望我。

说起来，我和沈叔叔也是很久没见了。如今一见，他依然是如此身健体康，也依旧腆着个葫芦似的肚子。他进宫见我，火急火燎踏进门槛的时候甚至还扶了扶肚腩。

“丫头啊，你受苦了！”沈叔叔拍了拍我的脑袋。

早说过，沈叔叔和沈桐芊的性子完全不同，沈叔叔眼里没有什么礼数不礼数，做事全凭心情。这不，他带来的新小厮战战兢兢道：“老爷，这可是皇上啊，你这样拍人家脑袋不好吧？”

“怎么了？我还不能拍我大侄女的脑袋了？我可是看着她从脸盆那么一丁点儿一直长成大姑娘的！”

我的鼻子酸了酸：“沈叔叔……”

要说我最近的泪点，那是相当低。说矫情点，便是类似那句坊间流传已久的鸡汤“当全世界都站在你对立面质疑你，指责你的时候，仍有一人会站在你这头，为你与全世界作对”。而我李扶摇又特别幸运，这个节骨眼上肯站在我身边的人还不止一个。

沈叔叔拍完我脑袋，皱起了眉头：“丫头，叔叔进宫来是想告诉你，你爹他绝对不可能做出那种龌龊的事情！你可千万别自责，千万别瞎想啊！”

我不作声。

这时，沈叔叔的眼神逐渐放空，思绪也随之飘远。

“你爹还在的时候，你爹、我，还有老燕被称为‘大宴铁三角’。我们仨还年轻的时候，更是在京中的纨绔子弟中也赫赫有名。”

难得听到沈叔叔提起他们年轻的时候，我不禁稍稍来了精神。

“而且我们三个还不撞类型，老燕是硬汉柔情风格，你爹负责纨绔却聪明的公子哥风格，你沈叔叔我……负责胖。”

…………

沈叔叔尴尬一笑：“喀喀，丫头，说正事。沈叔叔此次进宫就是为了告诉你一个故事，关于你爹和老燕的。老燕年轻的时候，是一个骑着马就能引来围观的少年，有一次他……”

只能说，沈叔叔的讲故事技巧和他的无厘头个性一脉相承。一个故事被他说得七七八八，前后颠倒。凭借我多年的读话本子技巧，总结一下这个故事就是：

我们这群小辈很难想象，印象里那个威严的燕老将军在他的少年时代是个鲜衣怒马、一日看尽长安花的美少年，可同时他也是个有些咋呼，有些桀骜的少年。那时候，他刚刚被晋封为将军，又正巧发现了麾下一个与自己多次出生入死的小兵……居然是个女子！

事业与爱情同时开花，在双重压力下，他决定好好证明自己一番。

于是，他就先斩后奏，匆匆带了不足一百的士兵去剿匪了。

结果剿着剿着，差点把自己的命剿进去不说，他先斩后奏的行为更是惹来了当时群臣的诟病。他们纷纷表示，这刚当上将军就如此飘飘然，算怎么回事儿。而且，因为燕霜烈的冒进，那数百个随他一同前行的士兵也遭了殃。这等于说，燕霜烈的罪行不仅有欺君犯上，还有祸害下属。

当时京中纷纷传言：可惜呀，大宴难得有这么一个年少成名的将军，生得还那么好看，结果这颗星星还没升起就被自己给折腾坠落了。

当时，我爹爹和颜悦色地听了群臣的觐言，然后……一句没听进去，甚至和他们对着干。

我爹亲自带着大军，亲自剿了匪，并将被困于山中的燕霜烈与他的士兵们救了出来。那时，我爹见着了灰头土脸的燕霜烈，说的第一句话则是："这样莽撞是取悦不了女孩子的欢心的。走吧，回去我教你。"

沈叔叔说完了故事，眼眶已经红了一圈，他感叹："当时你爹顶着压力，替老燕收拾了残局。见面说的话既没有年长之人的说教，也没有上位者的施压，而是像朋友那样调侃两句。这是你爹爹他最让人佩服的地方哪……"

"他是打心底里把老燕当兄弟的。这样好的人，又怎么会做出那种阴险毒辣的事情呢……"沈叔叔偷偷抹了把泪，眼神也飘到了远方。

我的思绪随之飘远。

能听到沈叔叔说起当年的故事我很开心。可是就事论事，当初，沈叔叔由我爹一手提拔为第一皇商。在"大宴铁三角"里，也是以我爹为中心，我爹同二人的关系，好过他们彼此之间的关系。换句话说，那便是，如果一定要在燕霜烈与我爹二人间择其一，世人皆知沈叔叔会毫不犹豫地选择我爹。

所以，哪怕我爹在沈叔叔的记忆中再美好，那在世人看来也是片面的，依旧不足以成为替我爹洗清冤屈的证据。

而除了沈叔叔之外的第二个稀客，则是江浸月。

还记得堂审当天，雀七在离开前吼了一句"哼，有本事继续找那个小白脸说我们将军的不是啊”，这个“小白脸”指的就是江浸月。然而这次我没顾得上找江浸月，反倒是他命了小厮找到我，让我去脆琶阁叙叙旧，可真正让我赴约的乃是那小厮捎来的一封亲笔信。

上书：“扶摇，我有洗清太上皇冤屈的法子。”

于是，我火速赴了约。

我到脆琶阁时，恰逢他们的花魁上台展示才艺，于是我一踏进脆琶阁里，看到的便是江浸月在台上抚琴的一幕。脆琶阁规模虽不大，在京中却是数一数二的烟花之地。出众在人，也出众在布景，为花魁展示而搭建的舞台上，背景是工匠用纸折的桃枝，用纱做的云彩，用珐琅做的星与月。

这些人工打造的景致，比起真景少了一分真实，却多了一层亦幻亦真的朦胧之感，衬托得江浸月仿佛谪仙。可是此谪仙却不是个正经的仙，因为他穿着比珐琅色彩还要热烈浓重的火红衣袍，墨发四散，只以一根简单的发带系着，如狐狸一般的细长双眸，媚眼如丝，眼尾还以朱砂画了一笔飞红。

那恣意妖冶的模样，的确是京中小姐们一生难得一见的稀奇样子，也是叫她们最为疯狂的模样。

然而我现在无心观赏这些风花雪月，我挤到前排和江浸月对了一眼，便上了楼等他。

在脆琶阁二楼江浸月所住的红阁中，这里一片寂静，与楼下大堂中的热闹截然相反。说来我与江浸月也有很久没有相见了。我上一次见他，他还在为开发一款养颜护肤的神仙水而努力，今晚一见，他的梳妆台前已经整齐摆放着几瓶神仙水，看来是研制成功了。

红阁过于安静，我胡乱地想些有的没的，然而凳子还没焐热，就有人急急地闯了进来。

“扶摇。”

一句熟悉的呼唤，我就知道是江浸月来了。

接着我眼睁睁看着他欢天喜地地蹦跶到我身侧，还在从门口到我身边的这段短短的路程中表演了一个两秒换衣。他匆匆脱下了红衣，飞速接过小厮递去的白袍换上。

可真是风一般的男子。

我赞叹：“怎么这么快？我刚才特意问花娘要了今晚表演的单子，看到你接下来还有三首曲子呢，这才提前上来等的……”

他笑眼弯弯：“别人都比不上你重要。”

江浸月牌情话，还是不变的配方，还是不变地让我手足无措。

我不着痕迹地避了避，道：“那个……”

他抢话道：“扶摇，你憔悴了好多……”

说罢，他从梳妆台前抓了一瓶神仙水，在手心倒了一捧水，接着他双手合十，将那神仙水在掌心中焐了会儿。我正惊讶他为何说着说着突然就护起肤来了呢，谁想他一下捧上了我的脸颊，并将手心舒展了开来，轻柔地一下一下在我脸颊上画圈。

我才惊觉……原来他这是在为我护肤啊，还贴心地提前焐热了神仙水！

他过度的贴心，让我的脸一红。

加上，他手上那温柔软腻的触感酥酥麻麻，我下意识缩了缩脖子。

不能再拖下去了！我开门见山道：“江浸月，你信中说的法子是什么？”

我寻思着江浸月就是一只陀螺，不敦促就不办正事。经我一提，他才缓缓说起来正事：“你可知道之前的大宴有一个官职叫司粮使？专门管理粮草路线图，大宴粮道有近百条，而运送粮草不可能由皇上亲自运送，司粮使这个官职就应运而生。”

司粮使？

我回忆了一下：“我似乎从我爹口中听过……”

可是依照江浸月所说，专门管理粮道的司粮使一职应该是个十分隐秘的职位，要不然也不会连我这个皇帝都只是依稀听过。

我的脑子有些转不过来：“你为何知道得这么清楚？”

这下，发怔的人换成了江浸月，他低喃：“扶摇，你相信我吗？”

“你可还记得，我曾被梁国抓去做了一段时间的俘虏？刚被他们抓去时，我们被带进将军大帐里，就是那个时候我不小心听到了有关司粮使的事情。我不仅听说了这个官职，还知晓了一件极为重要的事情，司粮使所经手过的粮草线路图一般会在战事结束后归档留存，所以，当年落燕坡一战的粮草路线图很可能还在宫中！”

“没想到梁国对我们如此了解……”

“嗯，正所谓最了解一个人的人，唯自己与仇人。而且，此事其实也不难想到，只是大多数人并不知道粮草路线图可能尚存的事。”

的确，就连我，也没想到时隔七年后，当年的粮草线路居然还有迹可循。

“我敢肯定，燕尘或多或少也知道司粮使的事，只是……如今的大宴已经没有司粮使一职，而曾经的司粮使经手过的粮草路线图，按照礼制也只能经由皇上开启。”

听江浸月提起燕尘，我呼吸一滞，心莫名像揪起来一样发闷。

“可惜现在他已不愿意和你有任何来往，更害怕他所揭开的真相更为残忍……”

“够了，别说了。”我无情地打断了这个话题。

可等我反应过来，我才发现自己刚才的语气好像狠了点。

江浸月是无辜的。

再说眼下他不仅无过，还有功。

战争中，粮草路线图乃是重中之重。如果按照江浸月所说。司粮使这个官职真的存在过，那么粮草路线图一事肯定只有我爹知，司粮使知。可当年燕老将军和我爹都死得突然，担任过司粮使一职的人也像没存在过一般凭空消失了。

有关粮草路线图的事情，也就此无人得知。

如若不是……

我抬眼看向眼前人："江浸月，谢谢你。如果不是你偶然听到……这件事不会有转机。"

他好像并不在意我刚才过重的语气，反而执起我的手，轻笑道："我当初冒着被赶出脆琵阁的风险，执意进宫做你的门客，你以为只是小打小闹？扶摇，我是真的想常伴你身侧，为你解忧。一日为门客，那便终我一生都要为你筹谋。"

他眼神坚定，我闻到他手上还带着些许香草膏的味道。

我心中一动，可是并非心动，而是感动。

我李扶摇又岂止是特别幸运呢？身侧有人站队也就算了，甚至享受着许多我无法回应的偏爱。

见我怔怔不回应，江浸月敛去眸中的灼热，深吸一口气，似是平复了心情："我也没料到当初自己不堪的回忆，居然能在这个节骨眼帮上你的忙，或许这就是天意吧。"

那天意是否会继续助我为爹爹洗清冤情呢？但愿吧。

从脆琵阁出来，已经是月上中天。

虽然我至今对这神秘的前朝官职"司粮使"仍旧是一知半解。退一万步说，即使旧朝的粮草线路图存档真的存在，那我又能用它来证明些什么呢？

但无论结果如何，总比坐以待毙要好。

离开脆琵阁，我趁着夜色去了宫中我不常去的一处地方——藏书阁。

我平时不爱看书，就算看，那也不是藏书阁的书。但这地方也的确有一片书区只为我一人所开，那就是藏有我们李家历朝历代的机密文书的密室。

正如江浸月所说，当晚我在藏书阁中的机密文书堆里果真找到了这么一张粮草路线图，上面以序号依次标明了几次战事先后的粮草运送路线。

而七年前那场大战的粮草路线，也赫然标注在了上面。

第二天一清早，我再次去了脆琵阁，与江浸月在后院碰头，将此事转达给了江浸月。顺带一说，我们碰头时不巧被起来洒扫的大娘看到了，她看我的眼神，那叫一个暧昧，还咕哝了一句：“你这小姑娘不得了，大清早就来这里，可真是猴急！”

…………

我的确猴急，不过急的是洗刷冤屈。

江浸月自然也明白我的“猴急”。这不，他即刻依照我所说的路线，找了张大宴地图，在上头画了一条一模一样的。

我看着那条蜿蜒曲折的路线，有些费解：“可是有了线路图，也无法证明当年我爹没有在中途断了粮草啊……”

江浸月轻点我的脑袋：“扶摇，你要想清楚一件事情，运送粮草的船只不会凭空消失。既然我们现在已经知道了当年运送粮草的线路，那么在这条道上，必定有当年事情的真相。”

“如果当年太上皇并未断粮，那船粮草去了哪里？很可能是被人半道截了，最后再嫁祸给你爹。所以你现在所要做的，就是找到沉船。”

所谓当局者迷，旁观者清，此话果真不假。

江浸月一句“很可能是被人半道截了，最后再嫁祸给你爹”，当真是点醒了我。

在这件事情上，我一直太关注燕尘的态度，而忽略了这背后的阴谋。我差点就忘了这一年来大宴发生的各种稀奇古怪的事情，譬如清水镇的瘟疫案，还有那军中伤药作假案，还有那个……神秘莫测的女人。而七年前的旧案重提也是在这个节骨眼上……所以，很可能连当初粮草被截也是那股幕后势力的手笔！

但话又说回来了，如若我的猜想正确……

那股势力背后到底是什么人？

还记得燕尘曾同我分析，这幕后之人想要的是我的皇位。那时，我们皆以为那只是一股很会造谣言、很会搞事情的江湖势力罢了。

可如今看来，他们对大宴朝堂熟悉到让人害怕！且蛰伏多年，这些人的深沉心机可见一斑！

然而此前我从来没和江浸月提起过这股势力，此时也没有必要从头说起。

唯一能讨论的燕尘又不肯见我……

况且以上的阴谋论都建立在我爹确实没断粮，而我也确实能找到沉船的基础上。

我的眼神一黯："可是这条线太长了，我们难不成从京城的源头一直搜到北面的边境上？花上好几年？到时候即使找到了……"我和燕尘可能早就反目成仇了。

江浸月轻笑一声："扶摇，你有时候真的笨笨的呢。如果你是这幕后之人，你会在粮船还没出京城的时候就下手吗？或是在粮草即将抵达燕霜烈手中时再动手？当然都不会。只要你站在劫匪的角度去看，其实这条粮道上能下手的地点并不多。"

说着，他的手指轻轻划过地图，在两条河道上轻点。

"纵观这条线路，唯此两处，旁边是人烟稀少的山地，适合伏击作战。"

我简直要被江浸月智慧的光芒闪瞎了！不过短短两天，他愣生生让我在绝望中看到了点希望。

我激动得双手都在颤抖："以免夜长梦多，我决定明日就启程。"

他笑意盈盈："好，以免路上又遇到难题，明日我陪你去。"

"等等，要不要带上……"一时情急，我差点脱口而出。想了想，以江浸月和那人的交情，问了等于白问，答案是肯定的。

恰好此时，洒扫的大娘恰好扫完一圈又回到了后院，打断了我的话。她提着扫把看到了这一幕，再次发出感慨："你这小姑娘不得了，都要把我们的小倌拐到外面去了哦！"

…………

接着我和江浸月商议好明天见面的时间地点，就回宫找六福子交代我离开这几天的事情了。六福子替我整理包裹的时候全程皱着眉头，那力度都快把苍蝇夹死了。

他的脸色变了好几次，一副欲言又止的样子，终于忍不住道："皇上，你交代得这么详细，六福子总有一种不祥的预感……"

我好感动，原来六福子是在担心我此行太过危险？

于是，我宽慰道："六福子，你放心吧。我只是去捞沉船，比起去云踪坞和凤尾山庄那两次要安全多了！"

他面露难色，小心试探道："我不是指这个。皇上，你是不是因为不敢面对燕将军，伤心欲绝，所以决定干脆远离这个伤心地，计划着和江浸月私奔啊？"

这都什么跟什么啊？

我头冒冷汗："我时常怀疑自己在你心中是个什么形象……"

听完我的抗议，六福子才终于松了一口气："不是私奔就好，那六福子就放心了。六福子也陪伴皇上多年了，皇上身边的桃花，来来回回也就这么两朵，一是燕将军，二是江浸月。

"我一直觉得这两朵都不太靠谱，如今这一朵断了念想，另外一朵……幸好皇上也不想和他私奔。又幸好最近来了一朵新的，而且六福子全力支持这朵新桃花！"

"哪儿呢？！哪里有什么新桃花？"我怎么不知道？

六福子神秘兮兮地道："上回游秉上将军府找'李翠花'之后，皇上不是为了下次不穿帮，让那梨园老板下次有事都找宫里交情不错的小太监代为转达吗？今天梨园老板还真亲自来宫里头送话本子了，而且还替某人捎了信哟，某人让'李翠花'晚上去他宅子里聊聊新剧情。"他一脸暧昧地朝我眨巴眼睛。

我瞬间反应过来，那朵让六福子全力支持的"新桃花"，原来是游秉啊！

我呵呵一笑。

我明白六福子之所以突然对我的感情生活如此上心，是因为看不过去我整晚失眠，为了渐行渐远的爱情而伤心难过，不想我在燕尘这棵树上吊死。只是拉郎配也不是这么个拉法，况且游秉是三朵中最不可能开花的一朵，六福子的眼光的确是一言难尽。

可我还是赴约了。

毕竟纵观眼下，能让我敞开心扉大吐苦水的，的确只剩下游秉了。在江浸月那里，我苦闷吐太多，生怕让他生出些不该有的感情；而在沈叔叔那里，隔着一个辈分，我哭成泪人的话，实在有损我自小聪明伶俐的形象；在傅天南那里，我更是怕这心事说着说着，第二天全京城的人都知道了。

所以，不得不说，游秉的邀约很及时。

我正巧在为一件事情苦恼着呢，而能给出最客观之建议的人，舍游秉其谁？

游秉的大宅子总是莫名能让我静下心来，毕竟目前我只看到游秉本人和我出入过。四舍五入一下，这里就是我和这位作者的秘密基地。而我对这座宅子的主人——游秉也有种莫名的安心感，毕竟我数年如一日地追更新。四舍五入一下，我和他就是单方面的笔友。

事实也如此，这次见面，生分是什么？不存在的。

刚到大宅子，游秉照常准备好酒菜在等我了，且他的装扮也是熟悉的味道——一顶大斗笠，将脸遮得很严实的那种。

我刚入座，游秉递给我一盅女儿红，豪迈道：“酒逢知己千杯少！来，李翠花，今夜我们不醉不归。”

“来！我李翠花就是欣赏兄台这种直爽的人！”我抱起酒盅，仰头……喝了一小口。

…………

“游秉兄弟，不是我不够仗义哈，而是我明早的确有要事要做啊！我这不是怕喝上头延误了正事儿吗？”

“哦？是何要事？小生最爱听故事了。”

游秉来了兴致，还正巧撞上了我要咨询的问题，于是我自然而然地顺着他递来的杆子往下爬。

“大大你也知道，我在将军府当值。”

“嗯，自然知道。”

“然后呢……我明天一早要和朋友去做一件大事情！但是现在我不知道要不要带上将军一起去。”

“为什么想着要带燕尘？”

听说此事与燕尘有关，游秉的兴趣更浓了。

我探头探脑地望了一圈，才凑近他，小声道：“因为这件事和将军息息相关。可是吧，这件事情也有正反两面，唉……我该怎么说呢？反正就是这件事情会有两个结果，好的那个结果，会让将军喜笑颜开，可是坏的那个结果……将军可能会肝肠寸断。”

“这么严重？”

“嗯。”我点点头。

“肝肠寸断”这一词，我绝对没有使用夸张手法。

因为坏的那个结果，就是白日里我和江浸月都心照不宣没有提及的另一种可能性，那就是，压根儿没有沉船，我爹就是个心狠手辣的帝王。

而让我纠结的事情，便是此行到底要不要带上燕尘？要不要让他第一时间见证事情的真相？良知告诉我的答案是要。可同时，我又感到害怕极了，我害怕此行看到的是坏的那个结果。

那对于目睹残忍真相的燕尘来说，算不算一种二次伤害？

所谓最痛不过是尝过糖后紧接而来的巴掌。

所以，我不敢带燕尘同行，可同时愧疚感又在折磨我。

眼下游秉听完了我没头没脑的叙述，他思索了许久，道：“这很简单啊。你不如自己去看结果，再告诉燕尘。如果是好的，那就告诉他；如果是坏的……那你就当无事发生过吧。有时候善意的谎言，也是一种爱。”

游秉的话让我心安理得了一些。

接着他又道：“话说翠花，你最近听闻太上皇和燕霜烈将军的事情了吗？”

我一惊，好端端的，他怎么问起这个？不会是已经对我的身份有所怀疑了吧？于是，我假装没听到的样子，还生怕被看出一脸苦样，强行装作很快乐的样子。

我咧着嘴，拎起一只鸡腿子啃了一口，顺带岔开了话题：“好，那我就不带燕尘了。”

“嘎嘣——”游秉手中的杯子被捏碎了。

我又是一惊，怎么？难道我听取了他的意见，他还不乐意了？

我小心翼翼地举着鸡腿子，看向游秉。

他呵呵一笑，道：“冬天就是倒不了烫酒，容易碎。”

原来是这样，我又松了一口气。此时，我抬头一看窗外的天色，不好，已经在游秉的宅子里待了快半个时辰了，六福子还在街边的馄饨铺子里等我呢。要在这么冷的夜里保持暖和，也不知他要吃多少碗馄饨。

于是，我委婉催促道。“话说游秉大大，今天你叫我来不是为讨论剧情的吗？我觉得时间差不多了，可以开始了。”我又不好说六福子在外面等我，只好推脱道，“万一我明天迟到，放了那位朋友的鸽子就不好了。”

谁知，我话音刚落，就感受到一阵扑面而来的暖意……

这暖意自然不是馄饨带来的，而是游秉越过一张酒桌抱住了我。就在刚才的两秒钟内，他完成了拉住我的手腕，再一个拉扯……一套行云流水的动作，最终将我整个人圈在了怀里。

拥抱之突然，酒盏都被掀翻了。

似乎是感受到了我本能的抵抗，他将手臂箍得又紧了一些，同时耳边传来了他低沉的声音：“别动，让我抱一会儿。”

这句话怎么有些熟悉？不过眼下的情况也不容我细想。

我磕巴道：“怎……怎么了？”

“最近被退稿了。”

可按理说“被退稿”什么的，是一个持续性的悲伤，可刚才那个带着些许霸道的拥抱，我怎么感觉倒像是因为受到什么刺激似的突然动作？

不过这都不重要，哄就完事儿了。

我道：“啊？谁还敢退游秉大大的稿？你已经写得这么厉害了，你在京中的话本界称第二，谁敢称第一？你这次别和我说燕尘了，他才写不出如此跌宕起伏的感情线，还有那般优美华丽的辞藻呢！”

我怎么感觉游秉的身子抖了抖？果然有关燕尘的坏话，游秉在何时都是听不得的。

不过此次，游秉也没有因为我讲了燕尘的坏话再为难我，他开始絮叨起了自己的事情：“可是我再厉害，有时候也要眼睁睁地看着自己喜欢的，往别人那儿去。”

“啊？喜欢的什么？”

“假设我是一只猫，如今我有一块心爱的小鱼干。就如何吃掉它这件事情上，我已经想了十多年，可是却因为某种原因我暂时得不到它，还得看着别的野猫沾腥，你说气不气？”游秉边说，边轻抚我的脑袋，让我产生一种我是小母猫的错觉。

我压下了这个神经兮兮的想法，正经宽慰道：“那你不得憋坏了？”

“是！就快憋成傻子了，所以等我得到小鱼干的那天，一定要把它吃干抹净，你说呢？”

我赶忙附和道：“那是，让你憋了十多年，那必须吃干抹净！”

闻言，游秉似乎莫名松了松胳膊，这个拥抱不像刚才那样强硬了，可是他似乎也没打算彻底松开。

“所以我这么可怜，你理应让我多抱一会儿，是不是？”说罢，我感受到放在我背后的那只手掌逐渐上移，移到了我的后脑勺。

游秉居然还道德绑架起来了？

可凡事讲究一个礼尚往来，谁叫刚才游秉也解决了我的一个困惑呢。那么，我还一份礼也是应该的。于是我一边应声，一边翻了个身子，也紧紧地回抱住游秉。

屯云闭星月，飞琼集庭院。

簌簌的雪花从檐下圈圈绕绕地落下，天上挂着的那轮月牙儿一如雪花一样亮堂，雪与月互相交映。彼时，游秉和我在里屋互相拥抱着，桌边烫的那壶酒一如我们的怀抱一样温暖。我们不知抱了多久，其间我曾偷偷睁眼看游秉……可惜的是，《白衣将军俏皇帝》最近的故事线依旧停留在男女主闯荡江湖的片段，所以游秉脑袋上也还挂着那顶斗笠。

我不禁产生了一个大胆的想法——趁他不注意，掀翻他的斗笠！好瞧一瞧这个在刚见面时闹得鸡飞狗跳，如今一见如故，甚至变成一个比傅天南还铁的男闺蜜的人到底长什么样。

可是最终，我这个大胆的想法也没有落实，主要是比起一窥他的脸，我更想听他肚子里的墨水。

游秉松开了我，终于开始和我讨论新剧情。

可是万万没想到，我居然在这个剧情讨论到一半的节骨眼上……不争气地睡着了。主要是游秉在讲剧情的时候还敬了我好几杯酒，而我这个人，一听起故事来就容易上头，也就真喝了。

如今，这醉意连带着困意一起袭来……我一边内心挣扎地告诉自己“不能睡！人家大大讲剧情的时候睡着让他怎么想？还会有下次吗”，一边身体诚实地睡了过去。

昏昏沉沉中，我只觉自己被人打横抱了起来。

可是那个打横抱的方式也有一种说不上的熟悉感，熟悉到就好像不久前我还被这么抱过似的。

不过这还不是重点，重点是我感觉自己被小心放到了床上，然后有人……有人趁机吃了我豆腐！没错！是实打实地吃豆腐，那个男人轻轻地吻了我，还略带鸡贼地把我嘴角边的酒舔进了肚。

他甚至还发表了吻后感：“这酒经过翠花的唇瓣一酿，果然是香醇了不少。”

这声音我认得！不就是灌醉我的那个游秉？

说好的只把我当作演练情节的搭档呢？难道是入戏太深？！

我愤怒地推开眼前人，一抬眼，果然看到了一顶大斗笠。

“游秉，你脑子有……”

最后一个字还没蹦出来，眼前人把斗笠一掀。

然后，我惊呆了。

这如玉一般的面庞，这如同浸过桃花的杏眼，还有这嘴角边的一抹坏笑……可不就是燕尘？我两眼一翻，企图睡死过去，睡死过去也好过做这种离奇的梦！

唉，六福子担心得没错，看样子我李扶摇的的确确要在燕尘这棵树上蹲守一辈子了，都梦到燕尘是写《白衣将军俏皇帝》的作者游秉了。

这个梦过于异想天开。

如果那个作者真的是燕尘，那等于说燕尘不仅暗恋我，还喜欢到了要亲手在话本子里给女皇和将军拉郎配的程度。那他对我的喜欢，可要比单纯只是看话本的我多多了……

这个想法也未免太大胆了些！

第十三章 背叛

第二天一早，我是在宫里醒来的。挣扎起来拉过六福子一问，我才知道昨晚在游秉家醉倒后，游秉将我一路抱了出来，还准备送回将军府去。

“幸好被正吃第八碗馄饨的我看到！然后六福子就将皇上接上马车了，再然后就回宫啦。不过这位作者大大实在是太贴心啦，居然还准备了一盅醒酒汤，嘱咐我回去后就喂皇上喝下。”

“游秉他就没问什么吗？没怀疑过吗？！”

“哦，问了。”

“那你是怎么说的？”

“我就说，我就是李翠花口中那个宫里的公公，我正巧出来夜跑，跑着跑着就跑到那里，然后饿了就吃了八碗馄饨啊。”

…………

得，我多月来在游秉面前维持的“任劳任怨将军府小女婢”的人设算是崩完了。试问哪家的女婢出个门，门外还专门有人在寒风中等待，甚至备好了回程的马车的？

一直到和江浸月会合，我还颇为闷闷不乐，在游秉面前的人设崩塌占了三成，其余的七成还是因为昨晚那个离奇的梦。所谓日有所思，夜有所梦，我的梦都在告诉我自己到底有多想念燕尘。

而我今天就要踏上寻找真相的路途了，难免感触良多。

可是江浸月完全相反，他的模样就像是石鼓书院每到秋天去参加秋游的小朋友。

此行舟车劳顿，我可以不吃饭，但随行的几个侍卫大哥可饿不得，他们可是准备随时要与邪恶势力进行搏斗的。因此，我们只能跑一座城，便在一座城歇下，这一来一去，就难免感受到各地不同的风土人情。

但有些明显是大宴全国通用的“旅游特产”把戏，却让江浸月爱不释手、目不转睛。譬如街边的糖葫芦，再譬如捏面人、麦芽糖人等。

每到一座城镇，我都要随时盯着江浸月，他才不至于逛着逛着就扛走一扎糖葫芦。

看着他面对奸诈小摊贩胡说八道时一脸认真倾听的模样，我总算明白了他为何会三番五次地被街边小广告骗了……只能说，江浸月证明了大智慧和纯真是可以共存的，以他这个纯真的程度，人没被骗走，那都算是上天恩赐。

某一次，江浸月趁着我一个没留意，又眼巴巴看着小摊贩捏面人。

我远远地望见那抹雪白的身影，无奈叹了一口气追了上去。

走到他身后，我扶额：“谁能想到京城第一男倌馆的头牌……表面上是个妖冶、高冷的狐狸，私底下其实是个对糖葫芦都好奇的纯真男孩呢？”

结果我话音一落，江浸月竟然张开他的大氅，遮挡了一下。

“……你以为这样，我就看不到你在干什么了吗？”

他不答话，又过了一会儿，他从那捏面人的大爷那里飞速拿了什么，同时他放下了大氅，转身面对我，顺带将手中的东西像献宝似的送给了我。

“扶摇，送给你。”

江浸月手里捏着两根竹签子，竹签上是两个面人。而那两个面人中的其中一只被捏了一双上挑丹凤眼，另一只则是婴儿肥的脸蛋，可不就是江浸月和我？而这两个小面人身披火红色的喜服，它们的动作放在一起看则是……男小人正在给女小人描眉。

我发现了此中玄机，脸“噌”地一下发烫，磕巴道：“这……这是我们在云踪坞那晚……”

江浸月笑意盈盈：“嗯，扶摇，你来得早了一点，本来想给你一个惊喜的。”

不不不，这已经够惊够喜了。我不自在地握着那两个小面人，强颜欢笑道：“那个，光阴如梭，时间不等人，我们该继续出发去益州啦。”

这才算是化解了尴尬。

幸好与江浸月同行，也不全然是尴尬和操心，在不经意间还能发现他的隐藏技能。

我们此行要去的两处山地都在益州，而益州百姓的饮食习惯比较火辣。这不，我们俩外带几个侍卫大哥长途跋涉到了那边，渴了、累了便在益州都城找了一处酒楼吃饭。

我们刚落脚，酒馆的小二便殷勤地凑上来，问道：“几位客官，我们需要先了解一下你们的口味嘞，是要微微辣，还是微辣，还是大辣，还是变态辣呢？”

我抢答：“微微微辣！比微微还多一个微的那种辣！”

结果等菜肴端上来，我们几个好不容易在辣椒堆里找到了几片肉，这让我们怀疑自己点的到底是辣椒炒小肉，还是小肉炒辣椒……至于辣的程度就更别说了，我都瞧见随行的一个侍卫大哥随意扒拉了几口，嘴巴瞬间变成了香肠嘴。

于是，这顿饭等同于作废。

等到了晚上，我们在客栈下榻，我肚皮里的叫声和我哀叹的声音……那叫一个此起彼伏。我哭唧唧，道：“看来我们在益州的这几天是要饿得前胸贴后背了……”

结果江浸月在隔壁房听到我的抱怨，二话不说，一头扎进了厨房。

等他出来，我所住厢房的桌子上已经多出了好几道香甜可口的江南菜肴，糖水鸡头米、松鼠鳜鱼、梅花糕……

对此，我不禁赞美道：“从江南老字号的酒馆里拖个看家厨子来烧菜，也不过就这样了！”

这些可都是我当年跟着老爹下江南的时候，在江南本地才能尝到的地道苏帮菜，地道得不能更地道了。

可是按照江浸月先前说的，他不是曾经在“冰河大战”中被俘虏了去吗？那他应该是大宴北面边境人才对啊？

等我酒足饭饱，就聊起了这段事：“江浸月，你怎么会做这么多地道的苏帮菜呀？”

江浸月替我拾掇好了碗筷，道：“我从小在江南长大，后来因为家中变故流落到了北境。”

我一愣，没想到江浸月也是个有故事的男子。

关键是我认识了人家快三年了，居然今天才知道有关他身世的事。我有些弱弱地道：“话说我好像从没问过你小时候的事情……”

闻言，江浸月手下一颤，碗筷掉在桌上碰撞出“叮铃”的刺耳声。他苦笑：“我的小时候？小时候父母不怎么管我，我只能自己生火烧饭吃才不至于饿死，长此以往，我就无师自通，练就了一手好厨艺。”

这真是一个悲伤的故事，我赶紧打住了这个话题，只专心吃菜，不问过往与前程。

那顿饭吃完，第二天，我们一行人就进了益州的山地。

依照大宴的国制要在江河湖海捕捞，必须在当地府衙申请一张捕捞文书。而抵达益州的当天，我就向当地府衙大人表明了身份，因此这张文书到手倒是轻松，难的是捕捞。

早前江浸月就和我说过，这里是粮道上最适合伏击作战的地方，同时也是地势最崎岖、嶙峋的地方。第二日清早，我们领着益州府衙派来的捕捞渔民们，一起艰难地下了山地，然后艰难地进行了捕捞。

但好的是运送粮草的船只个头不小，即使在七年里经历了风吹雨打，沉在江底下也总有个残骸，不会被拍得支离破碎，凭空消失。

渔民们大概捕捞了一天一夜，而这一天一夜的时间对于我来说，却要比整个冬天都要难挨。

我不顾江浸月的劝阻，执意要全程待在渔船上，陪着渔民们在大江里颠簸来颠簸去。虽然江风又阴又冷，这个季节吹在脸上更是火辣辣地疼，可是再冷再疼，也比不上第一时间看到渔民们打捞时的安心感。

于是我眼巴巴地等，随着渔网的一放一收，我的一颗心也变得忽上忽下。

而在此期间，江浸月就在旁边静静地陪着我，不打扰，但也不离开。

一直到半夜，我的体力撑到了极限，心情也低落到了极限。

此时船下忽然传来了声响，紧接着渔民那边也传来了惊叫声。我的困意因为这阵阵响声顿时全无，奔到船头一看，只见渔民们都在击掌庆祝。

“谢天谢地！我们终于能下班了嘞！”

…………

当时，我一下子还没反应过来。

是江浸月在旁边替我拢了拢被风吹得像梅超风似的头发，道：“扶摇，看样子是打捞到了。”

直到我亲眼将那些打捞上的东西一一过目后，我才反应过来：原来我们真的打捞到了当年运送粮草的船！

船身因为当年的袭击变得分散，可是被好生藏在船舱底部的粮草尚在，那些粮草袋子上甚至还印着大宴军中的粮草标号。

我看着那些被打捞上来的零星粮草袋与船只残骸，情不自禁地蹲在甲板上低声啜泣起来。

“爹爹，女儿不该对你有一丝一毫怀疑的！沈叔叔说得一点也没错，你绝对不会做出那种龌龊的事情……你待燕叔叔如同亲兄弟……”

我心中五味杂陈，心酸与愧疚一同涌了上来，哭得直打抽抽。

此时，江浸月跟着我半蹲下身子，对我好声好气道：“侍卫们都在上面等待了，扶摇，我们上去吧？你已经吹了江风一整天了，再吹下去，身子骨可受不了。”

“嗯。”我破涕为笑。

我和江浸月上了岸后，打捞上来的东西由于零散又巨大，有些更是沾着不少淤泥，散发着醉人的臭味。连渔夫们看上去都已经累得快伸腿瞪眼了。

于是，我和江浸月讨论了一下，最终决定把它们暂时搁置在岸边，再留下了几个侍卫看守。

我计划着等渔夫们回去休息些时辰再将这些打捞物带上岸，然后带回京城，最后自然是呈给燕尘看，呈给那三个旧部看，呈给大宴上下千千万万个百姓看。我想要的，不过是爹爹的清白。

他是当之无愧的明君。

一切计划妥当后，我心中那块压了多日的大石头终于尘埃落定。

而经历过大悲又大喜过后，我只觉有些恍如隔世。但幸好江浸月的好厨艺又将我从恍惚中拉了出来，感受到了实打实的烟火气，说通俗点，那就是油烟气。

不错，回到客栈后，他再次跑到客栈的厨房里，和厨子抢饭碗去了。

且今天的菜肴，比那天江浸月初次展示厨艺的时候更为丰盛诱人，响油鳝糊、酒酿圆子、碧螺虾仁、蜜汁火方、苏式酱肉、三套鸭等等……用料之丰盛，客栈店家屁颠屁颠地跑过来，朝我们那桌菜一看，随手吩咐账房先生在我们已经高昂的房费里又多加了一笔费用。

但所谓人逢喜事精神爽，向来节省的我也难得觉得这笔钱花得不亏。

那顿饭我吃得不亦乐乎，而江浸月在一旁也看得不亦乐乎，他全程眼里带笑地看着我：“开开心心吃完这一顿，明天我们就把那些证据带去京城。”

“嘿嘿嘿……干杯。”

我简直开心到忘我，开心到模糊，我举起江浸月替我斟的一杯热米酒，和他碰杯都碰出了“哐当”声。

“江浸月，谢谢你！谢谢你！”想来司粮使一职是他偷听来的，当年的粮草路线图也是由他想到的，就连这个沉船可能的地点，都是由他分析出来的。

越想越感动，我再次郑重地向江浸月道了谢，并且将那杯米酒先干为敬。

“等回了京城，我一定力排众议，带你上位！做我真正的谋士，嘿嘿！”

江浸月不置可否地笑了笑。

酒过三巡，我看江浸月都有些模糊了，眼前像是糊了一层糨糊，人也歪歪扭扭的，感觉重心不稳。

我一个踉跄，江浸月一扶。

此时，他口中的话都变得有些不真切起来。

他说的是：“扶摇，之前你不是问过我小时候的事情吗？其实上次我撒了谎，我的父母不是没有怎么管我，而是……我根本没有父母，我亦不知道自己祖籍是在何处。我是一个孤儿，被江南人士收养。”

我一惊。

他继续道：“另外，为了不饿死学习如何做饭是真，可那时我学会的也不过是起灶生火这些粗糙的做饭工序，至于那些苏帮菜……是因为那时，我遇见了一个女孩，而那个女孩，她最好这一口。也是为了她，我才去偷学了这一手好厨艺。”

我惊呆了，心想：这酒过三巡后说的话，果然是信息量巨大，什么身世之谜、过往情史都“噌噌”往外蹦。然而就在我想要问更多的时候，我悲催地发现自己居然浑身使不上力气！

“怎么回事儿啊……”

再一抬眼，面前的江浸月带着重影了。

重影里的他表情十分古怪，没有了刚才饭桌上的笑意，而是一副让我倍感陌生的模样。那模样，不像是我认识的那个金牌小倌，倒是头一次十分贴合他的长相，像一只真正做了坏事的坏狐狸。

“江浸月，你这不是米酒吗？酒劲怎么这么大啊？”

那是我醉得不省人事前说的最后一句话，而等我醒来，已经是第二天晌午了。

而我这么晚醒来，不是因为我贪睡。因为那晚有几个侍卫跟着我们一起回客栈，预备着后半夜去轮班的，结果凡是和我们一起吃了那顿夜宵的侍卫统统就地昏厥，而且，都是在第二天晌午醒来的。

所以明显不是我贪睡，而是饭菜或是酒水有问题！

当时，我的第一反应是：“你们这家店是黑店！要不就是凤尾山庄旗下开的分店！”

结果我这一闹腾，差点把店家吓坏了。

在他们派出整个客栈的全体同仁……用生命解释后，我才后知后觉地发现，自始至终江浸月就没出现过，我这才匆匆地跑去他的厢房一看。

人去房空。

那一刻，我的脑袋里一片混乱，像是过走马灯似的，江浸月一杯一杯往我的杯子里灌酒，他的古怪神色，还有他突然说起有关他身世的真相……那些在当时看来寻常、事后想想非常不寻常的画面一帧帧跳了出来。

我消化了好一会儿。

一个侍卫害怕地戳了戳我：“皇上，您没事儿吧？都一动不动一盏茶时间了。”

我愣愣地回答道：“我有事，很有事，我感觉自己就快要窒息了。”

我悲从中来。

这两天，实在是刺激过头了。我昨天刚经历了大悲又大喜，结果还没欢喜一个晚上，今天居然又掉回了大悲。

我所剩无几的理智敦促我得去江边看看。

果不其然，等我匆忙赶到江边，昨晚负责值守的侍卫们统统被打晕在地，而江边那些证物也都原地消失，仿佛从未存在过一般。

那天，我没着急回京，而是在益州当地到处询问江浸月与那批证据的去向。

可惜大半天问下来，我一无所获。运走那批证据的人选择在后半夜动手，行动逻辑清晰，没有丝毫的拖泥带水，一看就是有组织、有纪律的江湖势力。而该江湖势力，我用脚指头想也知道是那个女人背后的势力。

这件事当中最让我难以置信的还是，江浸月居然也是那幕后势力的眼线。

在这几个时辰里，我脑袋里的思绪拧成了一股股麻绳，一团糟。

其中有一股就是关于江浸月的，我至今都不愿意相信，原来他对我的好，他为我出的谋划的策，只是……只是为了从我口中骗出当年的粮草路线？好替他们抹杀当年作案的证据？

想到这一层，我觉得整个人都不好了。

没想到我李扶摇的十九岁，被我喜欢的人误以为背叛，又被喜欢我的人真正背叛。

这是何等悲催的人生？

我自怜自艾了几分钟。几分钟后，我强行给自己打气道：

“李扶摇！加油！你是最胖的！

“更糟糕的也不是没经历过。我做万人轻的女皇近八年，靠的可不就是如铁一般的毅力？”

给自己喂鸡汤喂到一半，我忽然喂不下去了，越说越觉得自己好悲催是怎么回事儿……

其实我的好心态不是没心没肺，而是我已经确定了老爹是个好爹，心里也就有了底气。再说，我要是被打倒了，那还有谁能替我那蒙冤的老爹翻案？

于是，我在益州留了几天。其间仍然不抛弃、不放弃，在益州的大街小巷里奔波，逢人就问。结果有关此事我没问出个头绪来，倒是偶然撞上了一个此时此刻理应在京城的人——游秉。

要说在大街上，熙熙攘攘的人群中一眼看到他并非是我眼睛尖，而是因为他的那顶大斗笠实在太扎眼了。况且今天，他的身边还有另外一顶同款大斗笠。民风淳朴的益州百姓堆里突然冒出两个仿佛走错戏园子的人，实在是我不发现也难……

他也看到了我，于是我们自然而然找了间茶馆的厢房坐下聊了起来。

“游秉大大，你怎么会来益州？你不会一路跟踪我吧？”

本来只是一句玩笑话，谁想游秉一板一眼地答道：“我是来采风的。我们写话本子的，除了戴斗笠、自导自演之外，还会全国各地采风来寻找灵感。”

“原来是这样，那大大身边的这位女子是？”

我望向游秉身旁的另一位头戴斗笠的……女子？此人有半截长发露在外面，身上穿的也是藕粉色的女式袄裙，只是这身材……这身高……

“哦，她乃是我的婢女。”

我感叹：“个子可真高啊，身材也很壮实……”

游秉端起一盏茶，一直送进斗笠下的口中咂吧了一口：“唉，实属无奈。要知道，我现在身价不凡，在外采风容易被人劫持，所以我要求即使是婢女，也要练就一身好武艺。”

…………

行吧，游秉一如既往浑身上下散发着金钱的气味。

于是，我的查案小分队自然而然加入了两名新成员，游秉和他的婢女。

在这个节骨眼上，我才明白这句“病急乱投医”半点不假。纵观我眼下的悲惨情况，已经惨到浑身上下没有什么东西是值得背叛的了。再说，经过上次在游秉家里醉酒后的一阵闹腾，加以六福子那八碗馄饨一通解释，我猜想游秉肯定也对我的身份起了疑心，那么干脆就由我自己坦白了吧。

在这人生地不熟的地方多了两个智慧与武力并存的帮手，才是更划算的事情。

果不其然，游秉如我所预料早就对我的身份起了疑心。但出乎我所料的是，游秉居然猜得如此准。

他用指腹轻点桌面：“其实小生早就猜到李翠花便是李扶摇。”

“有这么明显吗？”莫非是我的王者之气出卖了我？

他轻笑：“因为当初小生构思该话本的时候就参照了你的人设，所以对你有些不多不少的了解。另外就是……大宴民众皆知，我们的女皇至今没有婚嫁，后宫空虚，所以自然要读些甜甜的话本子来弥补内心的空虚寂寞冷的。”

…………

他身旁的婢女也配合地嗤笑出声，就是声音有些……粗犷。

我被拆穿了，也没急着窘迫，毕竟最要紧的还是拉他们入伙。

“既然游秉兄弟对我已经如此了解，那我就不必藏着掖着了……”我话锋一转，亲切地握上游秉的双手，恳切道，“帮帮我！”

我将自己此次找到粮草沉船的事情从前到后、一五一十地告诉了游秉。

接着，意料之外又是情理之中的，游秉再次抱住了我。他将手掌抚在我的后脑勺，顺着我的头发一下又一下地抚着我，连带着语气都轻柔得像是在哄孩子：“这个拥抱是我替燕尘抱的，以下的话也是我替燕尘说的。

“重要的是真相已经找到了，已经确认过了。既然你有能力揭开真相一次，那么自然也会揭开第二次……”

我一直没告诉游秉，无论是他那隔着纱的轻吻，还是他的打横抱，抑或是现在的“摸头杀”……都莫名和燕尘相像，或者说是带着燕尘的气息。

按理说，我的确可以如他所说，将他此刻说的话、做的事当作是燕尘对我做的。这也符合我一贯的鸵鸟式逃避作风，可同时我也清楚：逃避不仅可耻，并且无用。

我黯然道：“可惜，燕尘永远也不会像这样抱着我了。”

“会的，我保证。”他笃定道。

我心想：游秉可真是一个顶好顶好的人，这的确是在用生命安慰我了。

游秉不仅会安慰人，还会出谋划策。等我心情好转，他就开始说正事了。

“其实除了找回沉船碎片，我觉得还原整件事情也至关重要。比如，你口中的……那位江浸月，为何要骗你取出当年的粮草路线图？明明他与当年截船的人是同一个组织的。你难道不觉得他这么做，倒是让人觉得当年截船的那批人是被逼无奈，甚至是故意留下了那般明显的证据吗？这就致使多年后，那个组织里又不得不派人从你口中探取当年的截船地点，以便销毁证据？”

听完游秉这番话，除了感叹这个差点被我忽略的真相，我不禁还生出一个不太合时宜的想法。那就是，似乎我身边只要是个人，都比我要聪明，当然傅天南除外。

眼下，游秉继续道：“当然这只是我的一个猜想。但我们现在在益州，正巧能验证这个猜想。”

“如何验证？”

我来了兴致。

退一万步说，如果我真的没办法夺回那批证据，那么，当年他们是如何截船的过程就变得至关重要。所有坏事，只要做过，就一定会留下证据。

游秉道："当年截船的人那么不乐意却还是做了，除却家人被组织挟持的可能，剩下的一种可能就是，他们自身的生命受到了威胁。"

我似懂非懂地点点头。

"这种江湖组织的头目，一般都会使用一种俗套却致命的办法来逼迫手底下的人替自己做坏事，那就是下有毒发时间的毒药，完成某件任务后再给解药。"

"你再想，如果你是那批截船的人。你在益州截了粮草船，自知犯下了弥天大罪，去衙门自首是死罪，回组织向头目拿解药又很可能会被灭口。你进退两难，身上余毒又未清，那你下意识第一个要去的地方是哪儿？"

"当地的医馆！"

"是，而且因为这种毒很稀有，一般的医馆很可能连听都没听说过，所以会询问多家医馆。"

"所以，如果我们从任何一家益州医馆的大夫口中问得此事，那么当年那股势力作案的过程便与我的猜想吻合，甚至能确定当年的司粮使也为组织收买之人，再根据司粮使的出生背景，总能将此事抽丝剥茧。"

"啪啪啪"一旁的婢女忽然鼓起了掌。

我受气氛感染，也跟着鼓起了掌。

看来风水轮流转，将燕尘视为唯一崇拜对象的游秉，身边也有着一个威武雄壮的崇拜者呢！

我们从茶馆出来，便立刻奔走在了医馆之间。

短短三天内，我们跑遍了益州大大小小的各类医馆。其中有些医馆还有着自己特殊的规矩，比如说要在医馆门口报出个什么病症才能入内。此时，游秉的魁梧婢女就起到了作用，我和游秉装起了一对为小妹治疗疑难杂症而奔波的兄妹。

“大夫！救救孩子！我们家女娃娃长得过高过壮，还有得救吗？”

这招屡试不爽，有时甚至还会博得医馆门口小厮的热泪。

等我们进去医馆见到了大夫，则会打探起七年前的事情。其实原本我有一丝担心，因为这件事实在是过去了太久，可能大多数大夫都会表示“没见过，没听过，告辞”……

可没想到的是，大多数的大夫们居然还记得。

我们甚至遇上一个七老八十的大夫，捋着白胡子，激动地表示：“老夫记得可清楚了，想我李间惜行医几十载，看了上千上万个跌打滚伤、感冒流涕……只有那一次！只有那一次病人上门来，问的不是感冒方子，而是解药啊！那种武侠话本子一样的体验，我至今难忘……”说到这里，老者流下了热泪。

我们仨想趁此时间偷偷溜了。

结果老者把我们抓回来继续讲：“你们不知道，我当年从医就是因为崇拜武侠话本里的大夫！妙手回春解百毒！做武林盟主、毒教教主背后的男人！”

我忍不住，道：“冒昧地问一句，那当年您给出解药或者想出法子了吗？”

“没有。”

…………

看来有时候，热爱医术和医术高明之间好像并没有什么必然联系。

经过这几天的来回奔走，我基本确认了当年云踪坞势力的截船过程，同时也确认了在益州的大夫们心中都有一个武侠梦。

至于那批作案的人，他们现在可能还隐姓埋名地活着，也可能已经毒发身亡……总之，他们带着当年的真相一起消失了，但幸好这世上除了反派们，还有我和游秉知道这件事，我自然要做真相的搬运工。

离开益州的前一天。

游秉说他还要在益州继续采几天风。我一想也是，他刚到益州就不幸地撞上了我，然后就被我拉着满医馆跑，采风之行愣是变成了采访之行。

“我就不送了。”

“好。”

结果游秉嘴上说着不送，身体却还是很诚实地一直送我到了益州驿站，再往前两步，这都快出益州了。

我哭笑不得：“游秉大大，说好的不送呢？”

他一本正经地胡说八道：“我从没见过朝廷侍卫，见一见，也是有益于我开阔眼界的。”

话音刚落，他拉来我的侍卫团头头，威胁道：“你们一路上要好好保护皇上，不然我会在话本子里揭发你们！届时，整个大宴妇孺老少都会知道你们的无能。”

…………

这叫没见过世面？面对朝廷侍卫的气势可真是半点不弱呢。

等我好不容易上了马，就差一掌拍马屁股了。游秉又横在路口叮嘱道：“李翠花，你已经离开京城这么久了，回去估计都变天了，你做好准备了吗？”

“那是当然。好了，不说了，我出发了！”我生怕这告别没完没了，于是赶紧结束了这个话题。

结果，游秉还依依不舍地在后头喊：“下次再见面，《白衣将军俏皇帝》应该要完结了！到时候我也该摘下这顶斗笠了。”

我寻思着游秉真会聊天，告别了那么久都没听他说个重点，偏偏等我启程才放出劲爆消息。

我回头猛瞪他，却看见他站在原地，着一身月白色，就连那顶斗笠上的纱都是月白色的，一如我第一次上他宅子里看到的模样，远远地看过去他和身后的雪景完美地融成了一幅泼墨山水画。

唉，这么仙气飘飘的人，我又哪里舍得瞪他！

此时，又是一阵北风呼呼吹过，那顶斗笠上的纱被风吹起，露出了游秉的一小截下巴和嘴巴。

我一看，心头“咯噔”一下。

这被北风提前剧透了的小半张脸……怎么和燕尘那么像？！

难道这就是传说中的，崇拜一个人后我遇到的每个人都像极了你，包括我自己？

第十四章 第二次表白

我一回宫，六福子的悲伤都逆流成河了，就差没抱着我的大腿哭了。他大叫："皇上，你离开的这段日子，宫里都乱套啦！"

诚如游秉所说，我离开了这么久，等我回来，京城都变天了。还记得当时的我自信地拍胸脯，表示当然准备好了。然而事实是，我真的没准备好，完全没有准备好。

当晚回到书房，面对堆成小山的奏折，我差点晕厥了。不知道的还以为我离宫了大半年呢，奏折多得我一时不知道从何看起。于是，我让六福子和钮黑黑帮忙把奏折按照事情的重要程度给我分了门别了类。

他们先捧给我看的一堆奏折，讲的事情是京中最负盛名的那个小倌馆——脆琵阁在一夜之间人去楼空，于是大臣们觉得此事事发突然，必有隐情！

我恹恹地推开那堆奏折，淡定道："这堆'最重要的'已经不重要了，因为我已经知道了隐情。"

而这堆奏折的作用，撑死就是让我知道了原来不仅江浸月，就连整个脆琵阁都是那幕后之人的手笔。

于是，六福子又呈上了七七八八的其他"次重要"奏折。

里面说的事情也七七八八，譬如，兵部的高子澄老家的父母病情告急，他暂时辞了官，回家孝敬双老去了；譬如，刑部主薄大人老家的七大姑喝粥突然噎死了，他也先斩后奏请了为期一个月的长假……

我越看，眉头皱得越紧，之前这群"胳膊肘往燕尘那儿拐"的大臣还只是声称自己生病，现在居然都不惜把老爹老娘、八大姑七大姨搬出来，还都辞官回家了。

我哭笑不得："搞得就像燕尘明天就要造反了似的。"

可是下一刻，我连苦笑都逐渐凝固……

我批阅完了六福子觉得不太重要的一堆。

呈上这堆奏折的臣子，无一不是我老爹尚在时的忠烈老臣，比如大理寺的狄二木。而这些奏折的内容则都指向了一件事：燕尘的确在筹划造反。

譬如，他将京郊大营的军队挪到了京中校场操练，可是依照历朝历代的朝制，将军是不得带兵进皇城的，就连向皇上请求带兵进京都是大逆不道的做法。更别说，是燕尘这种一句话也不知会、趁我离京的时间把他的武力军团带进京中驻扎了。

就连曾经在军中伤药作假案中坚定地站在燕尘一边的狄二木，呈上来的奏折上结语都是："先祖爷！老臣对不起你的信任！没能看清反贼的真面目！你若在天有灵，干脆一道天雷惩罚老臣吧！或者老臣就干脆拼了这条命……也要阻止燕尘这个乱臣贼子！"

我第一次觉得狄二木的措辞不夸张，因为按照这些迹象来看，燕尘离造反的确只差挥兵进宫，再磨刀霍霍向着我了。

我重重地一合奏折，简略地阐述了奏折里讲的事情，沉重道："六福子，你对'重要'两个字是不是有什么误解？"

六福子闻言，腿一软，差点摔倒在地："燕尘……燕尘居然真的要造反了？"

原来六福子和钮黑黑根本不知道此事。

也是，他们只能看到奏折扉页一句总结性呈词，看不着奏折里面的内容，自然认为这些奏折里上报的，不过就是扉页上写的"燕尘在操练军队"呢。

我也能体谅六福子之所以警觉性不高，是因为"燕尘要造反"的风声……在京城，不对，是整个大宴上下都已经吹了好多年了。

可谁能料到，这一天居然真的到来了呢？

自从得知燕尘随时随地会逼宫的事情之后，六福子随时随地都处在相当焦虑的状态。他整天都如同一只热锅上的蚂蚁，左转圈，右转圈，甚至不能搭话，一搭话，他张口就是："皇上……我舍不得你……"

我倒是淡定多了："这还没逼宫呢，你怎么整天跟我已经上了断头台似的？"

六福子拉长脸，哭道。"这只是时间问题。"顿了一下，他又像下定了决心一般，道，"皇上，不如这几天六福子穿上你的衣服拒不见人，你逃宫吧！"

…………

"皇上，虽然外界都说你是废柴，虽然六福子也这么觉得，但是你也是有优点的！比如，胃口特别好，从来不剩饭剩菜……有幸做你的小太监，六福子感到很快乐！咱们来生再见……"

我打断他的煽情自述："既然你这么担心，那不如我主动去找燕尘问问，他到底什么时候逼宫？"

比面对悲剧更煎熬的是等待悲剧发生。与其整天杵在宫里猜测燕尘到底是"反，不反，反，不反，反……"，再猜测燕尘到底是"明天反，后天反，大后天反……"，那不如我去当面问他，更直截了当！

况且，这还能同时圆了我的两个心愿：一是，对燕尘说出我此行去益州查到的真相，虽然现在这是个没有直接证据的真相；二是，我好想他。

最后我和六福子好说歹说，说就算状况坏，那燕尘也不至于取了我的脑袋，六福子才勉强答应。

可他仍一脸苦相，道："皇上，你还是去和太太上皇道个别吧。"

…………

六福子认定了我一去不复还，认定了我此去完全是人为地提前了燕尘逼宫的进度，是送人头，是羊入虎口。我虽然表示反对，但我还是去水澜居和老爷子道别了。不怕一万，只怕万一。

水澜居可谓是这个节骨眼上宫中的唯一一片净土了，外面的言论再甚嚣尘上，水澜居里的老爷子依然追着他的话本子，而小侍卫吴念小兄弟也继续养着他的鸡鸭鹅。

吴念看到我来，乐开了花，急不可耐地给我讲他最近的养鸡事业又有了什么突破性发展。

一会儿，他又乐呵呵捧上一坨黑乎乎的荷包蛋：“皇上，这是我新培育出来的鸡蛋，牛奶味的，嘎嘣脆。”

不知怎么的，我莫名想哭。

我咽下心酸，道：“我想进去看看老爷子。”

老爷子对我可就不如吴念那样笑脸相迎了，非但没有笑脸，还怒气冲冲地竖着眉毛：“你怎么没把我的好孙女带来？！”

“我……我就是您的孙女啊！”演了那么多年，我真是受够了。连我来向老爷子道个别，都还要被认错。

老爷子没理我，继续道：“你们俩娃啥时候大婚啊？”

…………

还真是哪里是痛处就戳哪里。

我和认定我是燕尘的爷爷无法交流，只能自己跟个傻子似的在老爷子面前低喃，不管他听没听懂，我也算是郑重道别过了。最后我给了老爷子一个拥抱，然后头发甩甩，大步离开。

走到殿门口，身后传来老爷子洪亮的声音：“一定要平安回来啊。”

我一愣，老爷子这是间歇性好转？

结果老爷爷幽幽地道：“战场上刀剑无眼啊……燕尘小子。”

…………

最近我的那帮臣子都见不到人影了，唯独剩个滕侍卫长和兵部稍许沾点关系。从水澜居出来之后，我就去找了滕侍卫长，然后从他那里得知了燕尘最近的动向：燕尘正在离京城不远的地儿。

他声称在京郊附近的小村镇里找到了当年南疆的间谍余孽，于是昨日前去捉拿。但这些都不是关键，关键是他觉得，他在京郊的兵力也不足以对付那三个余孽，所以从他的封地调兵过万。

滕侍卫长说完，劝我道："皇上，这是司马昭之心，路人皆知啊！"

"嗯，我知道。可我还是要去。"

没人拗得过我。就在当晚，我带着一批京城守卫军跑去找燕尘了。

要说我所带的京城守卫军数量相比燕尘的兵力，简直跟闹着玩似的。这群被选中的守卫军跟着我连夜赶到燕尘驻守的小村镇，受到上千个将士目光洗礼的时候，腿纷纷软了一下。

他们甚至小声议论："我觉得我们是来送死的，你们觉得呢？"

我随即转头瞪了他们一眼，他们才噤声。正所谓不争馒头争口气，就算实力相差悬殊，可是输了实力，也不能输了气势。我强装镇定，一路走到了主营帐里。

眼下已经是隆冬一月，京城已经一连下了好几天的大雪。京郊的雪花更是如同鹅毛一样纷纷扬扬，地上的积雪都已经没到了脚跟，踩上去还会发出"嘎吱嘎吱"的响声，在万籁俱寂的冬夜更是显得尤为响亮。

此时，我身后的守卫军纷纷停下了脚步，只剩我一个人仍在一步步地往主营帐挪。

漆黑的营帐里忽然散着微弱的暖光。嗯，大帐里的人醒了。

一灯如豆，那油灯的光芒随着大帐帐帘掀起来，为正从中走出的人的肩头铺上了一层杏黄暖色。而走出的那个人，是我朝思暮想的人，是露个面就能彻底打乱我腹稿的人。

他的一双杏眼沉沉，被烛火映衬得阴晴不定。

他道："皇上何以大驾光临？"

一直到后来进了大帐，我才反应过来，燕尘说这句话时的潜台词是"这里不欢迎你"。

然而当时的我脑子里一片空白，甚至都没在意燕尘到底说了些什么，反倒像是被一股神奇的力量牵引着，稀里糊涂就回了一句："来看看你到底有没有造反。”

再然后继续稀里糊涂地抱了上去。

就像狗对肉骨头，猫对小鱼干，带着神一般的占有欲，黏在了燕尘身上。

“你做什么？！”燕尘好像被我惊呆了。

其实我也被自己惊呆了。

要知道，燕尘此时穿的可是单衣，外面直接披了一条貂毛披风。这被我一抱，相当于我直接掀开了他的披风，和身穿里衣的他来了个零距离接触。直到感受到那股自他身上传来的滚烫……我才清醒了过来。

天哪，李扶摇，你能不能矜持点！

但显然，这个自省晚了，我身后传来了超响亮的倒抽凉气声……

头顶也响起了一句无奈哀叹：“李扶摇！我……真是拿你没办法。”

再然后，燕尘就跟拎小鸡似的拎着我进大帐了。

想来我们上次见面的时候还是在刑部，还在面对我们上一代的恩怨。虽说现在被我的惊天一抱给强行破了冰，可是不等于就此消除了隔阂。

进了大帐，我和燕尘各自坐在两边，两人沉默不语，空气里弥漫着尴尬的气氛……

最终还是我没忍住。“燕尘，他们都说你准备造反了，说你还借着围剿南疆余孽的理由将封地的兵往京城派……”我不住哽咽，“都是他们瞎说的对吗？他们知道什么呀，南疆人最擅长使毒，那毒可狠了！捉拿他们当然要小心再小心……”

说着说着，我的思绪又飘到了别的地方。我之所以清楚南疆人用毒之狠，也是因为燕尘初次平定南疆那年，我曾经因为担心燕尘而效仿我爹御驾亲征，结果反倒在军中成了拖累，人还没到南疆就中了奸计，被下了蛊毒。燕尘为了救我，以身试药，还用了他自己的心头血做了药引子。

“你都说中了。”燕尘一句话将我带回了现实。

说中了？他的意思是他的确是忌惮南疆蛊毒之术才带了大军？

然而我还没来得及高兴。

燕尘补刀道：“前半段都说中了，我的确预备逼宫。”

…………

我怔怔地愣在原地，不知道作何反应。

我或许是史上第一个被提前告知皇位不保，甚至人头都不保的皇帝了吧？

燕尘像是能读懂我的心声似的，他幽幽地望向那盏油灯，道：“但我不会杀你。我即便是做了乱臣贼子，也有自己的原则和底线。你爹犯下的罪不应当由你来承担，所以我答应你，纵是逼宫那天，我也不会伤你分毫。我只反李家的江山，不会伤害你李扶摇。”

这有什么区别？

“按照你的意思，你逼宫成功后，就把我软禁在深宫里，做一个前朝后主？供全大宴人耻笑，耻笑我不仅是古往今来第一大废柴，还是一个亡国的罪人……”

他不吱声。

我气极反问：“燕尘，你就没想过，其实这一切都是阴谋？”

“皇上，如果你此行来是给我讲故事的，那不必了。军中纪律，一切只看证据和结果，所以你有证据吗？”

我哑然。

亏我在益州的时候还乐观地想，就算我丢了最直接的证据，可是依着燕尘和我的关系，他至少也会给我一个解释的机会，听完我的话。

可我忽略了，我和燕尘现在还哪里有什么别的关系啊？在他眼里，我充其量是个认不清现实的“杀父仇人之女”罢了。

人在极端仇恨的蒙蔽下，是听不进任何话的。我和燕尘的对话就此结束。

“雀七，替我们的皇上备上一匹日行千里的良马，然后护送皇上回宫。”

“我不走，我不回去！”

“好。”燕尘吹灭了烛火，彻底下了逐客令，道，“那替皇上腾出一个干净的营帐，以便今夜歇息。”

燕尘的逐客令没能赶走我。虽然第二日军中上下都知道了我是死赖着不走的，被议论得多了，我也觉得有些尴尬，可是转念一想，古代有帝王三顾谋士出山，那我三求燕尘回心转意，又有何不可？

这么一自我安慰，我厚着脸皮在军中做起了拖油瓶。我终日在燕尘的大帐前晃悠，不抛弃、不放过任何一个燕尘出现的机会，见缝插针地说当年的真相。

然而，在我费尽心机找机会向燕尘解释的时候，却不知危险也在悄然逼近。

那天燕尘他们得到消息，说是村镇中的某户人家见到了那三个南疆人出入。他们本该集体出动去剿匪的，可是问题来了。

燕尘过来告诉我，如果我留在营帐中，他认定离开他护佑的我肯定会出事。他很担心、很忧愁：“到时候我还没逼宫，就落下一个弑君的名号怎么办？”

他又说：“如果你跟着去，那情况也没好上多少，一样会出事。”

…………

他口中的我，怎么比吴念养的那些小鸡还要弱？

燕尘话锋一转：“所以，我会让雀七他们一路护送你回宫。”

“我的护卫们呢？”

“现在想必你御驾亲征的事情已经在小村镇里传扬开来，如果想要安全回宫，你就不能带太多人。再说那群京城守卫军的武力，还敌不上半个雀七。”

“……走就走！”

我气得头疼，原来他说来说去还是在赶我走，顺带还要嘲讽我的守卫军。

可是这次燕尘赶我的理由又特别充分，我竟无言以对。另外，在军中赖了几天，也没见燕尘愿意听我一言，再耗下去，也只是徒劳无功罢了。反倒是回宫等游秉回京更奏效，多一个与朝堂无关系的人证，总是多一分说动燕尘的希望。

几番权衡，我听了燕尘的，在雀七、鸿一的护送下趁着夜色回宫。

然而那句雄赳赳、气昂昂的“走就走”还在嘴边，没过一个时辰，我又回来了。我走的时候身边跟着两个人，回来的时候却变成了五个人，而那无端多出来的三个人正是燕尘他们一心想要寻找的南疆余孽。

眼下大半夜的，燕尘眼底却毫无睡意。他正眼神凌厉地看向我们这里，耐心地听三个南疆人提条件。

他们挟持了我，而他们提的要求是：他们要带着我离开，三日后若无追兵，才会释放我。

我一听，慌了。我要被对方整整挟持三天……到时候，燕尘如果真按照他们说的不再追击，可是三天一到，谁知道这三个南疆人会不会下毒手撕票？

燕尘显然也想到了这一点，他正隔着三米远看我。从他的眼神中，我擅自读出了一句“燕尘式”嘲讽：你果然比小鸡还要弱，留着会出事，跟着去会出事，回宫都会出事。

但我想说，这真怪不了我，要怪就怪他那两个捉贼心切的下属。方才在护送的路上，那三个狡诈的南疆人利用了雀七他们的心急心理，上演了一出调虎离山之计。加上，南疆间谍的身手本就矫捷，尤其擅长隐匿和轻功，一来二去，我就被逮住了。

眼下的气氛剑拔弩张，四周如死一般的寂静。

燕尘不动声色地站在原地，看上去迟迟做不了决定。

此时，我冲他吼道：“燕尘，无论你做什么决定，我都接受！

因为我相信你。”

我说这句话，一方面是给他打气，另一方面则是……挟持我的那个南疆人手上的蛊盒离我的脖颈只剩下半寸不到了，现在甚至已经开了盖，我也感觉蛊虫在我的皮肤边缘试探了！他再不下决定，我就要将小命交待在这儿了。

然而燕尘那头依旧没有吭声，他的视线如同一条细密的线，将我死死盯住，可他的唇瓣却没有半点儿要动弹的迹象。

那一刻，我失望极了，也难过极了。

眼睛一闭，准备等死。

谁想我眼皮合上的那一刻，脖子上让人不寒而栗的冰凉感消失了，取而代之的是一阵天旋地转。等我再次睁眼，我发现自己的身后是雀七，他正扶着我。

而燕尘……他和我对调了一个位置，现在站在南疆人身边的换成了他！我还没弄明白他是怎么做到的，就只听一声低喝：“拿下！”

以燕尘的功夫，那三个南疆人自然动不了他。上一刻，还雄赳赳、气昂昂的三人瞬间变成了丧家之犬，被人给押了下去。

劫后余生的我第一时间冲上去照看燕尘。

我还没有忘记后颈的恶心触感！然而就在刚才，我发现那只蛊虫不仅没咬我，还不见了踪影。可是如果蛊虫还在南疆人的手里，他们又岂会乖乖就范？

心里梗着一个可怕的猜测，走到燕尘跟前时，我已是浑身都在颤抖：“燕尘，那只蛊虫呢？”

燕尘没答话，面色依旧跟雕像似的冷漠，可是再忍耐，也抵不过最直接的反应——他吃痛地抽气。接着，我顺着他的目光……看到了一只大虫子正在啃咬他的手指！正是那只南疆蛊虫！

我的脑袋“嗡”地一响，差点就地昏厥，跟着燕尘一起进了军医大帐。

半个时辰后，我回想自己当时之所以没昏厥，那是因为我强撑着一口气，我要第一时间知道燕尘的情况，更要第一时间将那句话说出口。

眼下，我已经在军医大帐前等了半个时辰。在这半个时辰里，雀七告诉了我燕尘救我的全部经过，就在我闭眼的那一秒钟，燕尘用他卓绝的轻功救下了我。最关键的是，他生怕蛊虫会因为突然的冲击受惊而下口咬我……他先是用指尖捏住了那蛊虫，才推开的我。

也就是说，在燕尘闭口不言的时间里，他已经想好了要替我受下这蛊毒，无论这蛊到底会落下何等的后果。

这哪里是一个乱臣贼子所为？在叛乱的节骨眼上，他还舍命救最大的敌人？

我对着营帐的方向自言自语："燕尘，你这谎撒得真是差劲！等你好起来，我一定要手把手教你怎样圆谎，还有你的演技也不太行，还要让傅天南教你演技……反正怎样都好，只要你平安无事，求求你了……"

里面的军医忙成一团，外头的军医也都排着队，轮流等待进去。

我抓住其中一个刚出来换班的大夫，问道："里面可有结论了？到底是哪种蛊毒？"

那大夫脸上写满了尴尬。

我慌了："难道很严重？！当年燕尘替我治蛊毒的时候不是用了心头血做药引吗？那如果用我的心头血做药引，他也一定能好起来的，对不对？"

大夫拉过我，拢手，小声道："哎！皇上……那个，那个咬将军的不是蛊虫，是一只蟑螂罢了！"

…………

我原本以为大夫是在糊弄我，直到我进了大帐，看到毫发无损的燕尘……我才知道，原来那真是一只蟑螂。我再一想，也是，南疆派来的那群间谍早已被除得七七八八了，漏网的三人这么些年来一直在大宴各地逃窜，又哪来的蛊虫呢？即使他们有，大宴不同于南疆的饲养环境，蛊虫早就变死虫了。

但话又说回来了，大道理是一回事，放在自己身上那又是另一回事。当时情况紧急，谁都不敢笃定那蛊虫是蟑螂，就连军中大夫不也埋头会诊了半个时辰才敢下结论吗？

所以在那一刻，燕尘也的确是做好了用性命相抵来救我的准备的。

我急匆匆地冲进大帐的时候，燕尘刚遣散了大夫们。他刚准备从床榻上起身，就被我给按了回去。我借着那股子欢喜，大胆发言道：“燕尘，我喜欢你。”

他一愣。

“是，你没听错，时隔三年，我又说了一遍。而且，我比那个时候更喜欢你了。”

话音落，只见燕尘的眼眸里似乎有什么情绪一闪而过，似乎是……有点小得意？可那抹情绪又消失得太快了，我只当它是幻觉。

眼下我和燕尘的动作是，他墨发未绾，随意地披在肩上，刚被大夫把脉检查搞得凌乱的里衣更是半敞着；而我就跟个女土匪似的，推倒了他不说，手还抵在了他肩上。

我觉得这样的动作配合着表白，最能壮胆。

谁想燕尘听完我的表白，立刻挣了该动作。他顺势将我的手腕捉住，再一个拉扯，我们的动作瞬间变成了他上我下——他的左手抵着我的手腕，右手则缓慢地在我的下巴尖抚过。

我还没来得及为这温柔缱绻的动作脸红，燕尘忽然闪身抽离，语气也冷了下来。

他背对着我，道：“李扶摇，你还不明白吗？我们之间再无可能了。就算我喜欢你，我们之间也横着杀父之仇。”

我被他第二次拒绝也算是被拒绝出了心得，我瞬间抓住了他话里的重点。

“就算？”

燕尘继续不看我。他的声音轻得像是随时会化在空气里，却也仍然能像刀锋一样划伤我的心。

“嗯，我从未喜欢你，儿时或许有几分心悦，可那时的我还不懂得什么是男女之间的喜欢。”

我打断道：“只是儿时？就拿这几个月来说，你为了保护我，冒着摔断一条腿的危险从战马上摔下来；你从未忘记要替我找取暖法子的约定，给我找来汤婆子；你……你只身冲进火海将我救下，你还为了我宁愿被蛊虫咬……这不是喜欢是什么？！”

我真是没用，这么多年了，我依旧改不掉一激动就落眼泪的坏习惯。

我心里有多酸，眼泪就有多滚烫，眼前燕尘的背影越来越模糊……我忽然庆幸，他至少是背对着我的，要不然，我该有多难堪。

自作多情一次已是笑话，而我偏生还连着两次了。

燕尘答：“那是因为在做这些的时候，我只当你是一起长大的妹妹看待。保护妹妹，理所应当。”

他的歪理倒是层出不穷，我一口气哽在喉咙口，喊出的话都显得声嘶力竭:“你骗人！哪有人会为了所谓的妹妹不惜以身犯险的？妹妹可以有很多，沈桐芊、丞相家的女儿，还有好多好多，都可以是你的妹妹，可是如果你每次都这样拼了命去救所谓的妹妹，你一条命哪里够用的？话本子都说了，只有自己心尖儿上的人，才值得自己付出生命，也在所不惜。”

我也不知道自己从哪儿来的勇气，居然从床榻上下来，擦干了眼泪后站到了燕尘身前，直视着他说话。或许是因为我觉得不甘吧，我不甘心这十多年里我都是错的，都感受错了。

奇怪的是，燕尘的状态看上去并没比我好上多少。

刚才的那番回答似乎是耗尽了他全部的力气，现在的他比刚从鬼门关走过一遭的他……来得更憔悴，嘴唇被他咬得泛起青紫色。

我又上前一步，轻声喃喃道：“燕尘，你对于我就是这样的，我对于你，也一定是这样，对不对……”

燕尘目光沉沉地低头看我，欲言又止。

这样的反应，像极了军机堂雪中送别的那次。那一次，他也是这样有话不能好好说，不能直接说的样子，就像是在隐忍什么。

可是一句承认喜欢我，又有多难呢？

我等着。

他却再次闭上眼。

“……从未。”

什么爱情不爱情的，还不如多吃两口来得实在。

被燕尘第二次拒绝后，我再也用不着他挥着小鞭子在我身后赶我了。我主动牵了一匹良驹，火速离开那片伤心地，那个伤我心的人。

谁想我这一走，又是现身说法演绎了一句古话：人倒霉起来，喝凉水都会塞牙。我在第一次回宫的路上被南疆人逮了，眼下在第二次回宫的路上……又被逮了。

这次我是同京城守卫军们一起回宫的，在快到京城城门口的地方，被一群人蹲守了。当我被那群人扛上马车，并被带到京郊一处不知名的地方时，我终于认同了燕尘此前说的那句：“那群京城守卫军的武力，还敌不上半个雀七。”

可是，能在三招内就将守卫军们打得他们爹不亲娘不认的，也绝非等闲之辈。当我被遣下马车并解开眼罩时，映入我眼帘的是两排训练有素的黑衣人。那熟悉的打扮，以及那似曾相识的蚊子叫说话声音……我分分钟认出来了，可不就是当初负责看押我和江浸月的那批云踪坞之人！

我正想得出神，此时，来人打断了我的思绪：“扶摇，我们又见面了。”

来人穿着一身月白色蜀锦长袍，那袍子的袖口还绣着一朵同色的茶花。还是那副打扮，还是那双丹凤眼，却没了曾经面对我时那种低眉顺眼的样儿。

“江浸月……”

我寻思着云踪坞的人是不是都有一个不成名的特殊癖好，那就是以囚禁人为乐趣。只不过讽刺的是，前几月是与我同被囚禁的江浸月，如今摇身一变成了囚禁人的那一方。

江浸月还学了云踪坞那个女人的其他习惯。譬如拉人喝酒，譬如拉人听故事，还都是没有结局的故事。

我所处的地方应该是那股势力在京郊搭建的一处秘密基地，离京城不远，却借着竹林掩藏得十分隐蔽。环境是美的，拉我喝酒的人也是极美的，可我却半点兴致都提不起来。被江浸月软禁的这几日，每一天，每一夜，每一个时辰，他都要在我身边，光看着我还不够，还要与我互动。早上，他亲自喂我喝粥，替我束发；中午，他提前做好一大桌江南小菜，替我剔鱼刺、剥虾壳；晚上则是与我把酒吟诗……

这绝对是我所见过的最奇葩的囚禁方式了！江浸月一点都没有做反派的自觉，甚至还营造出一种我和他在过着普通同居日子的气氛……

到了第四天夜里。

我双手被束缚着，恹恹地躺在房中。江浸月推门而入，手中提着一条已经不再活蹦乱跳的鱼。

“扶摇，你夫君我刚才出去捕鱼了。这是我捉到的鲈鱼，又大又肥，你要吃红烧的呢，还是炖汤的呢？”

又来了……

是了，这几天，他无论是喂我吃饭还是替我盖被子，都以我夫君的身份自居，我心道：傅天南都没你入戏深！

我愤愤道：“夫君？我呸！江浸月，你到底要我陪你演戏演到什么时候？”已经陪他演了三天的我，此时已经忍到了极限，离崩溃只差他再多一分的得寸进尺。

他只当没听到，继续沉浸在自己编排的戏中。

“扶摇，上次在益州，那个有关我儿时的故事我还没有讲完，我现在继续讲好吗？”

“不好！我不要听！”

他继续当没听到，兀自坐在案几前，一杯一杯替自己斟酒，然后又一杯一杯地喝下肚。

“我是一个孤儿，被江南人士收养，而那江南人士就是云踪坞的上一任帮主。其实门外的那些人也基本是由老帮主收养的。只不过因为我从小生得特别好看，所以走上了与他们不太一样的路……

“我被收养后，老帮主没多久就去世了，老帮主的女儿成了新的帮主。本来我们的生活理应同以前一样，做个没心没肺的水匪。可坏就坏在新帮主爱上了一个野心勃勃的男人，她为了那个男人，甚至不惜耗尽心血成立一个新的江湖组织——凤尾山庄，只为给那个男人布下一张大宴情报网！她还放弃了所有少女迤逦的幻想，从此不再想着一生一世一双人，一心只想着帮那个男人完成他的目标。”

我本能地对话本故事很敏感，江浸月口中的这个新帮主……越说越像那个在凤尾山庄和云踪坞都出现的女人？她在凤尾山庄初次出现的时候，口中的确念念叨叨着一句什么“庄主心中有个不可能的人，所以愿看世间男女成双”……

联系她在劫持我时给我讲的那个故事……我瞬间明白了，原来她故事里的那个痴情女子就是她自己，而那个闯入水寨的人就是她的情郎啊！

“新帮主奉献了她的一切去帮那个男人，其中包括我们这群被收养的孤儿。当年，我不过十岁，因为这张脸和机灵劲儿，被新帮主选中，当成一个间谍培养。多年后，我还被赋了一个新名字：江浸月。随之而来的就是日复一日、年复一年惨无人道的训练……我被迫学习小倌的姿态、技艺，还有那副谄媚的嘴脸，甚至被带去真正的男倌馆……”

听到这里，我的心里酸酸的。

原来眼前这个囚禁了我的人，才是真正的可怜人。

我又想起了初见江浸月时，他一袭火红的衣裳，坐在脆琵阁大堂中央专注地抚琴的出尘模样，以及下了台却又左右逢源地对那些富贵夫人的打赏照单全收的模样。当时，我就好奇，这男子还有两副面孔呢？

直到现在我才知道，原来后者那副看似浑然天成的谄媚劲居然是被训练出来的，反倒是在台上所谓的“表演”——一个心无旁骛的琴师……或许才是他真正想要成为的模样吧。

我在一旁偷偷哽咽，听江浸月继续讲。

“短短一年，我就从一个开朗的少年变成了一个内心阴暗的人。那段日子，只要一有机会，我就从小倌馆逃出来，一直逃出姑苏闹市，逃到边陲的江南小镇。只有远离了繁华，我才能暂时忘却小倌馆里那些恶心的人和事……”

江浸月冷笑一声，继续道：“但也只是暂时忘却罢了。云踪坞的势力颇大，江南一带尤甚。我逃了被抓，被抓了再逃……如此循环往复。那时候，我被打得不成人形，每天都想着一死了之。”

我咬了咬牙，恨不得把当年虐待江浸月的人从回忆里拖出来揍一顿。

“直到有一次，我在一处卖水产的市场遇见了一个少女。”

说到这里，江浸月忽然望向我，眼神温柔缱绻，又小心翼翼，仿佛生怕什么东西被重重看上一眼，就会碎了一般。

“水产市场里有许多也是曾经受过云踪坞恩惠的渔民，他们见到我来，总像见到了瘟神，还告诉他们孩子离我远点，说我浑身脂粉气，哪有半点男孩子的样子。久而久之，那些小孩也都开始欺负我，朝我身上丢死鱼烂虾，说我是娘娘腔，说我是小白脸。可我不在乎，他们越是欺负我，我就越要去那里。因为我就喜欢看着他们一方面因为怕惹事上身而不敢向云踪坞打小报告，一方面又气急败坏的模样。”

我愣在原地，外面雪拍竹节的声音在一点一点消失。

江浸月似乎发现了我的愣怔，关切地问道：“扶摇？”

“扶摇？”

我的思绪跟随着这声轻唤回到了儿时。那时的我跟着我爹下江南，在水产市场外面等着小燕尘在里面给我奔走挑鱼。

有一次，我撞上了一群小孩欺负人。当时的我仗着有老爹撑腰，从来都是天不怕、地不怕，平素一大爱好就是路见不平一声吼。于是，我吼了，然后同那群欺负人的小孩打了一架，最后我“英雄救帅”了……才怪！我被对方一起揍了。

也是在那个时候我才知道，原来自己不是拳脚功夫比别人好，而是在京城里没人敢还手。可现在远在江南，我又没带护卫，这一下就露出原形了。

但我是客人，又是女孩子，他们下手总归要轻一点。加上那小男孩长得甚是文弱，比燕尘还文弱一百倍，让人看着心疼。于是，我当时做出了一个大胆的决定，盖在人家身上，替他挨揍。

我之所以记得那么清楚，是因为我被男孩子那时的举动吓到了。那男孩前一秒被欺负时还梗着脑袋，一脸不服输的样子，结果被我一护，他居然哇哇大哭起来。

他哭得舒坦了，抬起一张粉嫩嫩的脸蛋，道：“你为什么要保护我？”

我当时回答的貌似是：“这有什么？不止这一次，明天我带我大哥来保护你，看下次还有谁敢欺负你。”

这本是我为了耍帅，无心说的一句话，谁想被那小男孩记在了心上。之后的几天，他每日蹲在我下榻的客栈门口等我，带我下泥潭捉虾，下池塘捞莼菜，还偷溜到江南名菜馆的后厨偷吃……

那个男孩一度让我觉得自己找到了同伙。

要想那时候的燕尘从来都是斯斯文文的，这些事情他不屑去做。但谁能想到，我其实已经想做这些上天入地的捣蛋事情很久很久了呢？我认定了该男孩是我的好兄弟，那段时间就经常偷跑出去和他相约搞事情。直到某次装病被燕尘戳破，因而被他发现了那个男孩的存在，然后就没有然后了。

儿时的燕尘虽是个白袍小公子，却已经有了做霸道将军的潜质。他那时候对我方圆两米内的男孩都十分不友好，有段时间甚至傅天南都被牵连过。

可我敲破脑袋也没想到，原来当年那个二柱就是现在的江浸月。为什么老帮主和新帮主的取名水准能差这么多？

从回忆里抽身而出，再看到江浸月时，我不禁觉得有些恍惚。记忆里那个粉雕玉琢似的男孩与眼前这个俊美无俦的男子渐渐重叠。

“二柱，你是二柱？”

江浸月盯着我看了半晌，最后粲然一笑：“扶摇，你果然没有忘记我，你都记起来了？”

“嗯，我都记起来了。”

包括当年他对我说的那番话。年少的二柱曾经执起我的手，带着超脱他年龄的口吻对我说：“扶摇，长大后我娶你，好吗？”

我避开江浸月灼热的目光，狠了狠心，道：“江浸月，你有没有想过，你对我的喜欢不是真的喜欢，而是……当年给过你温暖的人恰巧是我？”

他原本想抚上我脸颊的手一顿，他也不生气，而是戏谑道：“扶摇，那你有没有想过，你对燕尘的喜欢也不是真的喜欢，而是他运气极佳，有幸陪伴你长大的人恰巧是他？”

我莫名生气：“不是的，没这么简单！”

他又笑，可这次的笑却是苦笑：“你看，你也很生气。所以，你不要轻易地否认一个人的真心，哪怕你并不想要。”

江浸月将手抬起，凌空停留了许久，几次就要抚上我的下颚……却最终作罢。

他一如既往地直白却克制。

绿蚁新醅酒，红泥小火炉。屋内有温酒的热水发出的咕嘟声，也有走道上火炉烤鱼的吱吱声，这些细碎的声音却将室内衬得更为安静。

我和江浸月相视无言，不知过了多久。

他道："燕尘之所以还没有造反，那是因为他还缺少一个名正言顺的理由。但很快，这个理由他就有了。"

直到三日后，我被江浸月从他的住所里放出来，重新踏进京城，我才后知后觉地明白过来。原来江浸月的那句话不是一句挑唆，也不是一句猜测，而是一句让我在心里有个准备的提醒。

京城已经被叛军彻底包围，而这批叛军里，有一小半是云踪坞的江湖势力，另外一大半则是燕尘的军队。

第十五章 不好！有人逼宫了

京城被大军包围后，京中百姓没有想象中的人心惶惶，唯一的变化是京城的大街小巷皆有人把守。用脚指头想，也能猜到这些是燕尘的人，准备捉我回宫呢。

而我面临被自己最爱的人夺走李家的江山的前夕，也没有想象中的难过，或许泪水早就在燕尘拒绝我的那晚流干了。我现在唯一想做的事情，就是等待主导整场阴谋的最终大反派出场，然后和他同归于尽也好，出言对峙也罢。总之，我想要越早见到那个人越好，即使是死，我也要知道那个亲手害死燕叔叔，又亲手栽赃嫁祸给我爹的罪魁祸首。

于是，我前脚刚踏进京城，后脚就向城门边验人的守卫大哥自投罗网了。

半个时辰后，我被他们送进了宫里。可奇怪的是，他们押送我去的地方不是逼宫戏码必备的前堂正殿，而是太太上皇佛系养老的居所——水澜居。

并且我第一个见到的人也不是燕尘，更不是我爷爷，而是……

我的皇叔李藏！

今日，他没穿平日里常穿的那件银黑色窄袍，也没梳四方髻，而是穿了一件玄青色、镶着金丝线的衣服，梳的发髻也是帝王家才会梳的那种。以前我在话本子里看到过，有些人一旦得势，为了彻底忘记曾经那个扮猪吃老虎的自己，会从头到脚改变自己的穿着。

而我的皇叔不仅变了穿着，就连眼神都变了。亏我以前还觉得他看破红尘，那时我怎么没发现他的眼睛看起人来跟捕食的鹰狼似的。

眼下李藏缓缓踏进水澜居，身后还先后涌进了一大批朝臣——他们被一帮士兵架着脖子，不情愿地在殿内站成了两排。而李藏就站在两列队的中央，身后还跟着一个美艳无比的女人，自然就是那云踪坞的帮主。

他道："侄女，许久未见。"

我冷笑："原来江浸月口中'名正言顺'的理由就是你？皇叔，我真是小看了你，你为了这个皇位，居然连谋害兄长的事情都做得出来！"

"谋害兄长？我的那个好哥哥分明是被他自己给害死的。你爹是冷血帝王，寒了他兄弟的心。走到今天这个地步，完全是你爹咎由自取！而我，同是李家的血脉，如今归位，会比你，还有你爹做得好一千倍，一万倍！"

李藏是我爹同父异母的兄弟，长相和我爹多少有几分相似。我眼睁睁看着那张熟悉的脸庞因为欲望而变得扭曲，变得丧心病狂……我感到可恨又可悲。

我气得浑身打战："我暂且最后叫你一声'皇叔'，你口口声声说会做得比我爹更好，事实上，你所做的每一件事却无一件不是在毁大宴。凤尾山庄与梁国勾结炮制瘟疫案，串通供药商在军中伤药作假；你当年更是断粮草，害死燕霜烈将军，又故意派人暗杀当年幸存的大宴旧部……你就是个疯子！就是个丧心病狂刽子手！"

李藏挥挥手，几个士兵将我的嘴巴狠狠蒙住。

他将双手拢于身后，极为淡定地从我身边走过，然后坐上了爷爷平时坐的位置。

"燕将军此时应该在宫门口把守着呢，可惜你说的这番话，他都听不到，在座的各位大臣也不会听信你的无端妄言，凡事要讲究一个证据。"

他居高临下地看着我，一字一句地道："身为你的皇叔，我今天就来教教你，什么叫用证据说话。"

我恨得牙痒痒。然而我被江浸月软禁的这几天，李藏早就趁机占据了京城，现在连这宫里都由他说了算。我甚至连爷爷、六福子、吴念他们的安危都不能确认……

思及此，我恨恨地咬了侍卫的手，趁他吃痛撒开手的间隙，我怒道："为什么水澜居发生了这么大动静，我都没见到爷爷？难道你不仅要谋害兄长，连自己的父亲也不放过？"

李藏幽幽地道："其实你不必为了我的兄长与父亲如此生气。因为他们根本不是你爹，也不是你爷爷，你根本不是李氏血脉！"

…………

我一怔。

他在胡说什么？

我自小在皇宫中长大，儿时的记忆都在我的脑海里，从未缺了哪一部分。与燕尘青梅竹马的是我，绕在爹的膝下玩拨浪鼓的是我，坐在爷爷肩头听话本故事的是我。

他凭什么说我非李氏血脉？

非但是我，场内的大臣们都惊得直倒抽凉气。然而下一瞬，我忽然有一种不祥的预感。李藏之所以挟持这么多大臣来这里，还特意将逼宫的地点选在了水澜居……儿时发生的一些不合常理的事情一下子都蹦跶了出来。

我正想得出神。

此时有人从后殿蹒跚走来，然后蹲在我身前，替我擦了擦眼泪。

"燕尘啊，我的好孙女婿，你怎么哭了呢？"

见到那张熟悉的脸，我的心里一酸，抱了上去。

"爷爷……"

幸好李藏还没丧心病狂到弑君杀父的地步，老爷子依然是那个把我认错成燕尘的和蔼老人。爷爷的身边还跟着被鸡毛黏了一身的吴念。

吴念抽扣搭搭地道："皇……皇上，我和太太上皇被关在鸡窝里好久，然后，然后就被人给带出来了。这里发生了什么？"

吴念的脸上也黏满了鸡毛，估计现在他的亲妈来了也认不出他，外加那股醉人的味道……连风雨不动安如山的李藏都忍不住后退。

他颇为嫌弃地看了我和吴念一眼，立即办起了正事，他又带上来一个大娘和一个小孩。

“这是我请来的京城中最著名的稳婆。她自有一套认亲的法子，其实说来也简单，只需要从两人身上各取一滴血。”李藏说话间已经用随身携带的匕首割开了那大娘的手指，顺带割破了小男孩的手指。

先后滴在了大娘事先准备的一碗水里。

接着，两滴血在碗里渐渐相融。

大娘道：“血相融者，则为亲。”

说罢，李藏准备抓我和老爷子。

我本能地反抗，谁想老爷子也很是反抗。

老爷子将自己的两只手紧紧地缩在了袖子里，不满道：“你们还搞滴血验亲这一套？我堂堂大宴的太太上皇岂能由一个外人来割手指的？”

听到“外人”二字，只见李藏的手明显地顿了一下，他不再坚持。

他强撑着笑容，道：“好，父皇，无论您老人家要由谁来放血，这血，您今天都放定了。”

爷爷随手一指，指向了吴念：“就他，他平时给鸡鸭放血可麻利了！鸭子都不叫嘞！”

…………

无论过程如何，最终我和爷爷都被迫完成了滴血验亲。

这本该是一桩坦荡荡的事情，可不知为何，当我看到那两滴血落在碗里……那一刻，我莫名感到恐慌，甚至觉得快要喘不上气。

而整个水澜居都陷入死一般的寂静。

众人的焦点皆落在了那一碗水上。

碗中的两滴血液彼此一点一点地靠近，然后交融。

大臣们开始窃窃私语，我听到了有人小声吐槽“李藏篡位就篡位，搞什么花里胡哨的环节”。

殿内反应最激烈的当然也是李藏。他怒不可遏地抬袖打翻了那碗水，步伐不稳地走到老爷子面前，比刚才与我对峙的时候更为暴怒。

“为什么？为什么你从未正眼瞧我？当年，你宁愿禅位给一个外人，一个废物！也不愿意正眼看看你的亲儿子呢？对于你来说，我仅仅是一个错误吗？我也是人！一个活生生的人！”

关于李藏，大宴上下众所周知，他是不受宠的庶子。当年，他的生母还是名动京城的歌姬，抚的一手好琴。而我的爷爷，那时太皇太后去世不久，他整日饮酒度日，生活过得浑浑噩噩。

就在那一年他的生辰宴会上，有人将李藏的生母带进了宫中表演，而偏偏那女子长得和太皇太后有几分相似，再然后……就是一夜错误。

“你有没有想过，就是你当初的一个错误，逼我变成了今天这副样子？”李藏冷笑连连。

爷爷的脸上也难得没了挤眉弄眼的笑意，有一瞬间，我感觉那个没痴傻前的爷爷又回来了。他的语气淡漠又疏离：“你既然选择了这条路，就该没有怨言，一切后果都是你自己选的。”

我怔怔地看着眼前这个好转过头的爷爷，忽然冒出个非常大胆的想法：爷爷他多年来是不是装痴傻的？或许他对一切都了如指掌，比我看得清楚多了，甚至比宫里所有人看得都要清楚？

他甚至早就看出了李藏的狼子野心，这才在当年我捧着玉玺去求他别让我当皇帝时故意装傻，为的就是推我一把，宁愿让一个黄毛丫头做皇帝也绝不继位给他的庶子李藏。

我好像在无意中勘破了不得了的皇家秘辛。

然而江河湖海倾覆之际，没有一叶扁舟是能够幸免的。我自己又何尝不是牵涉其中呢？我猜想到的或许只是被爷爷压下的秘辛的冰山一角。比如，我的身世之谜真的就此解开了吗？我想没有。

人在崩溃的时候说的话，都是发自肺腑、不假思索的话，可饶是这个节骨眼上，我的皇叔李藏居然还在坚持说我是个外人，非李家血脉。

我的眼神一黯。

此时李藏也做出了反应，他一敛方才的失态，道："李扶摇，先皇之女，在位期间屡次因妒贤而危害朝廷忠良，故而废之，由我李藏取而代之。而先皇谋害镇国将军燕霜烈一事也已成定论，致使民怨沸腾。现将先皇之女李扶摇关押候审！听从发落！"

话音落，殿内的士兵作势要押走我。然而那个士兵还没碰到我，就被殿外凌空射进来的一根狼牙棒击飞在地。

此时，李藏望着殿外的来人，难以置信。

"燕尘？！你现在不是应该在宫门口把守着……我昨夜和你说的计划，你难道都忘了？"

燕尘冷然一笑："皇叔，你的部下实在是武力低下，都来不及开口就被我的属下皆数处理完毕。虽然你很惊讶，但我还是要告知你一句，现在水澜居外已经全部是皇上的人了。"

此时，李藏似是终于认清现实，踉跄后退："皇上的？"

"是，我燕家的大军，从来都只为皇上李扶摇一人效力。"燕尘笃定道。

自门口逆着光款款而来的那个人，是我能想象到的所有美好模样。

方才在他说话间，雀七他们就速度将李藏等人看押，上一秒还挟持着大宴朝臣们的叛军也瞬间倒戈投降。这些叛军基本是李藏自己手下的王府守卫军，另外的就是梁国派给他的援军。可是梁国本来只是想搅一搅浑水罢了，他们对李藏似乎也没抱多大的信心，派来的兵力不仅少，还都是些杂鱼之辈。

在绝对的武力碾压面前，他们自然毫无反抗之心。

燕尘转眼已经走到了我跟前。

他身穿一袭银色盔甲，肩上的披风如火般热烈。他单膝下跪，双手交叠，做了一个周正的将军礼。

恍惚间，我又回到了燕尘和我皆年少的时光，一双依旧如茶花映水的杏眼，一句依旧少年气满满，带着些骄傲的“皇上，末将燕尘又替你打了一次胜仗”。

我的直觉没有错，燕尘根本没有丝毫的叛乱之心。他不过是上演了一出大宴最最跌宕起伏的大戏。

结束了乌龙的逼宫大战后，因怕棋局被搅和而被燕尘“软禁”在宫中某地的傅天南、六福子等人也都放了出来。傅天南感慨：“改日我要向燕尘哥讨教演技……这演技，我真的服了。”

六福子则表示：“燕尘这是越级式提升好感度啊，现在六福子不偏袒游秉了，燕尘似乎也不错呢！”

然而这些都不是重点。

重点是，燕尘三下五除二关押完叛党李藏一群人，再将那群被挟持的朝臣带到了大殿。进大殿前，他同我耳语道：“待会儿还请皇上配合一下，末将要再次开始自己的表演了。”

算他还有些求生欲。

之前他在朝堂上处处欺压我，还做出了一连串他即将造反的假象，现在自然是解铃还须系铃人。

于是，我们在大殿内临时开了个早朝，啊不对，是午朝。

燕尘先是向一头雾水的朝臣们解释了他演戏的缘由：“三年前，我在冰河大战救回那批俘虏后，对每一个俘虏的身份都进行了查验，结果偏偏就查不到江浸月的家人信息，他根本不是北境人。

“不久后，我又发现京中突然声名鹊起的小倌馆——脆琶阁中力捧的头牌恰好是他，且他三番五次挑拨本将军与皇上之间的关系。故而我断定，幕后之人计划中必要的一步便是让我与皇上的关系恶化，甚至对立，我这才将计就计演了近三年。”

说到这里，燕尘朝我抛来一个眼神。

我立刻捧哏道："爱卿如此为朕着想，为此被误会了多年，朕实在是太感动了！"

再看众大臣的表情，那叫一个难看啊。换位思考，我估计也会觉得崩溃，想拿大宴的俸禄好难，顶头上司是个浑身是戏的将军……真的好难。

而某位将军似乎故意要让这群大臣难上加难，他恐吓道："因此，本将军在此澄清一下，我燕尘，此生只效忠皇上一人。如若今后有人再如同罪人李藏一样藏有二心，我不介意效仿今日之事，再重演一遍。"

众大臣："吾皇万岁万岁万万岁！"

某将军依旧不肯放过他们："末将觉得所有在此次逼宫一战中站错队的，统统领罚半年俸禄，皇上意下如何？"

"准奏。"

朝臣们基本是面如菜色，除了狄二木几个把持住了底线的老臣捋着胡子，一脸得意，写满了"老夫的眼光可以吧"……

他们估计快被燕尘折腾疯了，看到他们如此难过……我有点小快乐，谁让他们之前也没少欺负我来着呢。

等下了朝，燕尘又要匆匆奔赴下一个现场收拾残局。

他说，除了在朝臣面前宣告"李扶摇是我罩的"，他还有很多事情要去做。譬如，当年那桩粮草旧案要沉冤昭雪，他要第一时间去向那三个旧部解释来龙去脉，再准备着重审此案，向天下昭告我爹的清白。等一切结束后，就带着我一起去坟冢前看望我们的爹爹。

我喊住了他："等等！首先，你知道其中的来龙去脉吗？"

"知道，已经有人和我说过了。"

当时我一心想着别的事情，居然没好奇到底是谁告诉的他，就顺口问了下一句："可是你根本没有证据啊。"

"有。刚才宫外鸿三来报，就在李藏逼宫的时候，有人将当年粮船的沉船证据带来了。"

"谁？"

燕尘垂了垂眸，道："江浸月，他投案自首了。"

听到这个熟悉的名字，我从心底升起一股说不清道不明的情绪。自从知道了他童年的那段遭遇，我再也无法单纯地称他为反派，也再无法纯粹地恨这个人了。

虽然这一抹情绪被我极力掩盖，可在燕尘面前这一切都是徒劳。他应该是察觉出了我的异样，趁着朝臣们纷纷离开，今日又难得有一片暖阳覆在了大殿外的树下，身上树影斑驳，脚边堆银彻玉。

燕尘拨开我额前的碎发，俯身在我眉心落下一朵轻吻。

他的声音也如同碎雪一样绵密、轻柔："扶摇，一定要乖乖待在宫里。等我回来，我还有许多许多话要同你说。"

我嘴上应承着，实际却不着痕迹地将手从燕尘的手心抽离。

我会因为两三句狠话就记燕尘的仇是不可能的。燕尘对我做的每一件事我都看在眼里，就算在逼宫大战之前，我也只是纠结于"燕尘为什么就不承认他喜欢我呢"。如今燕尘下午在朝堂上对着众人已经解释得很清楚了，我对燕尘唯一的疑惑和不满也就此解开。

燕尘虽然还没来得及对我说"许多许多话"，但我大言不惭地猜测，那些话很可能都是情话。

然而如今的我，还配得上这份喜欢吗？

我怀疑自己的确不是先皇的亲女儿，这个皇位，还有燕尘这个把我捧在手心的青梅竹马……都不应该是我的。

李藏在水澜居策划的滴血认亲一事，让我耿耿于怀。

因为该动作让我觉得十分多余，李藏完全可以跳过这一步骤，直接逼宫。站在他的角度来看，他此前处心积虑得来的栽赃嫁祸，完全足以用作他取我而代之的理由。

他坚持滴血验亲，反倒像是笃定我绝非李家血脉，想通过滴血验亲的方式来将这件事告知太太上皇和在场的所有朝臣罢了。这就像是一个恶作剧的小孩，迫不及待地拆开糖纸，展示给大家看这块糖是坏的。

于是，等燕尘离宫后，当晚我去了一趟天牢。

不过是短短几个时辰，李藏就从一个离皇位只有一步之遥的天家子弟，沦落成了一个落魄的阶下囚。他穿着一身素色里衣，头发四散，有一刹那让我有些恍惚，仿佛今日的逼宫只是一场梦，我的皇叔也还是那个看破红尘的孝顺王爷。

谁知我还没开口，李藏就猜到了我的来意。

他的语气淡薄得像是在谈论今天吃什么："你来得真及时，太太上皇刚赐下毒酒。他想让我带进黄土里去的话，我都告诉你。

"你确非李家人，至于那场滴血验亲，这你得去问问你的那个好爷爷。"

再次听到这句话，我远比自己想象的淡定。

或许是因为早在来的一路上，我回想了自己儿时的种种。譬如我爹很聪明，我却很笨。再譬如，长大一些后我问过我爹，为什么我和他长得不太像，结果他告诉我"因为扶摇和娘亲比较像呀"。可是等爹去世后，我在整理他的遗物时发现了一张被他藏得很深的画像，画像上正是我那个素未谋面的娘亲。

大宴的先皇后娉婷袅娜，端庄大气，而我和以上词汇一个字也搭不上边。

直到李藏说出那句话，我才惊觉，原来儿时的种种不合理早就在预示着什么。

我今天来，不过是求一个过程。

我试探道："你凭什么这么肯定？"

李藏轻笑一声："因为当年乃是我亲手串通稳婆，将当年恰在宫中演出的戏班子中一对伶人所出之女，与大宴的公主调换。

"那伶人正巧在先皇后产子的前一天诞下女儿，你说巧不巧？当时我就觉得，这是上天给我的一个机会。后来，那个稳婆自知我事后会灭口，就带着一大笔钱财连夜逃走了。我暗中派人找了她很多年，最终被我的人在江南找到了，她至死也没说出当年那个被抱出宫的公主的下落。”

李藏说到这里，我已经将爷爷是如何在滴血验亲一事上作假的过程猜了个七七八八。还记得吴念刚进水澜居服侍爷爷的时候，我还因为醋意找上了滕侍卫长。结果被告知，那吴念是一对深居简出的农家夫妻的傻儿子，现在想来，那对夫妻或许就是我的生父生母。

而那个被六福子说是和我很像的吴念……则是我的亲弟弟。

爷爷早就预料到李藏即将逼宫，这才花了大功夫将吴念从那山林里一步步骗出来，最终得以名正言顺地常住在他的水澜居里。

而当时滴落在碗里的两滴血，有一滴是我的没错，想必这另外一滴……是来自吴念。

我想得出神，心头五味杂陈。

此时李藏忽然腾地一下站起身，朝我扑腾过来，铁链狠狠撞击在铁栏杆上，发出刺耳的响声。“她可能死了，也可能一直流落在外，或许她已经知道了自己的身世，正苦恼着如何找你拿回本该属于她的东西呢！”他的脸已经接近扭曲，“其实你和我没什么两样，都是窃取皇位的小偷。说来还是我成就的你，皇上，你说是吗？”

我们的对话结束了。

我黯然离开了李藏的视线范围内，准备回去。沿途却被人喊住了，乃是被关押在李藏隔壁的云踪坞帮主。

即使身在囚牢，她依旧如同一朵夜来香，高雅而妩媚。

“没想到正式介绍自己的时候，就已经是告别的时候了。你好，我叫萧半曲。”

我隐约看到了她面庞上的两道泪痕，没由来地问了一句：“你后悔吗？’

月光自小格窗中倾泻而下，萧半曲抬头望着那白月光许久，才怔怔道：“他曾将万千花花世界带进了我的世界，那么我便试着将这万里山河双手奉给他。虽然我最终也没等到他实现野心，转头看看我的一天，可是世间从来没有‘后悔’二字。我爱他，那么一切都值得了。”

我哑然。

她继续道：“我喊住你是想告诉你，刚才我听来送毒酒的人说，那小倌馆的花头牌也被赐了一杯。他那么喜欢你，你就去看他最后一眼吧。”

我离开天牢的时候，一旁的狱卒见我离开，立刻将毒酒端了上去。李藏与萧半曲各一杯，可李藏是被狱卒按着脑袋喝下的，萧半曲的模样倒不像是在喝毒酒，也不像身在囚牢，而像是在数月前的某个晚上，邀我喝酒的那一次，她给我讲故事的那一次。

一头的牢房里李藏在大吼大叫，隔壁的牢房里，一个月下美人将酒仰头而尽，然后倚在了靠近李藏的那堵墙旁，开始哼曲。

我一听那曲子，如同秋水漫漫而来，又如同明月自湖面上升起，正是让少女时期的萧半曲对李藏一见倾心的那首《平湖秋月》。

江浸月是后来投案自首的，和李藏、萧半曲被关押在不同的地方。我一路询问狱卒，才紧赶慢赶地找到江浸月。

江浸月和萧半曲一样，正静静地倚靠在月下，穿的是我送给他的蜀锦白袍。当我看到那一抹月白色背影，我的鼻子一酸，心道：总算是赶上了，我还没夸奖他的回头是岸呢。

可当我火急火燎地凑近，赫然发现江浸月的身旁居然还有一个酒盏。

而里面的酒……已经空了。

“江浸月，你喝了毒酒？！”我狼狈地叫他，可是他愣是没应声。

此时，一个狱卒长冒了出来，道：“皇上，江公子在半个时辰前就喝下了毒酒，现在已经死了。

“那个，江公子生前还给您留了一封书信，您看看吧，唉。”

我恍惚了一会儿，才想起去打开那封信笺。那信笺的纸张，粗粝的手感，却精细地镶嵌着桃花瓣丝，正是我最爱的浣花笺——

“扶摇，其实我早就知道燕尘是假意谋反的。虽然他很努力地在隐藏对你的喜欢，本来足足十分的喜欢经他的努力，表现出来的仅剩一分。可是因为我也喜欢你，因此旁人对你那一分的喜欢，在我眼里也会被放大成千分、万分。

“我明知，却对上级隐瞒，就当作是你被我喜欢的唯一好处吧。

“在云踪坞时，你与我成婚。前几日，在京郊竹林里，你与我过上了寻常的小夫妻生活。我已经将下辈子你我的一生预演，只愿来世真能如我所期，与你做一对偏居江南的小夫妻。”

从牢里出来，已经是深夜。好不容易停了几天的雪又开始落，且今夜的雪比前一阵子的都要大。我驻足在雪里，抬头看了好久的雪。那些盘旋而落的雪花，是不是也在为那个曾经倾倒万千京中女子的小倌在难过呢？

不知在原地杵了多久，我终于准备离开。

离开时，我紧了紧身上的大氅，将整张脸都埋在了宽大的兜帽里。

我不是怕雪、怕冷，而是怕回去面对燕尘、六福子、爷爷、傅天南、沈桐芊、吴念……还有更多更多的人。

他们对我的好，都是我偷来的。

尤其燕尘。这么些年，他为我平外患除内忧，替我隔绝一切风霜雨雪，把我宠成了一个脑袋不灵光的傻蛋。他付出了那么那么多……可这些本都是另一个女子的。

幸好我李扶摇别的本事没有，逃避现实则是熟练到让人心疼。

当晚我先是喝了几口酒壮胆，然后迷迷糊糊地逃宫跑到游秉的家门口去了，结果悲催的是，人家还没回来。于是，我又迷迷糊糊地跑到了梨园，深夜的梨园空无一人，可明日要用的戏台子已经搭建好了。

于是，我翻了墙，登了台。

我还披了一件演女皇帝的女伶人日常穿的戏服，双手比画着，对着空气咿咿呀呀唱了起来：“将军呀，此乃你第一百零五十次救我于水火，朕……朕该如何报答你才好？”

当然这个点是没人和我搭戏的，我只能自问自答，道：“不如你就以身相许吧？”

说着，我有样学样地照着女伶人平时扔绸子的样儿，将臂弯里攥着的绸子扔了出去……

结果，绸子被人接住了。

那人无端一个用力，将那绸子越拢越短，我与那人的距离也在急速接近。

最终，他将我揽入了怀中。

他在我头顶呵气如兰：“好，我答应了，我属于你了。”

“你是谁？！”

和我一样大半夜不睡跑来登台演戏的，一定不是什么正经人。我出来发泄一下情绪还要被人无端揩油，我气得七窍生烟。挣扎开那人的怀抱后，我抬手就往那人脑袋上揍去……

“嗞……你这头是铁做的吧？”

我没想到，揍个人自己能这么痛，结果一转身，我才惊觉原来我打的不是头，而是一顶斗笠。而那顶掉在地上的斗笠……我一眼认出，这可不就是游秉不离身的那一顶！

也就是说，现在的游秉脑袋上是没有斗笠的！

我昏昏沉沉一个踉跄，再顺着扶稳我的那只手往上一看。

“燕、燕尘……”

“李翠花，什么燕尘？我是游秉呀。”

我一时晕了，这张脸的的确确是燕尘的，可这个嗓音和说话的调调……却也的的确确是游秉的。

我恍然大悟："难怪游秉你那么崇拜燕尘……原来你和他长得这么像啊。"

…………

游秉似乎不是很开心。

不，是非常不开心。他惩罚似的吻了我，直到我拳打脚踢，他才恋恋不舍地挪开嘴巴，改为用来说话。

"好了，我不逗你了。扶摇，我既是燕尘，也是游秉。《白衣将军俏皇帝》乃是本将军亲自为皇上和我写的话本子。至于里面的情节、里面的事情，我已经想那么对你做好久了，日日想，夜夜想，朝朝想，暮暮想。"

"你在说什么胡话？"

这信息量怎么就这么大呢？我怎么就听不懂呢？

"还记得当初我在凤尾山庄拍下的神厨钮黑黑吗？其实早在某次边关作战的时候，我就见过他。他在当地小有名气，不是那一手厨艺，而是伪音的秘术，靠改变气息来改变自身的嗓音。"

我勉强接受了燕尘就是游秉，游秉就是燕尘的设定。难怪白日里他说要去处理粮草案时，表示自己知道所有的来龙去脉。

"那你身边那个壮硕的婢女……"

"喏，雀七。"

…………

那基本可以确认无误了。

原来燕尘的情话远比我想象中的更加肉麻，他也远比我想象中的更加爱我，他已经喜欢我喜欢到了偷偷写话本，幻想着和我甜蜜恋爱的程度……

此时，燕尘正巧在目不转睛地看我，我的脑袋里忽然就冒出一句诗：一寸秋波，千斛明珠未觉多。

且燕尘现在发射来的秋波哪止一寸！

他如此爱我，我更加忧伤了。

我侧过脑袋，避开了他的目光，鼓起勇气，道："燕尘，你有没有想过，你喜欢我只是因为我恰好是你的青梅竹马？"

趁他还在为这句话思考，我立刻接上了下一句话："我要明明白白地告诉你，我其实不是我爹的亲生女儿，也不应该是你的青梅竹马。值得我爹疼爱，值得你守护的女子另有她人……她也一定比我漂亮，比我聪明……所以，所以……"

苦酒入喉心作痛，酒劲一上来，我一口气憋在胸口，极为难受。

"我早就知道。"燕尘说。

我惊呆了。

而后我更是发现燕尘不仅知道所有我知道的，还知道一些我所不知道的。

他告诉我，当年调换了公主的稳婆后来带着那小公主逃到了江南，将其扔到一大户人家后便按月来讨钱，结果讨着讨着稳婆喜欢上了这个丫头，她开始害怕当年吩咐她将孩子调包的人未来会对她有害。于是趁着燕霜烈去那大户人家府上做客时，她将此事偷偷告诉了燕霜烈，并恳求他一定要保护好公主，并让其千万不要告诉皇上，否则自己死罪难逃。

"但以你爹和我爹的交情……你也知道了，我爹自然是告诉了你爹，且你爹知道后，还告诉了你爷爷。"

…………

"某次出征前，我爹生怕自己回不来，又将此事告诉了我。"

…………

我没由来地觉得委屈，原来弯弯绕绕下，他们这么多人都知道了，却独独瞒着我。燕尘一下把我圈在了怀里，小声安慰道："因为你爹，还有你爷爷都爱你，他们不想因为这些陈年往事影响到你的成长，更不想因此让你生出愧疚和无端的难过。"

我从他圈得紧紧的胳膊里冒出脑袋，疑惑道："可是他们就没想过要去找真正的大宴公主吗？"

燕尘也好似准备要在今夜将一切都告诉我，他道：“已经找到了啊，就是沈桐芊。而稳婆挑中的大户人家，就是沈叔叔家。当年，沈家叔姨多年生不出子嗣，结果阴差阳错下收留了自己最好兄弟的亲生女儿，或许这就是冥冥之中自有定数吧。”

原来竟是沈桐芊……

我爹和沈叔叔这是多少年修来的兄弟情谊？

我还记得小时候沈叔叔曾经就我和沈桐芊的智商打趣过：老李啊，你说咱们的女儿跟调了个儿似的……

现在想来，那句话竟是说中了半分。

“所以，你不必觉得亏欠。沈桐芊作为沈叔叔的女儿，也被你爹当作亲女儿一般爱着。而且人家现在坐拥千万家产，还有一个小她两岁的跟屁虫小情人傅天南，又在大宴境内有几十户钱庄、一百多栋私宅……”

我捂着心脏：“好了，够了，别说了。”

燕尘浅笑，十分乐意地结束了该话题，却又回到了前一个话题上。

他将我紧紧地拥在了怀里，低个眉，垂个目都是爱我的形状。

他道：“扶摇，你知道吗？我喜欢的一直是你，从小就是你。当年扛起战衣与狼牙棒只为守护你与大宴，装作与你疏离、猜忌也是为了引出背后主谋。这么些年，我操心了这么多国家大事，替你解决了这么多的后顾之忧，只为了像今天这样，和你谈谈我们的人生大事。”

天哪！

我就快窒息了！

谁能想到，有些人表面上是战无不胜的大将军，私底下却是个写肉麻言情话本子、说起情话来脸不红心不跳的撩妹狂魔呢？

我红着脸，边岔开话题，边偷偷往后仰，企图挣脱他的怀抱。

“等……等等，我有个问题，你变幻风格和穿什么颜色的衣服有什么关系？为何连衣服的颜色都要换？”

我退一步，他便向前一步。

“因为白衣只是你的燕尘，而穿上那身盔甲，那就是守护你与大宴的镇国将军。”

“那你今夜来，穿这身白衣的意思是……”

我再退一步，他愈加贴近。

“如今江山已定，今夜，我只是你一个人的燕尘。”

…………

是我的错！是我不好！没事提什么衣服颜色呀。果然，燕尘说完了更腻歪的情话，手不知何时又缠上了我的腰肢……

我想再次躲开，却不料这次他铁了心要吃我豆腐。

他气呼呼道：“皇上，你可还记得天缨国进贡战马那次，末将救驾有功，皇上曾答应我一个许诺吗？”

这个时候提起这个？好卑鄙！

某位厚脸皮的将军继续道：“皇上，末将现在请求兑现那个承诺。”

我把心一横：“你说吧。”

燕尘倒是也不客气。他皓月般的手自我额间碎发滑下，一直缓缓滑至鼻尖，然后是下巴……他用如羽毛般轻柔的语气道：“接下来的一炷香时间，还请皇上尽全力配合我。”

“将军，你要把持住自己啊！”

“我等得，可是我藏在心里数十年的爱意……已经等不得了。再说，吃干抹净不是你曾经极力赞成的吗？小鱼干。”

我这才反应过来，原来燕尘以游秉身份和我相处时，早就说了不少隐晦的情话。只是我现在再多的抗议也无效了，因为他已经用一朵滚烫而热烈的吻堵住了我所有的抗议。

番外

我与将军拍拖的二三事

自打我和燕尘彼此直白地表达了心意，我们俩可谓是每天都奔走在秀恩爱的第一线。我们俩甜而不自知，总是一不小心就误伤到旁人，导致京中一时之间都没人愿意和我们玩了。于是我们只能勉为其难地过上了腻歪的二人世界，没有早朝和战事的日子里，我们便相携游大宴。

在此期间，有三件事让我记忆犹新。

一是，某日我们去了江南的鱼市场，正巧碰到了渔夫们出海打鱼，结果，我隐约看到了一个故人的踪影。

我当即愣在原地："他不是已经……"

燕尘若有所思，道："太太上皇其实是个很有人情味的君王。"

是啊，那杯毒酒很可能是假的。老爷子为了斩断江浸月对我的念想，同时又放了他一条生路，老爷子的确是一个心眼很多，却又心肠很软的爷爷。

燕尘也难得地做了回有人情味的醋坛子，他说他允许我同渔夫攀谈半个时辰，然而这次却换我不乐意去了。我望着那抹熟悉的身影，与天边那轮落日，道："他已经成了自己最想成为的人，我又何必去打扰呢？"

最后，我挽着燕尘的手离开了。

二是，要说回京中没人愿意和我们玩了这件事，其实也还是有两个人愿意和我们玩的，那就是沈桐芊和傅天南这一对甜度当仁不让的组合。

某次京中的酒楼开业大酬宾，满四个人能供两人免单，我们就拉着傅天南那对一起去拼桌了。

在饭桌上，我还是没忍住，向沈桐芊问出来那个我憋了很久的问题："你实话实说，你真的没对皇位心动过？"

她回："我为了不继承那穷酸的皇位，陪燕将军演了许久的戏，甚至连和我们家阿南的恋情都不能公开……皇上以为呢？"

…………

确实，国库很穷、很空虚。

于是，沈桐芊为了力证自己的那番话，将那顿饭免单的两个名额给了我和燕尘。

吃完饭后，我们两对在街上漫无目的地晃悠，正巧街边有说书人在讲我爷爷当年的事迹，还正巧说到太皇太后过世的一幕。我忽然感慨："其实这说书人也不是净胡扯，我们李家人似乎是命里带煞……我娘和我奶奶都在生孩子的时候去世了。"

燕尘赶忙捂住我的嘴巴："你不是李家人，别这么说。"

结果，一旁的傅天南愣住了，他抱着沈桐芊，笃定道："我命里带戏，和煞气两两相抵。再说为了你，我什么也不怕！"

别看傅天南年纪小，求生欲望可一点也不少呢。

三是，我们回宫后，听闻太太上皇还是决定不要从李家的族谱中抹去李藏的身份。我和燕尘得知此事时，正待在他以前以游秉的身份待的那座大宅子里，他正在写《白衣将军俏皇帝》的最后一话。

我听闻了此事，想到了李藏的二三事，不禁感慨道："燕尘，如果以后我也因为意外早早离开人世，你酒醉后遇到和我长得甚像的人，会不会也酒后乱性啊？"

他停下了笔墨，严肃道："我不会让你死的。"

"我是说如果啊，如果！"

"没有如果。如果真到了那一天，我会陪你一起去死。太太上皇是因为身上有重担，有江山社稷要扛，才会选择活着，喝酒度日。而我燕尘目光所能及的一切，只有你李扶摇一人，如果你死了，那我活着还有何意义？"

我讷讷道："你身上也有重担的，你是镇国将军，有那么多百姓要保护，有那么多疆土要……"

燕尘毫不留情打断了我："那我就挑几个好苗子培育一下，再陪你去死。我看新进的那批里的确有几个比较好的苗子，我回去就要未雨绸缪起来。"

这下换我慌了："不是，不是！我不会死的，你也别做晦气的事情。苗子慢慢教，你还有大把的岁月要过呢！"

他一展紧蹙的眉头，道："好。"

"话说燕尘，你对自己可真狠啊，是个狠人！"

"是，扶摇，我对自己一直颇狠。譬如，当初演了那么久的禁欲系，面对你的撩拨我都只能忍着，偶尔对你做出点出格的事还要用假身份或是假理由兜着。"

我忽然有一种不祥的预感……

果然，燕尘又将手环在了我腰间，嬉笑道："我越想越委屈，所以现在，你就补过吧。"可燕尘这次没落下细密的吻，他只是将我紧紧地圈着。

他道："可是，我转念一想。我们从青梅竹马走到白头偕老，有百年的岁月可以执手话桑麻。所以，不急。"

我想也是。

枝袅一痕雪在，叶藏几豆春浓。又是一年春，廊外的白茶花也抽了新枝。

而身边这个着一身蜀锦白袍的人，是我打小喜欢的人，也是打小喜欢我的人。

岁月绵长，余生皆是他，真好。

— 全文完 —